东京大轰炸

——1942杜立特的故事

陈军 / 著

中国社会科学出版社

图书在版编目（CIP）数据

东京大轰炸：1942 杜立特的故事 / 陈军著 . —北京：中国社会科学出版社，2018.6（2018.11重印）
ISBN 978-7-5203-2169-3

Ⅰ.①东… Ⅱ.①陈… Ⅲ.①纪实文学—中国—当代 Ⅳ.①I25

中国版本图书馆 CIP 数据核字（2018）第 043166 号

出 版 人	赵剑英
责任编辑	黄 山
责任校对	张文池
责任印制	王 超

出　　版	中国社会科学出版社
社　　址	北京鼓楼西大街甲 158 号
邮　　编	100720
网　　址	http://www.csspw.cn
发 行 部	010-84083685
门 市 部	010-84029450
经　　销	新华书店及其他书店

印　　刷	北京明恒达印务有限公司
装　　订	廊坊市广阳区广增装订厂
版　　次	2018 年 6 月第 1 版
印　　次	2018 年 11 月第 2 次印刷

开　　本	710×1000　1/16
印　　张	20
插　　页	2
字　　数	252 千字
定　　价	48.00 元

凡购买中国社会科学出版社图书，如有质量问题请与本社营销中心联系调换
电话：010-84083683
版权所有　侵权必究

谨以此书
纪念中华人民共和国与美利坚合众国
建交四十周年

序

在我们抗日战争的正史中,关于1942年4月18日美陆军航空兵杜立特(Jimmy Doolittle)中校率领的由80人组成的突击队,驾驶16架B-25中型轰炸机空袭日本只有寥寥几行字。确实,与波澜壮阔的中国抗日战争和太平洋战争的史诗相比,此次空袭只是历史的一个短暂瞬间,但在太平洋战争中,此次空袭有其独特的意义:这是日本本土遭到的第一次空袭,日本从发动全面侵华战争以来本土始终处于战争之外,不受战火的威胁,此次空袭改变了这一状况,美军突击队以迅雷不及掩耳之势在大白天闯入日本领空,日军眼睁睁地看着美突击队投弹横扫,目送轰炸机群扬长而去,这在日本引起一片恐慌,对日本的嚣张气焰是一个前所未有的打击,给了日本帝国第一个震撼;空袭发生时,日军在太平洋上仍然处在上升势头,作为太平洋战争转折点的中途岛大海战是在47天之后才发生的,此次空袭可以说是中途岛海战的一个序幕,空袭成功的消息轰动了全世界,大大鼓励了美军和盟国的民心士气;这是一次空军的自主作战,是一次打了就跑的骚扰性空袭,其实施模式——在美国"大黄蜂号"航母上起飞,完成空袭任务后来浙江衢州等地降落——是独一无二的,设想大胆独特,作战方案新奇精巧,实施过程坚毅勇敢。空袭的成功有赖中美双方的密切合作,空袭后在浙江降落的美军飞行员得到中国军民的救助,谱写了中美合作抗日的又一生动故事。

陈军先生的《东京大轰炸——1942年杜立特的故事》(中国

社会科学出版社2018年版）就是以这一事件为主题的纪实文学作品。本书的以下特点相当突出。

第一，本书以讲故事的方式，把空袭从开始设计、组织到实施的全过程生动地再现出来。美军之所以要组织此次空袭，是因为日本偷袭珍珠港、发动太平洋战争以来攻势凶猛，连连得手，还没有受到教训；盟军方面节节败退，士气低落。美国总统罗斯福和最高军事领导人要以牙还牙，给日本本土带去真正意义上的战争，来振作盟国的士气；但又不能大动干戈，而要用相对较小规模的袭击来实现这一目的。最后确定了这一作战方案，并选定由杜立特中校来执行任务。杜立特时年45岁，拥有麻省理工学院航空工程博士学位，既精通航空理论和机械，又具有极强的组织能力，本人是骁勇善战的飞行员。作为一次大战时的飞行员，杜立特当时已经"退居二线"（在壳牌石油公司负责研制新型100号燃油）。珍珠港事变后，他主动给老上司美国陆军航空兵司令阿诺德将军写信，要求重返战斗部队。阿诺德知人善任，给了老部下一个"一生最重要的军事任务"。杜立特有两个月时间来准备这项任务，本书从选择机型、选择搭载的舰艇、尤其是挑选飞行员、空袭的各项准备工作，一一娓娓道来。参加袭击的飞行员是从149名志愿者中精挑细选出来的，他们知道任务高度机密而危险，但个个奋勇当先。在执行任务时又发生了突然情况："大黄蜂"号尚未行驶到预定轰炸机起飞的地方，已被日方发现，机组必须在离日本还有1300多公里的地方提前起飞，由于飞机燃料有限，这些轰炸机可能飞不到中国大陆，但美军突击队没有一个人退缩。4月18日中午，东京刚刚结束了一场防空演习，美军轰炸机就到了。美军突击队比预定计划提前12小时袭击了东京、大阪、神户、名古屋、横须贺、神奈川等9个城市的多处军事目标，达到了预定的目的，产生了极强的震撼性效果。此次空袭是盟军英雄主义的一首赞歌。

第二，本书突出了中美两国军民的合作。空袭计划是高度保密的，连刚刚就任中缅印战区参谋长的史迪威将军也只是被告知有一批轰炸机要飞来中国，至于到底有多少飞机、从何处飞来、何时抵达、飞往何处，史迪威一概不知。计划对中方当然也是保密的。但美方要求中方在衢州、丽水、桂林等地修建五个机场，中方在极其艰难的条件下，没有任何机械，完全靠着人力手工修建了机场。空袭之后，15架飞机在浙江沿海着陆，1架就近飞往苏联的符拉迪沃斯托克。书中详细地讲述了杜立特及其战友在浙江沿海降陆，受到当地老百姓救助的生动情景。这些农民不懂英文，恐怕一辈子连高鼻子、蓝眼睛的美国人也难得见到，美军机组人员靠着比划与他们交流，当地农民知道他们是打日本的，在十分艰苦的生活环境下向他们提供食物、衣服，冒着生命危险把他们藏起来，转移出去。在日军的搜查中，他们宁可自己遭受殴打和折磨，也没有人告密。可以说，营救每一位飞行员都是一个感人至深的故事，这是一首崇高的人道主义的赞歌，是中美合作抗击强暴、维护和平与正义的赞歌。今年适逢中美建交四十周年，两国军民在反法西斯战争中结成的友谊不正是中美关系最深刻的基础吗？

　　第三，作者曾经在中国人民解放军空军服役，对于空战是内行。侨居美国后，又长期从事中美友好工作，与两国各界有着广泛的联系，对两国社会都有深切的了解，书中融入了作者的亲身体验和感受，这是本书成功的一个重要条件。2015年，作者作为世界华人华侨纪念世界反法西斯暨中国抗日战争胜利70周年组委会秘书长，在中国政府的支持下，在奥斯卡金像奖颁奖地组织举办"为了和平"大型晚会，有一百多位参加过二战的美军老兵和家属受邀参加盛会。在此次活动的筹备和进行过程中，作者与这些老兵有广泛接触，听他们讲述了许多可歌可泣的故事，结下了深厚的友谊。老兵们说："我们不怕流血，我们怕被遗忘"。作者深受触动，下决心把这段中美合作抗日的故事记录下来。这个愿望如今实现了。

作为纪实文学作品，本书是一本故事集。作者采取了灵活的写作方法，把这些小故事写成独立成篇的文章，合成一个大故事，可以一气呵成地看，也可以分开来看，几分钟就看一个小故事，方便了读者阅读。全书文字生动、流畅，很好注意了真实性与趣味性的结合。笔者读了此书，既学到很多，又深受感动，相信读者同样会喜欢它的。

中国社会科学院荣誉学部委员

美国研究所研究员　陶文钊

2018年8月于北京

序　冲破黎明前的黑暗

1939年9月第二次世界大战爆发，战火以燎原之势迅速蔓延到全球61个国家。在欧亚各个战场上，德、意、日轴心国的军队猖狂进攻。同盟国丧师失地，节节败退，国际反法西斯的正义事业陷入了最低潮。

在苏德战场上，1942年5月12日至29日苏军在哈尔科夫战役中惨败。红军阵亡7.5万人，被俘24万人，损失坦克1249辆、火炮和迫击炮2026门，而德军的伤亡只有2万人。哈尔科夫战役失败的结果，使西南方向的形势进一步恶化，将战略要地斯大林格勒直接暴露在德军第六军团的兵锋前。

在中东战场上，1942年7月1日第一次阿拉曼战役爆发。"沙漠之狐"隆美尔指挥的德军将英军击败，7月27日占领了阿拉曼，这是盟军在亚历山大港和苏伊士运河之前最后一个战略地点。

在太平洋战场上，日军气势如虹。1941年12月7日在马来半岛北部登陆，12月25日攻占香港。与此同时，日本海军舰队相继击沉英国"竞技神"号航空母舰、"威尔士亲王"号战列舰、"反击"号巡洋舰等舰艇，空袭锡兰，重创英国远东舰队。

1942年2月15日，马来亚英军司令帕西瓦尔签订投降书，新加坡陷落。5月6日，美菲联军7万余人在巴丹投降，菲律宾沦陷。5月8日，缅北重镇密支那失守，中国远征军、英印军全面撤退，缅甸落入日军之手。中国与盟国的海陆交通被彻底切断。盟军在太平洋中部和南部的战略岛屿，如关岛、威克岛、俾斯麦群岛、新不列颠岛、巴布亚新几内亚岛全丢了。中途岛以西的几万平方英里的太平洋上，盟军竟然再没有一个立足点。

在中国战场上，1941年至1942年，侵华日军对华北发动规模空前的"扫荡"，实施残酷的烧光、杀光、抢光的"三光"政策，处于敌后战场上的八路军、新四军和抗日民众武装，进入了最艰难的时期。抗日根据地遭受巨大打击，八路军官兵伤亡严重，抗日民众被大量屠杀，根据地面积急剧缩小。1942年4月底，日本华北方面军司令官冈村宁次对冀中抗日根据地发动了空前残酷的"五一"大扫荡，我军经过272次战斗，打死打伤日伪军1万余人，自己也付出了惨重的代价，有56万抗日群众被屠杀，被抓走。富饶的冀中平原"无村不戴孝，到处是狼烟"。

美、欧等国的报纸上，每天都是"败退，投降"这些令人丧气的消息。失败主义的情绪开始蔓延，投降派蠢蠢欲动。军民的士气降到了最低点。人们在问：漫漫长夜，何时是尽头？

笔者一辈子从军，深知"士气"对于一支军队的重要性。"夫战，气也。一鼓作气，再而衰，三而竭。"军队没有士气，就没有斗志，更谈不上胜利。士气，对于军人来说，实在比任何武器都重要。

在连续遭受失败的形势下，世界反法西斯阵线实在太需要一场胜利来鼓舞士气了！哪怕只是象征性的胜利！

美国总统罗斯福非常懂得这个道理，他严厉地命令部下："要以空袭的形式，给日本本土带去真正的战争！"

这就是76年前，杜立特率领80名突击队员轰炸东京的历史大背景和这一军事行动的重要战略意义。从军事角度分析，此次轰炸的象征意义远大于实际意义。但它是漫漫长夜里一道炫目的闪电，把沉沉的黑幕撕得粉碎。它告诉全世界在法西斯铁蹄下呻吟的人们：黑夜终将过去，曙光就在前头！它像一声激昂的号角，鼓励着千百万同盟国的战士们：像杜立特那样勇猛冲锋，不要惧怕外强中干的法西斯野兽，坚持战斗，直到把它们彻底消灭！

以杜立特空袭东京为标志，同盟国开始向德意日法西斯发起全面反攻，从一个胜利走向一个胜利。1942年末，苏军在斯大林格勒发动大反攻，包围了德军33万部队，并于1943年2月2日将其全部歼灭，俘虏了德军元帅保卢斯。此战役共消灭德军90万—100万人。苏联红军取得了决定性胜利。斯大林格勒战役与同时期发生的阿拉曼战役、中途岛战役，构成了整个第二次世界大战的转折点。

与此同时，在中国战场上，胜利的曙光也开始出现。最艰苦的战略相持阶段已经过去。在源源不断的国际援助的支持下，中国军队开始了局部反攻，敌后抗日根据不断巩固扩大，日寇在中国彻底失败的趋势已不可逆转。

《东京大轰炸——1942杜立特的故事》的作者陈军先生在广泛搜集海内外有关杜立特轰炸东京这一重大历史事件素材的基础上，以宽广的视野、全新的观点、纯熟的笔法，展开了一幅幅波澜壮阔的历史画卷。书中许多细节都是以前少为人知，甚至是第一次向公众披露的独家研究成果。全书时间跨度大，从1941年写到2015年，期间几乎所有重大历史事件都有涉猎；牵涉人物多，讲述了100多个形形色色人物的故事，每一个角色都描绘得栩栩如生，声情并茂。尤其是"三烈士"和"魂兮归来"两章，作者写得慷慨悲壮，催人泪下，显示了纯熟的语言功底；涉及范围广，在一本书有限的内容里，谈到了中美、中苏、中日以及美苏和美日之间错综复杂的关系，条分缕析，鞭辟入里，观点独特、新颖。多年前，作者曾在中国人民解放军空军服役，这一阅历使得他能够熟练地使用军语和空军的专业词汇，不但能使普通读者读得兴趣盎然，对于专业人士，甚至对于正在从事"强军"大业的我军现役官兵，也有不少可以借鉴的地方，是一本不可多得的军事教科书。作为一个戎马一生的老军人，我愿意向大家郑重地推荐此书。

谭戎生
中国战略与管理研究会　高级军事顾问
2017年11月9日于北京

目　　录

前言 ··· (1)

第一部分　东京大轰炸

一	珍珠港 ·· (3)
二	运筹帷幄 ·· (9)
三	决胜千里 ·· (12)
四	杜立特 ·· (15)
五	紧锣密鼓 ·· (17)
六	调兵遣将 ·· (20)
七	厉兵秣马 ·· (22)
八	特混舰队 ·· (24)
九	中国机场 ·· (26)
十	兵车行 ·· (29)
十一	战旗飘 ·· (32)
十二	刀出鞘 ·· (35)
十三	弓上弦 ·· (38)
十四	山本的忧虑 ····································· (41)
十五	当机立断 ······································· (44)
十六	犁庭扫穴 ······································· (48)

十七	舰队返航	(55)
十八	伤员	(57)
十九	美国的秘密	(59)
二十	降落中国	(62)
二十一	生死大救援	(68)
二十二	战果辉煌	(72)
二十三	从衢州到重庆	(77)
二十四	有惊无险	(80)
二十五	凯旋	(84)
二十六	当头棒喝	(88)
二十七	衢州蒙难	(91)
二十八	细菌战	(95)
二十九	得道多助	(97)
三十	转折点	(99)
三十一	中途岛	(101)
三十二	决战	(104)
三十三	符拉迪沃斯托克	(108)
三十四	三烈士	(113)
三十五	魂兮归来	(118)
三十六	山本殒命	(121)
三十七	恶有恶报	(123)
三十八	末日来临	(128)
三十九	伦纳德	(131)
四十	爱兵如子	(133)
四十一	庆功会	(136)
四十二	刘同声	(138)
四十三	萨泽与渊田	(143)
四十四	总统与将军	(146)
四十五	老骥伏枥	(148)

四十六　友谊使者 …………………………………………（150）
四十七　重逢 ………………………………………………（152）
四十八　相见时难别亦难 …………………………………（154）
四十九　你好！（How do you do!）……………………（156）
五十　　一瓶啤酒 …………………………………………（158）
五十一　医生与伤员 ………………………………………（160）
五十二　友谊地久天长 ……………………………………（163）
五十三　安息号 ……………………………………………（165）

第二部分　但使龙城飞将在

首"炸"日本 ………………………………………………（169）
第一只飞虎 ………………………………………………（175）
陈纳德与陈香梅 …………………………………………（179）
身边的飞虎 ………………………………………………（188）
飞虎情怀 …………………………………………………（192）
一位美籍华人的"飞虎"奇缘 …………………………（196）

第三部分　挑灯看剑录

瘟神与天使 ………………………………李　艳（205）
日本人的良知 ……………………………徐静波（216）
杜立特故事后记 …………………………傅　中（225）
梦想更可待几时 …………………………陈　光（229）
荐读：不扔原子弹日本也会投降吗？
　　………………………………［美］查尔斯·斯文尼（238）
看NHK电视台如何自揭战争罪责 ………徐静波（247）
难忘的岁月——一个美军老兵的回忆
　　………………………………［美］梅尔·麦克姆林（250）

满江红 ·················· 陈　军（255）

附　录

附录一　海外华人华侨纪念世界反法西斯战争暨中国人民
　　　　抗日战争胜利 70 周年组织委员会 ·············（265）
附录二　《为了和平》大型音乐舞蹈史诗晚会系列活动将在
　　　　美国洛杉矶举办 ································（269）
附录三　为了和平，为了世界 ·························（274）
附录四　《为了和平》纪念世界反法西斯战争暨中国人民
　　　　抗日战争胜利 70 周年晚会圆满落幕 ············（276）
附录五　《为了和平》海外华人华侨纪念世界反法西斯战争
　　　　暨中国人民抗日战争胜利 70 周年大型文艺晚会
　　　　成功举办 ······································（280）
附录六　杜立特轰炸东京 16 架飞机机组人员 ············（283）
附录七　第 16 特混舰队战斗序列 ·······················（287）
附录八　《日本高等法院关于 731 细菌战诉讼判决书》
　　　　（节选） ··（288）

参考文献 ···（294）

后记 ··（296）

前　言

今年（2017年），是杜立特轰炸东京75周年。

1942年4月18日，美军陆军航空队杜立特中校率领一支由80人组成的突击队，驾驶16架B-25中型轰炸机，从"大黄蜂"号航空母舰起飞，对日本东京、神户、大阪、名古屋等地实施了轰炸，摧毁若干军事目标，造成了一定的人员伤亡，顺利完成了预定作战目标。空袭任务完成后，杜立特机群向西撤离，15架飞机飞往中国浙江沿海，1架飞往苏联的符拉迪沃斯托克。因油料不足，天气恶劣，加之地面没有导航，导致15架飞机全部坠毁。80名飞行员中，有5人被苏联扣押在符拉迪沃斯托克，1人跳伞身亡，2人淹死，8人被日军俘虏，其余64人被中国军民救起，送往大后方，辗转返回美国。期间发生了很多可歌可泣的故事，惊险曲折，跌宕起伏。

在战役层面，美、中、日三方统帅部运筹帷幄，纵横捭阖，斗智斗勇，过程错综复杂，迷雾重重。美国方面，罗斯福总统亲自决策，马歇尔、金、尼米兹、阿诺德等高级将领直接指挥，派出一支由海空军组成的特混舰队，横跨19000千米的浩瀚太平洋，出其不意，攻其不备，决胜千里，高奏凯歌，打破了日本帝国2600年没有外敌入侵、皇军不可战胜的神话。捷报传来，美国举国振奋，珍珠港被袭击后的挫折感一扫而空，胜利信心倍增，国际反法西斯战线的士气空前高涨。以此战役为标志，日本法西斯从明治维新以后达到的顶峰跌落，开始走下坡路了，他们的末日已经为期不远。从这个意义上说,中途岛战役是太平洋战场的转折点,而杜立特的空袭东京是转折点的楔入点。

从战斗规模来看,这是一个打了就跑的骚扰性空袭,美军只出动了 16 架轰炸机,80 名飞行员,算上海军特混舰队的官兵,参战人员也不过 1 万人,无法与"二战"中其他著名战役相比。然而,这一军事行动直接引发了 47 天后爆发的中途岛战役,在这次决定全局的关键性大海战中,美军取得完胜,击沉 4 艘日军航母,一举扭转了太平洋战局。就其重要性而言,空袭东京和中途岛战役作为一个战役的两个阶段,完全可与苏德战场上的斯大林格勒战役相媲美,在世界军事史上占有重要地位。

在战术上,这次空袭是"二战"史上少有的以空军为主要打击力量的经典战斗,其作战方案的新奇精巧,设想之大胆独特,实施过程中之坚毅果敢,连日军联合舰队参谋长宇垣缠都深感佩服。

中美两国是"二战"期间的同盟国。中方与美方密切合作,保障了空袭的成功,可以说:没有中方的支持与大力协助,突袭东京就无从谈起。战斗发起前,中方动员众多军民突击修建了 5 个机场供轰炸机着陆。东京挨炸后,日军为了报复中国给美国提供机场并拯救美国飞行员,于 5 月 18 日发动浙赣战役。残暴的日军施行"三光"政策,惨死在日寇的屠刀和生化武器攻击之下的军民多达 25 万人。中国付出了巨大的民族牺牲。然而,中国人民没有被吓倒,也没有怨言,他们一面坚忍不拔地与日寇做殊死战

斗;一面始终如一地支持盟军在中国作战,拯救了众多跳伞或迫降的美军飞行员,为美中两国人民的友谊留下了很多佳话。日本企图通过枪毙美军被俘飞行员和残杀中国平民的无耻行径来恫吓两国军民,孰料

适得其反。日寇的倒行逆施反而进一步促进了中美两国的合作，为自己的最终覆灭准备了掘墓人。

杜立特是公认的美国陆军航空兵首席飞行员。他拥有麻省理工学院航空工程博士学位，是一位思维缜密，骁勇非凡，精通航空机械和飞行理论的天才飞行员。1922年，他创造了21小时19分钟横贯美洲大陆的新纪录。1927年5月25日，他首次完成外翻跟斗的超难度特技动作。1929年9月24日，他首次完成盲目飞行，整个飞行过程中，座舱盖被一个密不透风的罩子罩得严严实实，全靠观测仪表操纵飞机。15分钟后，飞机平稳着陆。着陆点距离起飞点仅差几英尺。"二战"以前，杜立特就是美国家喻户晓的名人，空袭东京以后，更成为民族英雄。他的事迹被广泛传颂。

2015年，作者作为世界华人华侨纪念世界反法西斯暨中国抗日战争胜利70周年组织委员会秘书长，在奥斯卡金像奖颁布场地雪兰大剧院，组织举办《为了和平》大型晚会。有100多位参加过"二战"的美军老兵和家属受邀参加盛会，并接受组委会为他们准备的和平纪念章。这场活动得到了中国军方的大力支持，中国战略与管理研究会为共同主办单位。在此次活动中，作者作为一名中国空军的退伍军人，与美国多位"二战"老兵结下深厚友谊，从他们口中听到了很多可歌可泣的故事。老

兵们说："我们不怕流血，我们怕被遗忘！"作者闻听为之动容，同时，下定决心写作此书。希望能留给后人真实的历史资料，告诉大家：那个血与火的年代，离我们并不遥远。

关于中美关系，习近平主席曾说过："太平洋足够大，容得下中美两国。"2017年4月6日至7日，习主席访美期间，与美国总统特朗普会面时，以精辟的语言指出："我们有一千条理由

把中美关系搞好，没有一条理由把中美关系搞坏。"美中两国作为世界上最大的发达国家和最大的发展中国家，和则两利，斗则两伤。

两国关系在总体趋势向好的形势下，改进的空间仍然巨大。我们应该加倍珍惜来之不易的中美友谊，以杜立特和他的战友们为楷模，以为了拯救他们而甘愿流血牺牲的中国军民为榜样，尽最大努力，不断促进中美两个伟大民族之间的友谊不断向前发展。

陈 军

2017 年 7 月 15 日于洛杉矶

BOMBING TOKYO

THE STORY OF DOOLITTLE

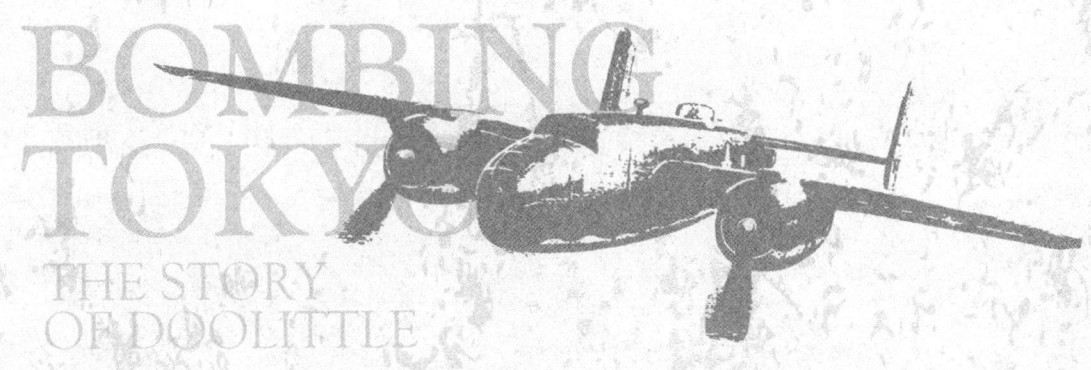

第一部分

东京大轰炸

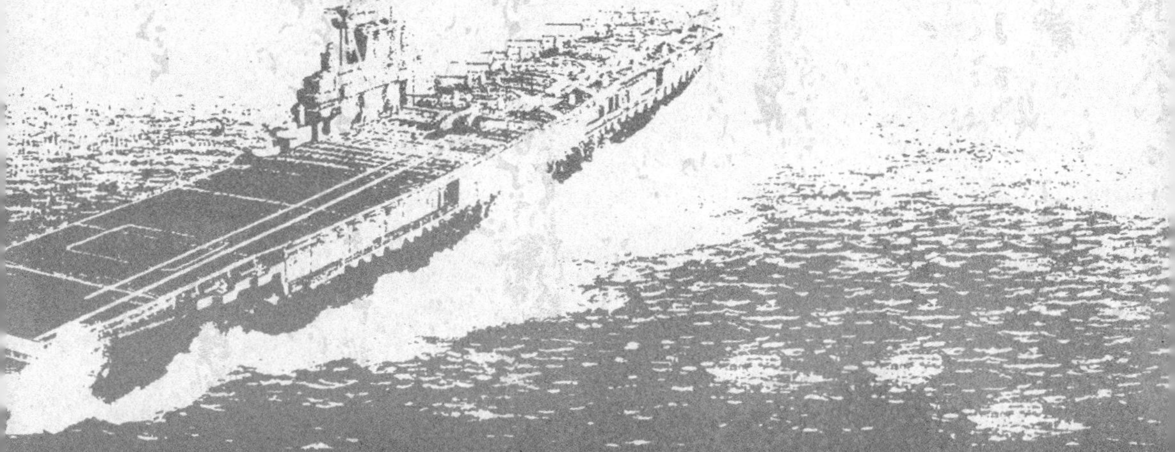

一　珍珠港

1942年4月18日中午12时15分，东京上空突然出现了一架轰炸机，以80米超低空高速通过，市民们以为是日军飞机，敬礼欢呼。突然，这架飞机爬升到360米，旋即投下4枚燃烧弹，瞬间，两栋大楼变成一片火海。紧接着，又有两架轰炸机临空，迅速投弹后立刻飞走。几乎与此同时，横滨、神户、大阪、和歌山及名古屋等城市也都遭到轰炸。

B-25 中型轰炸机

这是"二战"中美军首次空袭东京，历史记载为"杜立特突袭东京"（Doolittle Raid）。这次袭击如雷霆闪电一样迅猛，强烈地震撼了日本帝国。

1941年12月7日，停靠在日本濑户内海柱岛海军基地的日本海军联合舰队旗舰"长门"号的作战指挥室里气氛凝重。突然，作战参谋源田实中佐手持电文冲到山本五十六司令官的面前，大声报告："虎、虎、虎！"（Tora，Tora，Tora！）

偷袭成功！

日军偷袭珍珠港！

太平洋战争爆发！

日本联合舰队司令山本五十六

电文是由"赤城"号航母上的海军航空兵飞行队长渊田美津雄中佐发出的。此刻，他率领着353架轰炸机、鱼雷攻击机和护航战斗机向停泊在美国太平洋海军基地珍珠港的舰船狂轰滥炸，毫无戒备的美国太平洋舰队遭到重创！

两批攻击波持续了1小时45分。日军击毁美机188架，击伤159架，击沉或重创战舰18艘（其中包括8艘战列舰和3艘巡洋舰）。一枚炸弹命中了"亚利桑那"号战列舰的燃料舱，引发大火，引爆弹药库，舰体被炸成两段，黑红色的烟云升腾翻滚，火柱高达1000多米。9分钟之内，"亚利桑那"号连同1177名官兵沉入海底。是役，美军伤亡惨重，死亡2403人，负伤1178人。许多士兵跳海游向附近的福特岛，由于海面被厚达6英寸的燃油覆盖，很多人被引发的大火烧死！

日军的损失微乎其微：29架飞机，55名飞行员和5艘微型潜艇及10名艇员。

"长门"号的扩音器播放了日本陆海军大本营的战报："帝国海军于12月7日黎明之前，成功地对美国驻夏威夷舰队以及空军展开大规模空袭。此一战役的领导人，是舰队总司令山本五十六上将。"接着，电台播放《军舰进行曲》："跨过大海，尸浮海面，跨过高山，尸横遍野。为天皇捐躯，视死如归。"在部下一片欢呼声中，山本却高兴不起来。他心情沉重地说："我原本打算：在我方向美国宣战后，立刻一举击溃美国太平洋舰队，让美军丧失战斗意志。可是，根据美国的广播资料，华盛顿在收到最后通牒之前，我们已经对珍珠港进行了55分钟的攻击。"山本说："从美国人的国民性格来看，这是最让他们愤怒的一次了。我想我们的行为，会让沉睡中的强敌苏醒，而决定参战到底！"

下午1点40分，罗斯福总统办公桌上的电话响了起来。电话是海军部长诺克斯打来的。他向总统汇报："日军袭击了珍珠港！"

总统特别助理霍普金斯不相信这个消息："一定是搞错了，可能说的是菲律宾"。"是真的。"诺克斯说："太平洋舰队总部发来了电报：发生了空袭，这次不是演习（This is not a drill）。"

美国总统罗斯福签署宣战文告

总统倒是确信不疑。近一个多月来，他一直判断日本人将在何时何地发动进攻。现在，他的等待结束了。一场天大的危机已经降临到美利坚合众国的头上。

多年来，美国国内鼓吹"孤立主义""和平主义"的势力甚嚣尘上，对日本军国主义咄咄逼人的侵略视若不见。绥靖主义盛行，对日贸易始终维持在两亿美元的高水平，大量的战略物资，如废钢铁、石油制品等源源不断地向资源匮乏的日本输出。凭借这些资源，日本打造了一个空前庞大的战争机器：军队总员额达到500万，作战飞机7500架。海军舰船381艘，其中战列舰10艘，航空母舰10艘，重型巡洋舰18艘，驱逐舰118艘，海军火力之强大，超过了美、英和荷兰在太平洋海军力量的总和！

落在珍珠港的炸弹，可以说是美国帮日本人造的。养虎遗患,真是极大的讽刺。罗斯福一言不发,静坐了整整18分钟。

当天下午3点,总统召集他的顾问和官员们在白宫开会。与会者有国务卿赫尔、陆军参谋长马歇尔、战争部长史汀生、海军作战部长斯塔克等官员。会议于4点30分结束。总统召来秘书塔莉帮他起草宣战文告。

对于战争的到来,罗斯福早有思想准备。1940年9月,德、意、日三国在柏林签署轴心国《同盟条约》后,他就预见到美日之间必有一战。为此,他不动

美国陆军参谋长马歇尔将军

声色地做着必要的准备。1941年7月,日本受希特勒横扫欧洲大陆的胜利鼓舞,乘英、法无暇东顾的时机,派兵入侵法属印度支那。这个清晰无误的信号意味着日本下一步就要进军香港、新加坡以及荷属东印度群岛。罗斯福断然采取报复措施:冻结日本在美国的资产并宣布对日石油禁运。对于日本来说,这后一个打击是致命的,因为这个岛国80%的石油依赖从美国进口!

1941年11月26日,美国国务卿赫尔召见日本大使野村吉三郎,照会日本政府,要求日本立

美国国务卿赫尔

即无条件从中国（包括东北）和印度支那撤军。这份《赫尔备忘录》被东条英机视为最后通牒而断然拒绝。从那时起，日本虽然还在与美国虚与委蛇，但美国通过破译密码侦知：日本已经决定开战了。海军作战部长斯塔克判断：日军极有可能进攻泰国或缅甸，时间大约为12月1日。

没人想到日本人敢在太岁头上动土，直接把刀子捅进美国人的心腹！

日本内阁总理东条英机

1941年12月7日晚上8时30分，罗斯福总统在白宫召开内阁会议。副总统华莱士和内阁成员们鱼贯进入椭圆形办公室。罗斯福说：这是南北战争以来，最为重要的一次内阁会议。然后，他向阁员们大声朗读了《宣战文告》，获得一致通过。

美国白宫

纽约时代广场上，人群震惊地读到珍珠港遇袭的新闻。纽约爱乐交响乐团高奏美国国歌《星条旗永不落》，数千人在广场上齐声合唱。

人群从四面八方涌向白宫。宾夕法尼亚大道和拉斐特公园里人山人海。人群不顾波托马克河冬日凛冽的寒风，在猎猎飘扬的星条旗下，高唱《我的祖国，我属于你》《上帝保佑美国》等爱国歌曲。被深深激怒的美国人民空前地团结起来了。《洛杉矶时报》发表社论谴责日军的突袭是"疯狗的行径""是自寻死路"。《旧金山纪事报》号召："从现在起，美国就是一个军队。每个男人、女人和孩子都是其中的一个士兵。团结一心，为了一个目的：胜利！"

西弗吉尼亚号起火燃烧

1941年12月8日，星期一，美国参众两院召开紧急会议。下午1时许，一向坐在轮椅上的罗斯福坚强地站了起来，由儿子詹姆斯扶着缓步进入会场。总统翻开一个黑色记事本，开始宣读："昨天，1941年12月7日，一个将永远蒙受耻辱的日子——美利坚合众国突然遭到日本海空部队的蓄意进攻……"演讲历时几分钟，频频被掌声打断。最后，总统说："我要求国会宣布：自1941年12月7日，星期日，日本无端和怯懦地发动进攻开始，合众国与日本帝国之间就已存在着战争状态！"在如雷般的掌声、欢呼声和喊叫声中，总统缓缓地合上了笔记本。

美国对日宣战！

从此，世界反法西斯战争进入一个崭新的阶段！

二　运筹帷幄

12月21日，总统在椭圆形办公室召开军事会议，与会者有总统特别助理霍普金斯、陆军参谋长马歇尔、陆军航空军司令阿诺德、海军军令部长金、海军作战部长斯塔克、海军部长诺克斯及战争部长史汀生等。

英国皇家海军战列舰"威尔士亲王"号

在过去的两个星期，日军的攻势凶猛，坏消息接二连三。关岛失守了。威克岛守军抵抗了几个小时后投降了。美军在菲律宾的空中力量损失殆尽，首都马尼拉危在旦夕。英军在远东的军事力量也遭到沉重打击。12月10日，排水量43786吨的"威尔士亲王"号战列舰和35200吨的"反击"号巡洋舰被日军航空兵击沉，英国远东舰队元气大伤。首相丘吉尔哀叹：这是开战以来最黑暗的日子。相比之下，美英

英国首相丘吉尔

方面的反击作战微不足道。陈纳德的"飞虎队"(American Volunteer Group，AVG)在中国上空击落了4架日本飞机。太平洋舰队对日军几个边远基地发动了空袭，取得了一些战果，但日军根本就不在乎。罗斯福对这些小打小闹并不满意。他的要求是：以牙还牙，以眼还眼，要以空袭的形式，给日本本土带去真正意义的战争！罗斯福让他的将军们想出办法来！

总统是美国武装力量总司令，他的话就是命令！

会议反复讨论了各种计划，其中一个方案是动用500架远程轰炸机，自中途岛起飞，轰炸东京后，返航中途岛。不过阿诺德认为，此计划执行上有困难。也有人建议效法日本偷袭珍珠港，用航母舰载机实施空袭，不过研究起来，也是困难重重。一来日本人不是傻瓜，不会不做准备，干等美国来炸，更何况日本的零式战斗机远比美国战机先进，弄不好，美国舰队还没靠近日本，舰队与航空兵就折损大半。讨论来讨论去，实在想不出一个稳妥可靠的作战方案。

欧内斯特·金上将

1942年1月10日晚，美国舰队总司令欧内斯特·金登上一艘退役德国军舰改装的游艇，把自己关在舱房里，冥思苦索一个切实可行的作战计划。将军用过晚餐后正在休息时，他的部下弗朗西斯·洛来了。洛曾是潜艇军官，当时在参谋处工作，军衔是上校。在将星如云的美国军队里，是个人微言轻的小人物。

洛此行的任务是落实新航空母舰"大黄蜂"号交付部队的进度。任务完成后，在诺福克附近的兰利机场，洛偶然发现几架陆军航空兵的轰炸机在起飞和着陆。由于海军航空兵也使用这个机场训练，所以，跑道上用红线画有航空母舰跑道的轮廓，上面标明的长度是150米。这时，一个念头如电石火光一样出现在他的脑海：为什么不把陆军的轰炸机放到航空母舰上去？洛为自己的这个想法激动不已。见到将军后，他鼓足勇气问："将军，有没有可能把陆军轰炸机放到刚建好的'大黄蜂'号上去轰炸东京？"正在焦头烂额的将军眼睛一亮，大呼："有道理！"将军想：如果陆军远程轰炸机可以从航母上起飞做长途奔袭，那么，航母和护航舰队都不必过于靠近日本，同时也克服了海军舰载飞机载弹量少、作战半径小的缺点。"这真是一个绝妙的好主意！"将军说。

这两位军人没有想到，这天晚上他们的这番议论，竟然改写了第二次世界大战的历史乃至人类历史的进程！

三　决胜千里

　　根据指示，洛打电话约见将军的空中指挥邓肯上校。邓肯与洛是海军学院的校友，比洛晚两届毕业，曾在"萨拉托加"号航母服役，出任过护航航空母舰"长岛"号的指挥官，是个训练有素的海军飞行员。两人见面时，邓肯警告洛："不是重要的事，不要麻烦我。"洛回答："计划一次用舰载飞机轰炸东京如何？"邓肯一下子来了兴趣。

　　洛问了两个问题：其一，将一架满负荷的陆军轰炸机放到航空母舰上能起飞吗？这位老飞行员回答：如果飞机发动机功率达到要求，应该是可以的。其二，陆军轰炸机能降落回到航母甲板吗？上校的回答是不可能！航母的升降机太小，放不下轰炸机。如果第1架飞机降落后，不能及时运到甲板下面的机库，则第2架、第3架根本无法降落。舰载飞机降落时有制动钩辅助减速，而陆军轰炸机即使临时加装，舰尾的脆弱结构也承受不了钢索的巨大拉力。

　　邓肯写了一份研究报告呈给金，报告结论是：陆军轰炸机有可能自航空母舰起飞，但不可能再降落到航空母舰上，必须降落至陆地机场。

　　邓肯比较了3种轰炸机型号：马丁B-26的航程足够远，也可以携带充足的炸弹，但该型号能否从航母上起飞没有把握；同样，B-23也可以满足任务的要求，但此型飞机翼展较宽，有可能撞上航母塔楼。邓肯觉得：北美公司生产的B-25最适合执行此任务，因为它的翼展略超过 20 米，能够通过岛式塔楼，同时航程和载弹量也都没有问题。

接下来，邓肯开始选择用哪一艘航母承担这项任务。太平洋舰队有 4 艘航母服役："企业"号、"约克城"号、"列克星敦"号和"萨拉托加"号。但邓肯最中意那艘崭新的 19800 吨排水量的"大黄蜂"号。该舰正在弗吉尼亚试航。试航结束后，将列入太平洋舰队的战斗序列。

邓肯指出：只用一艘航母是不够的。除了在"大黄蜂"号上装载陆军轰炸机之外，还需要另外一艘航母装载战斗机提供空中掩护。护航的巡洋舰、驱逐舰和提供后勤保障的加油舰等共十几艘船舰组成一支特混舰队，共同完成这项任务。

美国陆军航空兵司令阿诺德将军

看完报告，金很高兴。命令他们去向陆军航空军司令阿诺德将军汇报。金说："如果阿诺德同意了你们的计划，就请他与我联系。"又郑重吩咐："你们不得与任何人谈起这个计划。"两人肃然，最后，金对邓肯说："海军这边的事务将由你负责处理。""遵命，将军。"

阿诺德 1907 年毕业于美国军事学院，是航空界的元老。1911 年，阿诺德用 10 天时间学会了飞行，教他的飞行教员是奥威尔和威尔伯——飞机的发明人莱特兄弟。当时美军只有两个合格的飞行员，阿诺德是其中之一。

阿诺德个性开朗，爱开玩笑，绰号"快乐的阿诺德"。30 年来，阿诺德对美国陆军航空兵的建设厥功甚伟。他恪守的座右铭是："最好的防御，就是进攻。"

不过，此时的阿诺德，一点儿也不快乐。为了完成总统交代的任务，他绞尽脑汁，还是无计可施。很多人自告奋勇替将军出谋划策，各种计划五花八门，不是不切实际的异想天开，就是外行人的胡说八道，一个也行不通。

就在这时，洛和邓肯带着他们的计划书走进了阿诺德的办公室。这位空军主帅一眼看出此计划的高明之处：航母在远离日本本土的洋面放出轰炸机后，可以立刻掉头回航，这样，美国航母的风险可以减到最小。阿诺德不由地拍案叫好！

计划有了，下一个问题接踵而至：谁来执行它？金已经指定邓肯负责海军方面的事务；阿诺德这一方面呢？

将军立刻想起了一个最佳人选：杜立特。

四　杜立特

吉米·杜立特（Jimmy Doolittle），45 岁，拥有麻省理工学院航空工程博士学位，是一位头脑缜密，骁勇非凡，精通航空机械和飞行理论的天才飞行员。1922 年，他创造了 21 小时 19 分钟横贯美洲大陆的新纪录。1927 年 5 月 25 日，他首次完成外翻跟斗的超难度特技动作（Outside Loop）。1929 年 9 月 24 日，他首次完成盲目飞行，整个飞行过程中，座舱盖被一个密不透风的罩子罩得严严实实，全靠观测仪表操纵飞机。15 分钟后，飞机平稳着陆。着陆点距离起飞点仅差 1 米。他的名字不止一次登上全国性报纸的头版头条，成为美国航空界唯一能和林德博格并驾齐驱的飞行员。（Charles Lindbergh，1927 年首次成功单人不着陆飞行横跨大西洋）。

杜立特的历任长官都很赏识这个飞行奇才，对他的评语不乏赞美之词："杜立特比我认识的任何军官对空军都更有价值。"一个上司如此评价。另一个说："动态人格，是才华横溢的工程师和顶尖飞行员的完美结合体。"还有一位断言杜立特在空军前程无量："空军中技巧高超且胆子最大的年轻飞行员。精通作战训练的最高境界。"美国陆军航空兵现任司令阿诺德将军，就是这

杜立特中校

些上司之一。

1917年,第一次世界大战爆发。美国参战。杜立特报名参军后被分配学习飞行。1918年,他仅在空中飞行了7小时零4分钟就放了单飞。然而,使他感到遗憾的是没能参加实战。当他的同学们纷纷成为空战英雄的时候,他的任务是培训一批批新飞行员。太平洋战争爆发前夕,他作为预备役少校在壳牌石油公司负责研制新型100号燃油。12月7日,日军突袭珍珠港,当晚,杜立特一夜不眠,提笔给老上司阿诺德写信。信中提出,作为一个有7730小时飞行经验,而且主要是飞战斗机的老飞行员,他要求到战斗部队去工作。阿诺德收到信后,立刻拿起电话:"你多长时间能赶到华盛顿?明天行吗?"

杜立特抵达华盛顿时,已被提升为中校。1月下旬,阿诺德召见了他,给了他一项"有生以来最重要的军事任务"。

五 紧锣密鼓

阿诺德问杜立特："吉米，我们有什么飞机可以在150米内起飞，携带900公斤炸弹，并能承载机组人员飞行3200千米？"

杜立特把美国兵工厂生产的飞机在脑子中迅速过了一遍，推断只有中型轰炸机能在这样短的距离升空。这样，只有4种机型可以选择。

"将军，给我一些时间研究。"他回答："我会尽快给您答案。"

第二天，杜立特向将军报告：B-23或B-25都是可以的。两者都需要加装额外的油箱。

阿诺德又加上另外一个要求：飞机的翼展必须足够窄，能够在小于22米的宽度内起飞。

"那只有一种机型能做到。"杜立特回答，"您说的正是B-25。"杜立特选中的机型与邓肯不谋而合。阿诺德马上打电话给金，经过简短讨论，海军和陆军航空兵的两位主将批准了这一作战计划。

B-25中型轰炸机

阿诺德命令杜立特代表陆军航空军参加"第一号特殊航空项目"。负责实施邓肯拟定并经阿诺德和金批准的作战方案。

这时已经是1月下旬，给他的准备时间只有两个月。在这样短的时间内，他要完成后勤保障，改造轰炸机，挑选和训练突击队员，时间非常紧迫。阿诺德的态度非常明确：要人给人，要飞机给飞机，一切部门开绿灯！压倒一切的优先权！有什么困难和阻力，直接打电话给他！

  经过估算，此次任务的不间断飞行距离是3200千米。为了安全起见，加大保险系数至3800千米，载荷为900公斤炸弹。部队现在装备的B-25的最大航程为2000千米。因此，必须改造。

  B-25轰炸机是北美航空公司于1939年研制，1940年首飞成功。配备两台1700马力的发动机，时速480千米，升限7100米，有3挺自卫机枪，造价180000美元。杜立特最终选定这型飞机主要是基于三个特点：其一，驾驶比较轻松，适合长途飞行。其二，翼展短，只有20米，可以通过岛式塔楼，也可以在甲板上放较多的飞机。其三，乘员少，只有5人。是B-17轰炸机的一半。

  根据杜立特的要求，1月23日，陆航参谋长从各个部队抽调了17架飞机到航修厂进行改造，后来又增加到24架，确保杜立特至少有18架处于最好状态的飞机。命令要求：必须在2月上旬把全部待改装的飞机送到工厂。

  最重要的改装是燃料系统。B-25机翼上的两个油箱的容量是2400升。在原有最大航程的基础上增加1800千米，意味着油箱容量的加倍。考虑到每加仑燃料的重量是2.7公斤，这意味着起飞距离也要增加。机舱已经很紧凑，没有空间放下另一个油箱。工程师们设计了几个不同尺寸的油箱，见缝插针地塞进每一个可利用的空间。在炸弹舱的顶部，置放了一个850升的防弹橡皮油箱，同时不影响携带4颗225公斤的炸弹或燃烧弹。等到燃油用完，把橡皮油箱压扁折叠起来，由投弹手扔掉。为了减轻重量，一切不是必需的设备统统拆下，如多余的照明弹和100公斤的无线电通信设备。

  炮塔也要改装。机群低空进入日本时，机舱下面的炮塔没有用处，而机尾炮塔需保留，以防止敌机从上部或尾部的攻击。

  轰炸目标的选定由阿诺德将军指示陆航参谋长斯帕茨将军负

责。9天之内，一份3页纸的报告送给了杜立特，详细标明了日本赖以进行战争的飞机制造厂、发动机厂、钢铁厂、铝镁加工厂、发电厂和炼油厂等目标。

在中国方面的后勤保障是杜立特非常关注的一环。他选定了距离海岸线110千米，上海以南320千米的衢州机场作为主要着陆机场。着陆以后，加满油料立刻起飞，续飞804千米到达重庆。全部机组需要75000升的100号航空燃油和2200升的120号润滑油。杜立特要求这项工作立刻开始。

大黄蜂航空母舰

B-25从大黄蜂航空母舰起飞

1942年2月1日，邓肯来到停泊在诺福克海军基地7号码头的"大黄蜂"号航空母舰。

"大黄蜂"号是美国第8艘航空母舰，舰长270米，排水量18900吨，航速33节，造价3200万美元。全舰官兵2170名。舰长是米切尔少将。两天前，该舰刚结束在墨西哥湾的35天试航，返回弗吉尼亚。根据邓肯的要求，两架B-25轰炸机已经吊到舰上，准备出海试飞。米切尔也不问理由，大家心照不宣：这一定是什么非常冒险的机密任务。

中午12时55分，"大黄蜂"号到达试飞地点。试飞员菲茨·杰拉德已经做好了准备。1时27分，飞行员发动飞机，当速度表指在时速200千米时，仍紧踩刹车不放，飞机纹丝不动。此时，信号员将信号旗一挥，飞行员立刻松开刹车，飞机猛然冲向舰首甲板，没到尽头就拉起来了。紧接着，第二架飞机也起飞成功，滑跑距离只有83米。虽然这两架飞机没有满载炸弹及油料，邓肯仍然非常满意，毕竟，这件事从来没有人做过。

六　调兵遣将

杜立特和部分队员在一起

　　由于"大黄蜂"号只能搭载16架B-25轰炸机，共需16个机组，每组5个乘员。因此，杜立特需要组建一支80人的突击队。为了保险起见，杜立特决定把备选人数扩大到24个机组共140人。1942年2月初，杜立特选定了驻扎在俄勒冈州彭德尔顿机场的美国陆军航空兵第17轰炸机大队。该大队全体飞行员奉命转场至佛罗里达州的艾格林空军基地。陆军航空兵向海军航空局借调一名经验丰富、善于驾驶重载飞机从航母甲板起飞的飞行员于3月1日至15日出任飞行教员。海军派来了29岁的米勒中尉。

　　杜立特制订了一个55小时的培训计划，包括6小时的初始阶段训练；5小时向米勒学习短场起飞；4次空机起飞；4次载重12000公斤起飞，最后两次满负荷14000公斤起飞。另外用15个小时做轰炸训练，15个小时射击训练，最后，是14个小时的超低空水上飞行训练。

　　3月3日，杜立特抵达训练基地时，24个机组的人员都到齐了。杜立特召集全体飞行员开会，140个小伙子把会议室挤得满满的，长椅和窗台上都挤满了人。他们都是第一次见到这位传奇人物。"我心怀敬畏。"鲍尔回忆,"他是我的偶像。"

杜立特身材不高,只有 1.63 米,不是那种彪形大汉的形象。他目光炯炯,身上有一种常人没有的魅力。"我们立即被他迷住了",琼斯说,"没用两分钟我们就中了他的魔法。"杜立特的现身已经说明了这次任务的重要。每个人都明白:要大干一场了!

杜立特宣布:他现在负责一项高度机密而危险的任务。如果你认为这不是你参加过的最危险的任务,那么连训练你都不用参加了,现在就可以退出。这完全是一项自愿行动,而且需要严格保密。任何人可以随时退出,不需要任何理由。杜立特又强调,此"机密计划"必须高度保密,不可对任何人透露,包括你们的家人、妻子、父母,无论在此基地做什么训练,都不可以谈论训练的目的,也不准互相揣测。一旦有人违反上述原则,将被送至联邦调查局查办!

所有的人都愿意。但不是每个人都有入选的幸运。没有人愿意失去和大名鼎鼎的飞行员一起飞行的机会。海特中尉回忆道:"我们都做好了准备。无论杜立特去哪里,我们都和他一同行动。我们已经表明了态度,我们能胜任。"波特中尉说:"我们一定要达到训练的要求。我们是和那个时代的首席飞行员一起飞行。"

最后,杜立特说:"我们有大约 3 周时间——也许更少。记住,如果有人想要退出,可以马上退出,不会过问任何问题。"

一个退出的也没有。

经过反复筛选,杜立特从 149 个报名的志愿者中选出来 99 人,再将这些人每 5 个人 1 组,分成 20 个组。每组 5 名组员:机长、副机长、轰炸员、领航员、机械师兼机枪手。根据每个人的飞行记录和背景资料,挑选出来的都是勇敢优秀的小伙子。

七　厉兵秣马

B-25轰炸机的滑跑起飞速度是每小时180千米。经过试飞后，米勒中尉说他用一半的速度就能起飞。飞行员们表示："不可能"。米勒开始示范：双脚踏住刹车板，推油门，发动机全速轰鸣时，猛地松开刹车，同时拉驾驶杆直到升空。米勒的试验证明，只用100千米的滑跑速度就可以起飞。学员们信服了。

正式训练开始了。根据飞机和发动机的性能特点，米勒制定了一个起飞程序。根据航母能够搭载轰炸机的最大数量，他把起飞距离削减至105米。海上航行中，风速和航母的速度叠加，可以在甲板上形成每小时40海里的风速，有助于满载轰炸机的起飞。米勒命令地勤人员沿着跑道左侧画出一条黄线，这样，飞行员可以练习用左轮胎压着黄线滑跑。这一点很重要，因为轰炸机的左翼尖和航母的岛式塔楼之间的间隔仅为2.1米。

米勒命令在跑道距起点75米和120米的位置插上旗帜，以后每隔15米插一杆旗，直到210米，帮助飞行员目测距离。米勒先带飞了几个飞行员。等他们掌握了基本技能以后，再分别带飞其他人。飞行员们学得很快，起飞距离不断缩短，载荷不断加重。史密斯以90米的滑跑距离、沃森以88千米的低速起飞，分别打破了纪录。"看谁能在最短的距离带更重的载荷起飞成了一场激烈的竞赛。"鲍尔回忆道。最后，全体人员都通过了测试。与此同时，轰炸、射击和海面超低空飞行训练也都取得了令人满意的成绩。

3 周的训练很快过去了。队员们学到了很多东西。训练是紧张而又严酷的。每一项科目、每一次起飞降落都关系着任务的成败，没人敢掉以轻心。

　　训练结束之际，杜立特返回华盛顿，向阿诺德将军做最后一次报告。这位老飞行员没有赶上第一次世界大战，他不想再失去这次宝贵的机会。"将军，我比其他任何人都更了解这个项目。您交给我的任务，我都完成了。现在，请您允许我亲自带队去轰炸东京！"

　　阿诺德脸上的笑容消失了，他太清楚了：此一去枪林弹雨，九死一生，今日一别，可能就是永诀。他真想留下这个人才在战争中发挥重大的作用。然而，考虑到这一战役的重要性，有杜立特亲自带队，成功的把握将大大增加。"好吧，吉米，你去找哈蒙。如果他同意，我就同意。"杜立特转身下楼，敲门进入陆航参谋长办公室："米弗，关于一号航空项目。我要带队出击。海普说：如果你同意，他就同意。"参谋长猝不及防，结结巴巴地说："海普同意的事情，我从来没说过不字。"杜立特谢过参谋长，转身离开陆航司令部大楼。他怕上司反悔。

　　杜立特星夜赶回训练基地，出发的日子快到了！

八　特混舰队

3月19日，邓肯上校抵达夏威夷。一眼望去，珍珠港还是一片狼藉。水面漂浮着两英寸厚的油膜。"亚利桑那"号躺在泥泞的海床上。工程师、工人和潜水员冒着生命危险，在毒气和没有爆炸的军火中清理废墟。一个月前，在沉没的"西弗吉尼亚"号的船舱里，潜水员发现了一张日历和3具尸体，根据划掉的日期判断，这3个人一直存活到12月23日，直到氧气用尽窒息而死。

尼米兹将军是海军学院1905年毕业生。职业生涯大半是在潜艇上服役。日军突袭珍珠港以后，他临危受命，接任了太平洋舰队司令的职务。尼米兹认为，他当前的首要任务是保卫夏威夷和中途岛两个基地，以及通往澳大利亚的海上航路。

邓肯的到来，打乱了他的部署。他很不情愿地接受了邓肯传达的命令。为了保密，命令是手写的，附有30页的实施纲要。要点是：由18艘军舰组成特混舰队，配合陆军航空兵执行轰炸东京的任务。舰队作战序列包括搭载16架B-25轰炸机的"大

尼米兹海军上将

黄蜂"号和满载海军舰载机的"企业"号两艘航母。护航和辅助舰艇有重巡洋舰 3 艘、轻巡洋舰 1 艘、驱逐舰 8 艘、潜艇 2 艘、油轮 2 艘。总兵力 1 万人。

这是太平洋舰队的半个家底儿。现在，要一下子全拿出来，投入到一场没有胜算把握的战斗中去，尼米兹有点儿舍不得，又觉得过于冒险。目前，太平洋敌我双方的态势是敌强我弱。美国海军方面，加上"大黄蜂"号，也只有 5 艘航母，刚好是日军航母的一半儿。如果在远离美军基地但又非常接近日本本土的海战中被打掉，美海军至少需要 3—4 年才能恢复元气。一向用兵谨慎的尼米兹实在下不了这个决心。

然而，邓肯说：这个命令不是给他考虑的提议。没有讨价还价的余地。这是最高层的命令，已经定了，不容任何更改。

哈尔西中将

尼米兹找来哈尔西中将商量。哈尔西绰号"公牛"，是美国海军有名的战将。勇猛善战，又足智多谋。

"比尔，你觉得这份计划如何？"

"需要勇敢加运气。"

"你来率领他们好吗？"

"好，我愿意。"

"就看你的了。"尼米兹一锤定音。

九 中国机场

美国陆军中将约瑟夫·史迪威

阿诺德将军对前往中印缅战区任职的史迪威将军透露：美国会派轰炸机到中国助战，因此，在中国的几个省份需要准备若干个机场。阿诺德没有对史迪威透露细节，只要求他在每个机场存放一定数量的100号航空汽油和120号润滑油，供轰炸机使用。

美国在重庆的军事代表团通知蒋介石：要求中国在4月初以前在浙江、广西、云南一带，准备4—5个机场，以备美国轰炸机来华协同作战。美军代表要求对此事高度保密。当然，代表本人也不知道有多少飞机什么时间从哪里飞来中国。

蒋介石遂下令给第三战区司令官顾祝同。顾不敢怠慢，立刻命令国军工兵指挥官傅克军将军，紧急调动工兵部队修建轰炸机跑道。

傅克军将军毕业于日本士官学校，是中国独立工兵团的创建者。独立工兵团隶属陆军总部，负责修建机场跑道、江阴要塞、宜昌炮台等国防工程以及滇缅公路等军事工程。其中宜昌石牌要塞构筑得十分坚固，八年抗战中，国军据险扼守，多次粉碎了日军进犯重庆的战略企图，确保中国抗战的大后方稳如磐石。

根据美方要求，中国在云南、广西、浙江一带共修建了5个野战机场，跑道是用碎石及泥土碾压而成，分布在玉山、丽水、建瓯及衢州等地。工兵团和地方政府动员来的老百姓共同奋战，在没有任何机械设备的情况下，人拉肩扛，硬是在不到60天内，建成了数条长2000米，宽60米的轰炸机跑道。

傅克军将军

机场的简陋是可以想象的。除了跑道灯以外，没有任何辅助降落的设备。至于雷达和通信设备就更不用说了。

时间已经到了3月中旬。美方反复发电询问史迪威：有没有准备100号汽油和120号润滑油？经过23天的海陆颠簸，史迪威刚刚抵达重庆，一下飞机就忙这件事。由于不明所以，史迪威不了解这件事的重要性和紧迫性。他反问：为什么非得100号汽油？普通飞机用油仰光及加尔各答多得是。阿诺德将军明白：史迪威不是空军出身，不懂得轰炸机汽油与一般飞机汽油的区别所在。3月22日，史迪威终于在加尔各答美孚石油公司的库存里找到了11万升的100号汽油和2000升的120号润滑油。阿诺德大喜，马上下令将油料运往中国，他将提供10架运输机协助。阿诺德命令：每个机场派12个人看守，其中必须有一人会讲英文。所有的人和物必须在4月9日晚12点以前到位。他再三强调："那个至关重要的计划能否成功就看这次空运能否按时完成,以及能否万无一失的保密。"

国军的大兴土木惊动了敌人。驻上海的日军第 13 军派出部队向衢州发动攻势,企图捣毁国军建成的机场。国军派出第 86 军在浙南阻击。鉴于敌人来势汹汹,蒋介石致电华盛顿,要求美军轰炸机延期两个月使用浙江、广西和云南的几个机场,等待国军调动部队增援与日军激战的第 86 军。

P-40 战斗机

DC-3 运输机

这时已经是 1942 年 4 月初了。特遣舰队已从美国西海岸起航,延期是不可能的。美方答复重庆:计划不能更改,要求中方确保机场安全。重庆立刻让顾祝同下死命令给 86 军军长莫与硕,不惜一切代价,死守衢州防线。

4 月 12 日,距离预定空袭日还有 7 天,史迪威派了两架 P-40 战斗机赶往浙江机场检查油料准备情况。因天气恶劣,两架飞机先后失事,在跑道上摔得稀烂。4 月 5 日,中方也派了一架道格拉斯 DC-3 运输机给浙江两个机场运去电台和一些专用设备,结果,也是因为天气原因,飞机摔得四分五裂,运去的电台等设备全毁,无法修复。

中国方面唯一做到的事,就是遵照美方指示:命令中国各机场在 4 月 19 日清晨 6 点到晚上 9 点这段时间,任何人不得使用无线电发送频率介于 1600—2200Hz 的电文。总之,阴差阳错,种种乌龙,最终导致杜立特突击队的飞机,没有一架抵达中国的机场。

十　兵车行

按照海军部的命令,"大黄蜂"号3月4日从诺福克起航,穿过巴拿马运河,经圣地亚哥,于3月31日抵达旧金山的阿拉美达军港。这个庞然大物威风凛凛地矗立在1号码头上。大烟囱上是米切尔舰长要求刷上的几个大字:"勿忘珍珠港"。

装载 B-25 轰炸机的大黄蜂号

4月1日下午,24个机组的人员全部到达阿拉美达。

下午2时45分,16架 B-25 轰炸机被吊上了航空母舰,并被牢牢地固定在甲板上。杜立特突击队的队员们心中明白了一大半,而航空母舰上的水手们仍然感到莫名其妙。

下午晚些时候,杜立特召集了他的队伍。"好了,现在没事了。去玩儿去吧。见任何想见的人,做任何想做的事。处理好自己的财务问题。注意保密。解散。"

那天晚上,许多飞行员去了马克之顶——诺布山上马克霍普金斯酒店的山顶酒吧。飞行员们纵情享乐,畅饮鸡尾酒,许多人一直狂欢到出发前的最后一刻。他们中的大部分人要出发执行任务,但不是每个人能活着回来。这一点人人心中都很清楚。在山顶酒吧可以俯瞰整个城市美丽的夜景。明月当空,停泊在港口的

"大黄蜂"号和舰上轰炸机的轮廓清晰可见。"真是一个美丽的夜晚，也许我再也见不到她了。"领航员麦克卢尔回忆："还是好好地看看她吧！"

飞机用钢索固定在甲板上

杜立特一晚上都和夫人乔在一起。他对结发24年的妻子说："我要到国外去工作一段时间，但我会尽快与你联络。"看着泪眼婆婆的乔，杜立特柔肠寸断，他深情地吻了乔，而她却强忍住泪水。杜立特回忆道："我们的一生有很多次离别。但是这一次，我敢肯定，她觉得要过很长时间才能再见到我，而我想的是：我们还能不能再见面。"

在赶回航母的路上，阵阵海风迎面吹来，鼓荡着杜立特的胸襟。此刻，儿女情长早已抛到脑后，杜立特心中想的是：杀敌报国！

风萧萧兮海水寒，壮士一去兮不复还！

严厉的海军上将金给杜立特带来一个便签："当我得知是你在'大黄蜂'号的远征中带领陆军航空兵部队时，我知道成功的概率已大大增加。对你，对你的官兵们，"金写道："我要衷心地祝愿你们胜利完成任务……以及一路顺风和狩猎成功！"

万事俱备，杜立特整装待发。正在这时，传令兵让他上岸接一个紧急电话。

电话是马歇尔将军打来的。

"杜立特？"

"是的，长官。"

"我打电话来是要亲自祝你好运。"马歇尔说，"我们的关心和祷告会与你同在。再见，祝你好运，平安归来。"

杜立特顿时不知所措。美国陆军的最高长官亲自打电话来祝他成功,这一姿态表明:对于正在战场上遭遇困境的国家来说,他这一次率队出击的重要性。杜立特不知道该说什么好。

"谢谢,长官!"他说:"谢谢您!"

舰队开始起锚。上午7时42分,轻巡洋舰"纳什维尔"号启程。10时18分,"大黄蜂"号启程。10时33分,舰队从海湾大桥下通过,半小时后,经过了恶魔岛。11时13分,舰队通过金门大桥,驶入太平洋,远征开始了。

十一　战旗飘

哈尔西命令舰队一分为二：米切尔舰长率"大黄蜂"号航母，2 艘巡洋舰，4 艘驱逐舰和 1 艘加油船，编成 16.2 特混舰队于 4 月 2 日从旧金山起航。哈尔西亲率 16.1 特混舰队，包括"企业"号航母，2 艘巡洋舰，4 艘驱逐舰和 1 艘加油船于 4 月 7 日在珍珠港出发。两支舰队于 4 月 12 日在海上会合，编成第 16 特混舰队。在距离日本 1300 千米处加油。完成后，加油船返航，其他战舰继续前出到距离日本 640 千米处。

米切尔船长不敢让他手下那群菜鸟水手在夜里开着这艘崭新的大船穿过海湾大桥和金门大桥，于是起航的时间定在 4 月 2 日上午。当"大黄蜂"号驶过旧金山湾时，16 架轰炸机一架接一架地摆在甲板上，上班的民众开车经过大桥时，每个人都看得清清楚楚。消息不胫而走：一艘航空母舰载着一批陆军轰炸机出海了。第二天，海军发布了一条假消息：为了防范日军再次来袭，这批飞机是运到夏威夷去的。约 4 个月前珍珠港被日军偷袭，此时海军运一批飞机到夏威夷去，非常符合逻辑。

杜立特和飞行员们在一起

4 月 2 日下午，特遣舰队乘风破浪在浩瀚的太平洋上驰骋。当海岸线从视野中消失后，杜立特召集全体人员开会。杜立特宣布：本舰队航向日本，任务是：轰炸东京、神户、大阪和名古屋！话语未落，飞行员们齐声欢呼起来。

杜立特告诉大家：完成轰炸后要飞到中国某个机场，在那里加油后，再飞到此行的终点重庆。每个人都松了一口气，长时间的猜测结束了。"这是一项光荣的任务，明确又具体。"机长劳森说。

半小时后，水手长吹响尖锐的哨子。随后，广播里传出米切尔船长的声音："现在请听通知：本舰要带着陆军轰炸机到日本海岸，去轰炸东京！"船上的每一处都爆发出欢呼声。"这是开战以来最令人兴奋的事。"机枪手布诺瓦说："我们终于有机会反击日本鬼子了，真太让人兴奋了。"

"大黄蜂"号装载 B‐25 轰炸机的雄姿

信号兵把这一通知传给了每一条舰船。各条船上都是一片欢呼，士气空前高涨！

杜立特再次强调任务的高度危险性。他重复一遍：我只要志愿人员。大家现在仍可以任何理由退出。说完后，等了一分钟，被选中的 16 组组员没有人退出。恰恰相反，候补组员们不干了，他们开始软磨硬泡地与入选的 16 组组员交涉，摆出种种理由，企图更换为正式组员。有人拿出大笔美金"贿赂"，价码飙升到 150 美元。但是，一切努力都是徒劳，没有一个人肯放弃自己飞临东京的权利。

最后，基于提高机组生存率的考量，在杜立特的强迫下，一位老资格的机械师取代了一个年轻的机械师。起飞前 3 天，杜立特考虑到需要医生随行，而轰炸机早已拆光了一切不必要的设备来减轻重量，没有多余的空间再安排一名医务人员，杜立特决定由一位哈佛医学院毕业的候补人员突击学习了一天的机尾炮塔操作技术，把一个怒气冲天的机枪手硬换了下来。

这个医生就是15号机组的托马斯·怀特中尉。

杜立特的这一决定非常正确。4月18日晚上，第7号机组机长劳森在迫降时身负重伤，左腿伤口溃烂，并发坏疽，生命垂危。降落在附近的怀特闻讯后，携带从飞机上抢救出来的手术器械，星夜赶到临海，与中国医生陈慎言一起，为劳森做了截肢手术，伤员转危为安。

十二 刀出鞘

赴龙潭，捣虎穴，特遣舰队日夜兼程，以每昼夜400海里的速度，向日本逼近。

即将与之交锋的敌人是骁勇善战、强大的日本帝国海空军，而杜立特率领的这支突击队，没人上过战场。除了45岁的杜立特和副队长两人是校级军官，其他人大多是中尉、少尉、上士甚至下士，平均年龄不到25岁，是一群不怕虎的初生牛犊。

杜立特和米切尔舰长与队员们

刚刚投入第二次世界大战战场的美国军队，除非是高级军官或资深士官，以及45岁以上的老军人，或许参加过第一次世界大战，其余所有官兵，包括特遣舰队的海军水兵、飞行员、陆军航空兵飞行员等，统统没有上过战场，毫无实战经验。不过美国人的优势在于：从小生长在接触大量机械的环境中，入伍后，经过完整科学

大黄蜂号甲板停满轰炸机

的新兵训练，辅以丰富的训练教材、器材、先进的武器装备和单兵装备，可以保证新兵和新部队通过实战锻炼迅速形成战斗力。

在15天的航程中，杜立特的队员们没有闲着。情报部门每天上课，讲解轰炸目标，将地形、地貌、海湾形状标示出来，做成图片让领航员熟记。各机组以东京、神户、大阪周边地形为对照，再根据目标前之地标做出每组一套的轰炸程序图，让每一位机长，副机长，领航员和轰炸员背得滚瓜烂熟。

起飞后，为了躲避雷达侦测，必须全程超低空以距海平面85米的高度飞行，等接近目标后，迅速爬升到300米至360米高度，打开炸弹仓，瞄准目标后精确投弹。每架飞机都规定了主要及次要目标。杜立特再三强调只准炸军事目标，不准炸学校、医院、住宅区等非军事目标，也不准去炸无线电台。必须保留日本的广播系统，让日本全国各地很快知道本土被空袭，打破日本政府所谓皇国从未被入侵及攻击过的神话。除此之外，皇宫、神社不准炸，因为日本人对这类玩意儿敬畏很深，如将其炸毁，会伤害到日本老百姓的自尊，使之更加拼命。

有个组员突然提出一个问题："当我们的飞机在日本领空被地面炮火击中，或被日本战机攻击受伤，不得不弃机或跳伞时，我们该怎么做？"杜立特回答："如果发生这种情况，每个分队长要自己判断并告诉组员该怎么做，自己也要做出决定该怎么做。"组员们沉默了几秒钟，有一个组员反问杜立特："长官，如果是你，你会怎么做？"杜立特回答："我不打算当俘虏！我已经45岁，够本儿了。如果我的座机受伤而没有可能再救回时，我会让其他4位组员跳伞，而自己会驾驶这架飞机找一个最好的军事目标撞下去！当然，你们还很年轻，我不期望你们也这么做。"

情报官每天教组员学一些简单的中国话，如"我是美国人"

之类。可笑的是，这位教官只会讲广东话。他教的"中国话"，学员们死记硬背，总算学会了一些，但降落在中国以后，用美国人的怪腔怪调说出来，浙江的老百姓没有一个人听得懂！

十三　弓上弦

1942年4月17日，特遣舰队在大洋上已经航行了15天。按照计划应该在4月19日抵达离日本640千米至720千米之洋面。

当天下午，杜立特再度召集全体组员做最后的程序推演，细节规划如下：19日下午4点开始行动，杜立特驾驶1号机第一个起飞，飞往东京目标投弹，用火光引导后面的机群。除了杜立特的带队长机，其他15架轰炸机分成5个分队，每个分队3架飞机。目标也分成主要目标及次要目标，5个分队目标分配如下：

第1分队，负责炸东京北区。

第2分队，负责炸东京南部地区。

第3分队，负责炸东京南部及北部、中部地区。

第4分队，负责炸横滨及横须贺海军船坞。

第5分队，1架炸名古屋，1架炸大阪，1架炸神户。

这种满天星式的轰炸，可给日本老百姓有庞大机群进攻的感觉。各机群起飞后，立刻分散，不编队，也不用彼此联络，完成任务后，转向西南方向撤退，目的地为浙江衢州机场。着陆后，立刻加油转飞重庆。到重庆后，全体转由史迪威将军指挥。

最后，杜立特拿出两枚奖章，告诉大家：这奖章是1908年两位美国海军人员访问日本时，日本政府颁发给他们的。日军偷袭珍珠港以后，他们写信给海军部长诺克斯，要求把奖章退给日本，不过不是通过外交渠道，而是要绑在炸弹上还给日本鬼子！

诺克斯部长请太平洋舰队司令尼米兹转告杜立特：一定要满足这两位海军老兵的要求！

根据尼米兹将军指示，在"大黄蜂"号的甲板上举行了隆重的"还奖章"仪式。一颗重磅炸弹威风凛凛地卧在炸弹架上，上面写着两句口号："不想让世界置于战火中，东京除外！""你们将从这里得到报应！"杜立特把奖章挂在炸弹上，官兵们心情激动，热血沸腾、齐声高呼口号。杜立特请新闻官摄影留念。同时，16组机组人员，每组5人，分别照了一张合影。这些照片，包括各舰船的航行照片、B-25的起飞照片等，都成为珍贵的历史资料，战后一直被海军和空军博物馆珍藏。

这是起飞前的最后一次会议。像往常一样，他给部下最后一次机会退出。没有人退出。

杜立特以一项承诺结束了他的战前动员："当我们到达重庆，我要给你们开一个永生难忘的庆功会。"

杜立特把奖章挂在炸弹上

杜立特1号机组的5名飞行员

"企业"号甲板上停满了战斗机

4月2日"大黄蜂"号从旧金山港起航，4月12日与珍珠港出发之舰艇汇合成一支大型舰队，其动向惊动了日本情报部门。通过侦听分析收集通讯电波，日本人推测：一支大型美国舰队在悄悄驶向西方,但无法判断这支舰队的意图。

美舰队指挥官感觉到离日本越来越近,要求油轮为"大黄蜂"号和"企业"号加满油,全舰队加速驶向离日本海岸640千米之预定地点。

4月17日,"企业"号舰长下令航母舰上的战斗机全天升空,在这一带海域上空巡逻,以便提早发现日本巡逻船只。同时,"大黄蜂"号上的B–25轰炸机也加满了油料,挂上了炸弹,杜立特的队员们进入待命起飞状态。每个人身上的设备,包括:求生用具、手枪、小刀、紧急口粮、香烟、口香糖、急救包、水壶、救生背心、救生皮筏等,都一再检查是否齐备无误。

海军水手也忙起来了,轰炸机挂上炸弹,机枪装上弹链,发动机重复检查及调整,一切准备就绪,杜立特的队员们晚上回到自己舱内轻松一下,打扑克牌,赌钱消遣。

护航重型巡洋舰"盐湖城"号

此时,在"企业"号及"大黄蜂"号各舰桥、瞭望哨内,仍然紧张地注意着周边海域。大约到了半夜3点半,各舰艇不值班的官兵开始就寝,但是值班军官不敢松懈,目不转睛地盯着舰艇前方及四周海域。作战室、雷达、声呐也紧张地分析着资讯。

十四　山本的忧虑

1942年2月2日，山本五十六把他的旗舰搬到"大和"号战列舰上。这个海上巨兽是有史以来最庞大的战列舰，舰长263米，宽39米，满载排水量72800吨，装备各种大口径火炮17门，13毫米以上机枪60挺，其中舰首舰尾的3门主炮口径达到可怕的46厘米。该舰于1940年8月8日下水，转年12月16日，即日本偷袭珍珠港9天以后，加入帝国海军作战序列。

"大和"号战列舰

1942年4月17日上午，山本司令官枯坐在作战室里生闷气。在日军高级将领中，山本是极少数有战略目光的异类。对于太平洋战局，他既知己，也知彼。他深知：凭日本的区区国力，和强大的美国长期抗衡，无异于以卵击石，自寻死路。日本的唯一胜算是在开战初期，以突袭的方式，一举消灭美军太平洋舰队主力，迫使美国坐到谈判桌上来，争取一个对日本有利的和约。

按照原订计划，日本驻美大使野村吉三郎和外交特使来栖三郎应该在华盛顿时间下午1时把宣战书交给美方。30分钟以后，即1时30分，帝国海空军向太平洋舰队发起进攻。可是，外务省的工作人员竟然在翻译、打字上慢条斯理，迟至下午2时20分才

前左 日本驻美大使野村吉三郎
前右 日本外交特使来栖三郎

南云忠一——海军中将

走进国务卿赫尔的办公室,而此时珍珠港已经打成一锅粥了。就这样,一个偷袭、不宣而战的罪名就牢牢地扣在了山本的头上。一向严格遵守时间的山本气得大骂"八嘎!"

他无法原谅这样的失误!

偷袭珍珠港得手后,日本陷入狂热的歇斯底里,山本被奉为神一样的人物。然而,此时保持头脑清醒的,只有山本一人。他他恼怒地拒绝了授勋和所有的荣誉头衔,开始一门心思地收拾南云忠一的烂摊子。这位中将司令官胆小如鼠,临阵怯战,恐惧美军航母反击,没有派出第2波甚至第3波打击力量,给珍珠港留下了潜艇基地,船舶修理厂和储存450万吨的储油罐,这些都会加速美军舰队恢复元气。(实际上,美军损失的8艘战列舰中,有6艘得到修复)。至于首要的打击目标航空母舰,更是完全落空,这一失误的后果,必然很快显现出来。山本强烈地预感到:美军的反击已近在眼前了,而反击的目标,山本敏锐地察觉:必然是东京!

知道:这个马蜂窝捅得有多大!

山本发现,日本的防空形同虚设。由于大部分飞机在前线作战,可用作本土防御的飞机只有300架,其中50架部署在东京与横滨，20架在神户和大阪，名古屋只有10架，而且多数是单座、固定起落架的中岛97型老式飞机。高射炮也少得可怜。全国只有700门，稀稀拉拉地分散在东京（150门）、神户和大阪（70门）和名古屋（20门），最大口径为75毫米。随着战争的不断扩大，日本的兵力不足，军备匮乏的弱点开始凸显出来。

而美国呢？几周前，罗斯福总统在第一次战时国情咨文里宣布：1942年度，美国要生产6万架战斗机、轰炸机和运输机，四万五千辆坦克，两万门高射炮以及800万吨舰船。在高速开动的美国战争机器面前，山本感到不寒而栗。

美国的航母舰队是山本挥之不去的梦魇。2月1日，日军袭击珍珠港56天之后，美军第8特混舰队攻击了马绍尔群岛和吉尔伯特群岛的日军基地，击沉1艘猎潜舰和1艘运输船，损毁8艘日本舰船，击毙八代佑吉海军少将，使其成为第一个阵亡的帝国海军将领。2月24日和3月4日，美舰队分别向威克岛和马库斯岛发起攻击，给守军造成程度不同的损失。山本知道：这仅仅是热身。对方绝不会满足于这些小打小闹。一场更大的风暴已经在太平洋上生成。

山本下令：每天在日本东部海域进行远程空中巡逻，同时，他组建了拥有171艘船的侦察舰队，绝大多数是向私人征用的小型渔船，从50吨位到250吨位不等。每条船上配备电台和通讯人员，一旦发现有敌舰船的踪迹，立刻报告。各船距离日本本土1300千米至1600千米，全天候地监视着敌军可能来犯的航路。

十五　当机立断

　　1942年4月18日，黎明前的几个小时，特遣舰队灯火全熄，在黑暗中以20节的速度破浪前进。此时离东京尚有1300千米。"大黄蜂"号带领舰队向正西方向267°挺近，"企业"号航母紧随其后。在右舷护航的是"北安普顿"号和"文森斯"号两艘重巡洋舰。在左舷护航的是"盐湖城"号重巡洋舰和"纳什维尔"号轻巡洋舰。此时天气变得非常糟糕，一望无际的大洋洋面上，乌云翻滚，罡风呼啸，暴雨倾盆。风速高达30节的大风掀起滔天巨浪，排山倒海地扑向"大黄蜂"号的舰首，席卷甲板，平地积水接近一米，人员很难站立。

　　凌晨3时10分，"企业"号雷达操作员报告：在左舷前方19千米处发现两艘船舶，2分钟后，远远地出现了灯光。无疑，是日本的巡逻船现身了。舰队司令哈尔西立刻下令，各舰紧急进入战备状态，警报大作，执勤官兵全都进入岗位备战。经验丰富的司令官知道：此时每前进1千米都非常重要。为了不打草惊蛇，过早地暴露目标，哈尔西用短程高频无线电通知各舰右转舵90°避开敌船，借夜色掩护迅速脱离，转向北方，方位350°。3时41分，敌船信号在雷达屏幕上消失。4时15分，战斗警报解除，各舰恢复正常航行。

　　天亮了。拂晓6点，"企业"号放飞3架侦察机对舰队以西300千米的海域展开侦察。另有3架侦察机和8架战斗机升空警戒和护航。5时58分，海军飞行员奥斯本中尉在左前方68千米处发现一条小渔船在大海中起伏。哈尔西再次选择规避，命令舰队转向西南。短暂的平静很快被打破了。7时38分，"大黄蜂"号的瞭望塔在右侧约12.8千米处发现一艘日本船，船舷上写着"日东丸"3个字，同时，电台监听到这艘渔船在发出日文电报，"发现3艘敌军航空母舰，方位在犬吠崎以东1280千米处。"

被击沉的"日东丸"号巡逻船

战斗的时刻到了。"纳什维尔"号拉响警报，同时用信号旗请示开火。7时52分，哈尔西命令开火。7时53分，"纳什维尔"号开炮。8时21分，"日东丸"爆炸起火，两分钟后沉没，14名船员溺毙。同时，在空中巡逻的8架战斗机发现了另外一艘日本船，88吨位的"南欣丸"，飞行员用1200发机枪子弹把它送到了海底。

毫无疑问，日本人已经发现了特遣舰队。米切尔舰长对杜立特喊道：看样子，你们该"立刻出发"或"放弃任务"！杜立特沉默了不到1分钟，斩钉截铁地回答："我们立刻出发！"此时，哈尔西向"大黄蜂"号发出命令："起飞轰炸机，杜立特中校和勇敢的突袭部队，祝你们好运，上帝保佑你们！"

紧急起飞

各机组人员，有的刚吃过早饭，有的正在洗脸、刮胡子，甚至有人还在呼呼大睡！因为按计划是19日清晨才出发！当备战铃声大作，B-25 组员们已经知道发生什么事了。

杜立特和米切尔舰长握手告别，然后冲到船舱去拿他的包。一路上，呼唤他的队员们立刻登机。这时，舰上的扬声器响了起来："陆军飞行员注意，陆军飞行员注意，立刻登机，请立刻登机！"

水兵们在湿滑的甲板上来回奔跑，帮助飞行员拉掉飞机引擎和炮塔蒙布，解开系留钢索，移开轮挡，并把飞机对到起飞位置上。

这时，"大黄蜂"号距日本本土 1300 千米，几乎是杜立特原订计划的两倍！

领航员弗兰克对格林宁上尉说："我们离东京有 1300 千米！"他惊呼，"我不知道我们要从这么远起飞！"

杜立特驾驶第一架飞机成功起飞

格林宁跑下去通知杜立特。杜立特沉默着，一句话也没有说：他早就知道。

"大黄蜂"号距离日本还有 1300 千米的消息在突击队员中间迅速传开，大家的心都一沉。"飞机燃料最多能让我们飞到离中国 300 千米的海面，"机长希尔格对他的组员实话实说："如果有人想要退出，现在还来得及。我们会用候补队员顶上去。退出这件事永远不会被提及，也不会对你不利。这是你的权力，你自己决定。"

组员们全神贯注地听着，他们都明白：生还的可能性已经降到千分之一以下。

机械师马西亚想起了怀孕的妻子，想起了应该对她说却没有来得及说的话，又想到自己的牺牲是光荣的，家人和即将出生的孩子将为他感到骄傲，一股热浪从心头涌起："我要参加，而且要把这件事做好!"1号机领航员波特说:"我们对飞行员们充满信心,对飞机充满信心,对自己更充满信心!"

没有一个人退出。

8时零3分,"大黄蜂"号的舰首调到逆风方向,并将速度提到22节。水兵们很快把飞机排到预定起飞位置。16架飞机同时发动,螺旋桨飞转,马达轰鸣震耳欲聋。杜立特的1号机进入跑道,米切尔舰长看了一下手表,指针指着8点20分正。甲板上狂风肆虐,暴雨倾盆,航母在高达10米的惊涛骇浪中上下颠簸着。

杜立特加大马力,进入快210米转速时,脚仍踏住刹车。此时风速为30海里,对起飞极为有利。当舰首昂起的一刹那,信号兵快速抖动信号旗。当信号旗突然向下挥时,杜立特立刻松开刹车,飞机猛虎般的冲上舰首,前轮尚未到达甲板尽头,飞机已经腾空离开甲板了!全舰一阵欢腾!

杜立特没有等待编队,直接朝西爬升至85米高度,后面2号机、3号机……一架一架连续起飞,每机相隔约4分钟。每一架飞机的成功起飞都伴随着海军官兵的大声欢呼。人人心中洋溢着爱国主义的激情,很多人眼中饱含热泪。"天空布满轰炸机",一名记者写道,"双引擎的轰鸣声,飞机机身的美丽线条,机翼和机身上醒目的美国军徽,让我们每个人心中充满骄傲。"

十六 犁庭扫穴

各机组陆续起飞

偷袭珍珠港侥幸得手后,日本海军估计美军会照方吃药,因此,根据美军舰载机的作战半径,把防御圈设在距日本本土600千米—800千米以外,这个情报,美国是掌握的。不过,日本人派出大批渔船布置的前哨警戒线,竟然拉长到1000千米—1600千米,这一点无论是特遣舰队还是杜立特都没有料到。这个致命的疏忽几乎导致突击队全军覆没。

杜立特带领着16架B-25超低空掠海飞行,既费油料又危险。4月18日海上风浪很大,幸亏每位机长都是技术娴熟的飞行员,并且在佛罗里达海边刻苦训练了几十个小时,因此,编队在海平面91米高度飞行,一切顺利。情报官发下的地图里的地标和航道等资料,队员们早已熟记在心。因此,当起飞时间突然提前,一阵忙乱后,队员们迅速各就各位,朝指定目标扑去!

1号机杜立特机组的几位成员都是比较有经验的:副机长科尔中尉,在原轰炸中队已有5年经验;领航员波特中尉也服役了5年;轰炸员布鲁默士官长在轰炸机大队服役超过10年,是除了杜立特以外的最年长者!

第一部分 东京大轰炸

上午9时45分，在距离日本海岸以东1000千米的位置，1架日本巡逻机发现1架轰炸机向日本方向飞去。日本飞行员报告："一架双引擎的陆基轰炸机正向日本诸岛方向飞去。"然而，日军情报部门未加理睬。他们把这一警报视为误报。死脑筋的日本人认为：敌方陆基作战飞机续航能力有限，不可能跨过如此宽阔的海洋。

杜立特突击队的机群分散进入日本领空，宽达112千米，可使攻击覆盖最大的范围，避免对同一目标重复攻击，同时在雷达屏幕上显示出庞大机群的电波，而不是区区16架飞机入侵而已。

4月18日上午，天气晴朗，阳光灿烂。东京刚刚结束了一场防空演习。几十架日军战斗机在空中耀武扬威，上下翻飞，前后追逐，卖弄本领。市民们不钻防空洞，都跑到大街上看热闹。

中午12时刚过，防空演习和空中表演结束。建筑物上的防空气球也收起来了。天上只剩下3架飞机游荡着。说来也巧，日本内阁总理大臣东条英机乘坐一架军机去视察水户航空学校，恰好与杜立特的1号机打了个对头。东条的秘书韦西甫大佐紧盯着从港口方向飞来的1架双引擎飞机，嘴里嘟囔着："这架飞机有点儿怪。"两架飞机越飞越近，连飞行员的脸都看得一清二楚了，韦西甫失声大叫："是美国飞机！美国飞机！"坐在机上的东条吓出一身冷汗。他立刻命令防空部队进入一级战备！

来不及了！

超低空飞行

在宏伟的富士山山脚下，坐落着日本帝国的首都。东京不仅是国家政府和权力的中心，也是日本商业、工业、运输和通讯的重要枢纽，汇集了全国顶尖的医院、大学、百货商店、博物馆和剧院。根据1940年的人口普查，东京的人口已经达到6778804人。平均每10个日本人就有一个生活在东京。是仅次于伦敦和纽约的世界第三大城市。市内分为35个行政区，面积超过321平方千米。一些行政区内的人口密度超过每平方英里10万人，是华盛顿特区的10倍！

东京有1057921个住宅、商店、学校和政府建筑。超过45000个工厂和生产大量纺织品、陶瓷、机器和工具等各种产品的小作坊。有20余家银行的总部设在东京。港口区每天有50条船进港。

皇宫是这个拥挤的城市的核心，占地531英亩，被宽广的护城河、古城墙和高耸的松林护卫着。这里是40岁的天皇裕仁的家。

由于在中国战场深陷泥潭，日本进口的奢侈品越来越少，取而代之的是大量的装在锡盒中的阵亡士兵的骨灰。随着国家将全部资源转入战争，国内燃料奇缺，到处都实行放弃开车和食物配给的政策。东京的地标建筑帝国饭店，电梯停用，客人一律爬楼梯。

1941年2月，到访的美国记者奥托这样描述他亲眼看见的东京市容："一座弥漫着令人作呕的臭鱼气味的城市。路的两侧都是肮脏、破旧的木屋商店和棚屋。老百姓看起来都很穷，尽管是冬天，他们中的大多数人却都光脚穿着木屐。衣衫褴褛的还有数不清的小孩，矮小、半光着身子的顽童。"

拥挤的人口，密集的建筑物，其中98%是木质结构，使得东京成为"火攻"的绝佳目标。美国特遣舰队情报官朱里卡对杜立特说："如果你能好好放上几把大火，他们永远也不能扑灭！"

当1号机进入东京湾时，领航员波特紧盯着目标，接着大声喊道："3分钟内抵达目标上空。"杜立特下令"打开炸弹仓"并拉起机头爬升到365米高度，轰炸员布鲁默目不转睛地盯住瞄准仪中的目标。日本时间中午12时15分，布鲁默按下投弹钮，燃烧弹脱离飞机，不到10秒又掠过后续目标，顺利投下另外3颗炸弹，前后过程30秒钟，杜立特让大日本帝国吃了有史以来的第一颗炸弹！

1号机的战果是：炸死2人，伤19人。全部摧毁36座建筑，44座住宅，部分摧毁6座建筑，20座住宅。

高射炮炮弹开始在飞机四周爆炸。杜立特猛地推杆俯冲下去，以略高于屋顶的高度飞过东京西郊，然后向南朝大海的方向迅速脱离。

飞临东京上空

2号机机长胡佛中尉应该在设有灯塔的犬吠崎海岬进入日本陆地，但导航员没有发现这一明显地标。于是，胡佛紧跟着1号机，在杜立特完成轰炸后约30秒抵达东京上空，拉高到274米，用不到1秒钟的时间投下4颗炸弹，炸毁朝日电机公司，大爆炸导致浓烟大火，38栋建筑中，摧毁30栋，炸死10人，炸伤48人，随后以9米的超低空向西南方撤离。

由于机械故障和导航错误，3号机机长格雷中尉在1号机和2号机完成轰炸20分钟以后，在犬吠崎以南24千米、横滨正东方向飞进日本领空。这半小时的延误给了日军喘息的机会。12时35分，空袭警报在东京上空响起。战斗机紧急升空，高射炮开始对空射击。突袭的时机已经消失。格雷不顾密集的防空火力网拦截，驾驶飞机勇猛突击。到达目标上空后，将飞机拉升到441米高度，分4次将4枚炸弹投下，炸毁一家天然气公司和一家化工厂，炸死12人，炸伤88人，将工厂仓库夷为平地，引发的大火摧毁了8栋建筑，波及4栋民宅中的27个住户。

东京大轰炸

接近轰炸目标

投弹手琼斯在300米高度向一个疑似工厂的建筑物用0.30口径机枪扫射,击中了约20人。很遗憾,这是一个正在放学的小学。

在袭击东京北部的分队中,4号机机长霍尔斯特罗姆中尉最后一个到达目标上空。在快接近东京市区时,遭到4架日本战斗机拦截,为了躲开追击,只好将炸弹投到东京湾内。抛弃炸弹后,迅速摆脱了日机纠缠,飞往西南方。机组人员非常沮丧。导航员迈克尔回忆道:"所有的努力都白费了。"

5号机机长琼斯上尉炸毁1座发电厂及汽油库,炸死27人,是这次袭击中造成最大人员伤亡的1架飞机。

6号机机长霍尔马克中尉的第一颗炸弹命中日本富士钢铁厂,炸出了一个直径9米的大洞。第二颗炸弹命中了日本冶金,炸死炸伤10余人。

7号机机长劳森中尉顺利投弹,但没有命中重要目标,仅造成轻微人员伤亡。7号机投弹后顺利撤离。

东京上空出现的美军轰炸机

8号机机长约克上尉第一个轰炸东京南部,炸毁了一栋建筑物,没有造成人员伤亡。由于化油器故障,8号机变得极端耗油。约克机长计算油料后,认为不可能抵达浙江,于是转飞西北方向,降落在苏联的符拉迪沃斯托克。

9号机机长沃森中尉炸毁东京1座煤气发电厂,撤离途中击落敌机1架,但不能确认。

10号机机长乔伊斯中尉炸毁了东京南郊一座码头，1栋宿舍楼和1个服装厂，炸死25人，炸伤73人，摧毁或严重损坏了17栋建筑物。向西撤离的途中，10号机遭遇3批10余架敌机拦截，左机翼中弹，还击过程中，击落日机1架，也不能确认。

11号机机长格林宁上尉是第4攻击波的带队长机，率领12号机和13号机攻击神奈川、横滨和横须贺。飞越霞浦湖时，11号机遭遇4架日本飞机，机翼被击伤，右翼被打中15发子弹。机枪手加德纳用0.5口径机枪还击，打中了4架中的两架，其中1架起火燃烧，没有看到它是否坠毁。在182米高度，投弹手把4颗炸弹一股脑地扔下去，炸毁香取海军航空站，引起一次巨大的爆炸和多次连锁爆炸。每一次爆炸都使得轰炸机摇晃起来，翻腾滚滚的火柱高达800米。

东京被炸后烟云升腾

东京湾

12号机机长包尔上尉摧毁了地下输油管道，巨大的黑云笼罩了这个区域的上空，另外两枚炸弹击中了昭和电器厂，造成严重破坏。

得大奖的是马克罗伊中尉驾驶的13号机。他们扔下的炸弹将海军船坞撕开一个8米高、15米宽的大洞，重创了由潜艇支援舰改造成的航空母舰"大鲸"号，使其转换为航母的时间推迟了4个月。燃烧弹命中了4号码头，大火烧死4人，船坞内的舰只熊熊燃烧。

东京大轰炸

撤离日本

14号机机长希尔格少校炸毁了名古屋发动机厂的5栋建筑，损坏了另外5栋。炸毁了1座食品仓库，1座兵工厂，1座陆军医院，23栋建筑被摧毁，6栋受损。

15号机机长史密斯中尉战果轻微，仅炸死1人。

16号机机长法罗中尉在名古屋上空遭到日本战斗机拦截。法罗为了躲避，将飞机拉升到2100米高度，钻进云层。飞临目标上空时，法罗从云层钻出，降低高度至152米开始投弹，炸毁东邦天然气公司的3号储气罐，巨大的火球冲天而起。最后一颗炸弹命中三菱飞机制造厂，炸死5人，炸伤11人。轰炸完成后，16号机从西南方向飞离，向中国浙江沿海飞去。

16号机是最后一架飞离"大黄蜂"号，最后一架离开日本领空的飞机。

十七　舰队返航

最后一架 B-25 轰炸机起飞后,哈尔西命令所有舰船转向 180°驶回珍珠港。特遣舰队以 25 节的速度向东疾驶。"大黄蜂"号的水兵们把机库里的舰载飞机全部运到甲板上。两艘航母上的战斗机和轰炸机频频起飞,一路上,击沉击伤 12 艘日本船,击毙 33 人,伤 27 人,还抓了 5 个俘虏。

在向东撤退的同时,1 万名官兵焦急地等待着杜立特突击队的消息。各条舰船上的电台、收音机甚至个人的收音机都调到日本东京、神户和横滨的广播节目频道,航母指挥室里挤满了人,船头船尾处处响彻日本男女播音员以各种语言播报轴心国的当日新闻。

4 个小时过去了,没有杜立特的消息。人们开始焦虑了。有人怀疑机群在恶劣的天气中迷航了,也有人担心被日本人拦截了。突然,广播被一声尖叫打断,紧接着是一片死寂。广播中断了。

下午 2 时 45 分,广播开始恢复,播音员播报了一条官方的公告:

"今天中午过后,敌人的轰炸机出现在东京的上空,这在当前的大东亚战争中尚属首次""一大波敌人的轰炸机对非军事目标进行了狂轰滥炸,工厂部分受损。截至目前,已知死亡人数在 3000—4000 之间,东京上空没有飞机被击落的报道。大阪也遭到轰炸。东京有几场大火仍在燃烧。"

东京大轰炸

  一个女播音员吓坏了,她在电台里哭喊,动员人们献血:"献出你的鲜血,你的生命正遭受威胁。拯救伤员,拯救日本!"特遣舰队全体官兵爆发出雷鸣般的欢呼。"他们成功了!"米切尔舰长说,"这仅仅是开始!"

十八　伤员

一等兵沃尔是特遣舰队的第一个伤员，也是海军在这次突袭行动中唯一的伤员。为了保护尾部悬在航母外面最后起飞的16号机，不使其被狂风吹到海里去，沃尔的左臂被螺旋桨几乎齐根砍断。飞行员们含着热泪，驾驶着被战友鲜血染红的战机，一飞冲天。

被送到医务室抢救的沃尔脸色苍白，他向随军牧师哈普恳求："请他们不要截断我的手臂。"

哈普拉过一把椅子坐在他的床边，用钦佩的语气对这个勇敢的小伙子说："全船上下所有的人都愿意像你这样，用自己的一条手臂来帮助任务胜利完成。你献出了你的手臂来保证其中一架飞机起飞，你可能拯救了上面全体机组人员的性命，如果那架飞机坠海，它就永远不可能飞到东京的上空，那么整个行动的效果就因为少了这架飞机而被削弱。"

沃尔静静地听着。

"那架飞机上的机组人员活着回来的机会相当渺茫。拿你自己和他们比比，他们有相当大的危险被击落或坠毁。这些他们都知道，但他们还是勇往直前。你为了这项任务的完成已经做出了自己的牺牲。但愿他们需要做出的牺牲不会更严重。"

年轻的战士恢复了镇定。他点点头，对医生说："好吧，让我们开始吧。"军官们为受伤的水兵筹集了2700美元。当这笔钱送到他手上的时候，他不禁失声恸哭。

与此同时，完成轰炸任务后顺利脱离日本上空的杜立特突击队的15架飞机（一架转向飞往苏联的符拉迪沃斯托克）正向中国浙江沿海疾飞。每个飞行员的目光都紧盯着燃油表，他们焦虑地发现：没有足够的燃料飞到中国了！根据计算，在距离中国大陆400千米处，飞机燃油将耗尽。每个突击队员都明白：抵达中国海岸的概率微乎其微。"看来我们只有死路一条了。"13号投弹手布鲁瓦写道："我们唯一能做的是继续飞行，期待着奇迹出现。"

奇迹果真出现了。起飞后一直逆风飞行的飞机，突然遇到了顺风。强大的空中气流推动着飞机飞向中国。突击队员们振臂欢呼。"这是今天早晨起飞以来，我们第一次知道自己有机会可以活过今天晚上。"机长希尔格写道，"我们终于有了机会绝处逢生，活着去讲述这段故事。"

十九　美国的秘密

为了保密，在突击队和特遣舰队出发之前，知道"轰炸东京"作战计划的只有12个人，他们是：陆军参谋长马歇尔、美国舰队司令金、美国陆军航空兵司令阿诺德、美国太平洋舰队司令尼米兹、太平洋舰队参谋长布朗宁、特遣舰队司令哈尔西，"大黄蜂"号舰长米切尔，首先提出用航母装载轰炸机的洛，负责制订作战计划的邓肯，当然，还有杜立特和两个负责情报工作的突击队员琼斯和格里芬。

即使美国总统富兰克林·罗斯福，也没有被告知计划的细节。

除了这12个人，其他官员统统被蒙在鼓里，包括战争部长史汀生和罗斯福总统最亲密的助理哈里·霍普金斯。为了保密，美国舰队司令金给太平洋舰队司令尼米兹下达的命令，长达30页，全用手写，连司令部里的机要打字员都不用。

调动太平洋舰队包括两艘航母在内的18艘舰船、1万余名官兵，在无线电静默的情况下横跨大半个太平洋，这样声势浩大的行动，居然在太平洋舰队司令部里一个字的记录也没有。唯一的历史记载是尼米兹在私人战斗日记里写的几个字"抵达会议"（Arrived Meeting）。

美国方面对自己人如此保密，对中国呢？

刚刚就任中缅印战区参谋长的史迪威将军只被告知有一批美国轰炸机要飞往中国，至于到底有多少架飞机，从哪里飞来，何

克莱尔·陈纳德将军

时抵达，具体到达哪个机场则一概不知。至于指挥美国志愿航空队（AVG）与日军在中国作战的陈纳德空军准将，干脆就没人通知他。多年以后，陈纳德提起此事还愤愤不平："如果我提前知道美国轰炸机飞到中国来，一定会提前做好准备工作，绝不至于把15架崭新的B-25全摔掉。"

1942年元旦，中、美、英、苏等6个国家的代表，在华盛顿签署了《联合国家宣言》，国际反法西斯统一战线成立。

1月3日，经罗斯福总统提议，蒋介石同意，成立中国战区，由蒋介石担任中国战区最高统帅。2月18日，蒋介石任命史迪威将军为中国战区参谋长。杜立特轰炸东京是中美结盟后的第一次携手作战。

美方决定在相当大的程度上对蒋介石保密。除了要求中国在衢州、桂林、丽水、开安和江西的玉山修建5个机场以外，其他内容一个字也没有透露。这样做的理由有两点：其一，怕走漏消息，被无孔不入的日本间谍刺探到行动的机密，从而造成行动失败。根据美国驻重庆的军事代表反映，蒋介石的手下是不能信任

左：蒋介石　中：宋美龄　右：史迪威

的。其二，美国预计到突袭东京将导致日本对中国残忍的大规模的报复，蒋介石当然也很清楚这个后果，因此，有可能蒋会拒绝美国飞机在中国降落！美国国务院在1942年为此做了一个专项报告："从南到北，日军在他们攻陷的每一个城镇都对平民百姓犯下了各种毫无人性的罪行。"报告指出："日军所到之处往往伴随着对无辜平民的大规模抢劫、强奸和屠杀。"

实际上，在不完全知情的情况下，蒋介石多次与美方交涉，要求推迟这一行动计划，但美方的答复是："一号特别任务已经是箭在弦上，无法召回。"

美国人和蒋介石都估计到日本人会报复，但没有想到日军为了东京被炸，竟然凶狠地残杀了25万中国军民！

站在中国的立场上来说，不能因为畏惧敌人报复而不去攻击敌人。美国人的命也是命，杜立特和突击队员们出生入死，远渡重洋来轰炸敌国的首都，是为了世界也是为了中国的反法西斯大业。但是，美国只考虑自己国家的利益，置中国和平居民的安危于不顾，违背了盟友之间的诚信原则。美国人很清楚：他们对中国老百姓欠下了一笔难以偿还的债。

难以偿还也要还，美国为了报答中国军民冒着生命危险拯救杜立特突击队员们的恩情，为中国做了很多事。冤有头，债有主，血债血还，衢州惨案的血债，最终还是由美国空军向日本人算清楚了。

二十　降落中国

1942年4月18日晚上8时50分，杜立特驾驶1号机飞到浙南上空，距衢州机场近在咫尺。此时天低云暗，能见度很低。杜立特呼叫地面，但没有任何回应，如前文所述，运往衢州机场的通信设备已在4月2日坠毁的运输机中摔碎。中国方面没人知道这条跑道有什么用，更不清楚这些设备的重要性。事实上，即使通信设备完好无损，也发挥不了作用，因为，机场管理人员接到

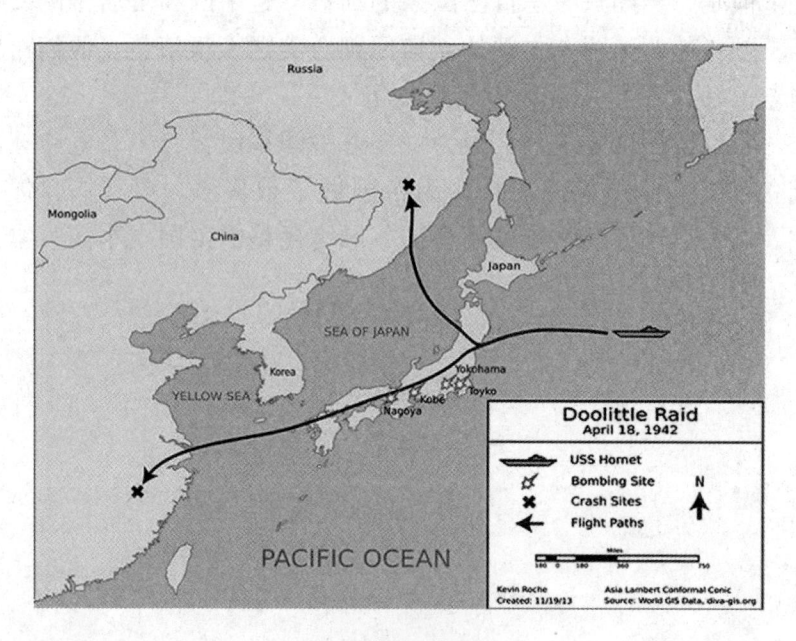

轰炸东京示意图

命令：不到 19 日清晨不得使用特定频道。过度保密的副作用开始发酵。突击队提前起飞了十几个小时，这一变动，机场竟一无所知！

衢州机场坐落在一个狭长的山谷之中，长 19 千米，宽 3 千米，没有地面导航，在这个风雨交加的黑夜，根本不可能找到。杜立特在回忆录中提到，他驾机接近机场时，曾看到一排灯光，地面人员误以为是日本飞机来袭，紧急将灯关闭，无奈之下，杜立特只好选择跳伞。

9 时 10 分，杜立特打开自动驾驶仪，命令伦纳德、布鲁默、波特和科尔依次跳伞。1 分钟内，4 个飞行员相继从机舱口跳下，消失在黑暗中。要离开立下大功的战机了，杜立特心中万分不舍。跳出机舱前，他把油门关掉，让飞机自由坠落，不要爆炸燃烧。"再见了，亲爱的伙伴。"杜立特从前舱一跃而下，黑暗立即吞没了他。

这是他飞行生涯的第 3 次跳伞。15 年前在智利跳伞时，他的脚踝受过伤。杜立特担心：如果降落在坚硬的地面，他的脚会折断。不过还好，他降落在一片水稻田里。田里都是农民作肥料用的粪便。虽然臭气熏天，毕竟平安无事。此时，他已经连续飞行了 13 个小时，航程 3600 千米，又累又饿。在夜色中，他看到一家农舍亮着灯，走过去敲门，用学会的中国话说："我是美国人。"灯马上熄灭了，没人答话，紧接着是闩门的声音。

当晚，杜立特在一个磨坊里度过他来到中国的第一个夜晚。长夜漫漫，他不断地做体操抵御寒冷。

4 月 19 日黎明，杜立特顺着一条坑坑洼洼的小路向村庄走去。路上遇到一个农民。由于语言不通，杜立特取出一张纸，画了一个火车头的图样。农民点点头，领他走了一里多路，来到一个大院子。这里是浙西行署下属的一个青年营。

身着武装带，正在指挥操练的李守廉营长接待了杜立特。杜立特真是好运气，李营长能讲流利的英文！在证明了杜立特的身份后，李守廉满脸笑容，紧紧地握着杜立特的手："你是美国飞行员，我们是好朋友！"

1号机机组人员在浙西行署

4月18日夜里，副驾驶科尔降落在射干村附近的一个小山坡上，距杜立特降落的地点6公里。天亮以后，他被村民找到，于8时许送到青年营。他见到杜立特，又惊又喜，两人紧紧拥抱在一起。上午9时，李营长给浙江行署打电话，报告抓到两名外国人，据说是美军飞行员，要送到行署来。

浙西行署隶属第3战区，管辖的7个区与敌占区犬牙交错。行署主任贺扬灵将军到任两年多，办公处设在西天目山。9时30分，李营长将两位飞行员送到行署，贺将军请夫人备好早餐，并请英文流利的银行主任来当翻译。宾主正交谈中，10点钟，电话里传来喜讯，又有3名飞行员被找到，正往行署护送。11时，波特、布鲁默和伦纳德走进会客室，他们一见到杜立特，就疯狂地冲过去，杜立特伸出双臂抱住他们，亲吻他们，抚摸他们的脸，5个男子汉泪飞如雨，嘴里不停地说："感谢上帝，感谢上帝！我们都还活着！"

当天晚上，贺扬灵替杜立特拍发一份电报给中国军方："请代为转告美国政府：杜立特机组已经平安到达中国浙江。"

4月20日清早，杜立特机组再次拜访行署。贺将军告知：飞机坠毁在60华里以外的昊天关山上，残骸已经找到，问杜立特要不要去看一看。杜立特表示要去。于是，行署马上安排车辆马匹，一行人翻山越岭，走了一整天山路，来到了坠机地点。

现场惨不忍睹：机头和螺旋桨落在山脚，机身摔成两半，落在山顶，机翼和起落架落在半山腰。看见崭新的轰炸机变成这个样子，杜立特的心情恶劣到了极点。16架飞机肯定都坠毁了，几十个组员生死不明，也不知道其他机组是否脱险，轰炸是否成功，也许全军覆没了。杜立特对伦纳德说："这次任务太失败了，我回到美国后，一定会被军法审判，我真对不起我的组员，我不知道如何面对组员们的家属。"伦纳德却不这么认为，他说："中校，我相信你已经成功了，他们一定会因此升你为将军，给你一个大勋章，再给你一架崭新的B-25。"杜立特回答："如果真的再给我一架B-25，我还是要求你做我的机械师。"

1号机残骸

历史证明伦纳德说对了，杜立特回到美国后，罗斯福总统亲自接见了他，并跃级将其晋升准将。军方给了他一架B-25当专机，到美国各地演讲。杜立特信守承诺，马上将伦纳德调来做他的机械师。

据资料记载，杜立特机组提早起飞后，"大黄蜂"号打破无线静默，紧急通知了华盛顿。华盛顿费尽周折将此情报辗转通知重庆，重庆再将情报转达衢州机场，三转两转，情报最终送到衢州机场后，杜立特已经掉进稻田几个小时了。

回到华盛顿以后，杜立特立即给贺扬灵将军发出一封感谢信。可惜，由于浙赣战役爆发，交通受阻，邮电中断，贺扬灵半年后才收到此信。信原文如下：

浙西行署贺扬灵将军阁下：

前在贵处，鄙人及各同伴承蒙盛情招待，兹特驰函谨表谢意。此次若非阁下协助，鄙人及同伴，其他空军人员，尽将遭遇无穷之困难。承蒙赵福基先生（贺扬灵将军的秘书，一路护送杜立特一行到江西上饶）陪伴，更为感激。赵君见识优良，沿途受益不浅。鄙人望来日有缘报答阁下。

　　此颂

大安

美国空军准将杜立特谨启

1942 年 5 月 23 日

　　杜立特将浙西行署的大力救助和 1 号机机组在天目山受到的礼遇向上级进行了汇报。当得知杜立特向美国发出的第一封电报就是由浙西行署发出，而且贺扬灵将军毫不迟延地向重庆汇报，联系各地军民紧急动员，全力援救美军飞行员的事迹，美军高层深受感动。驻华美军司令魏德迈将军向浙西行署致函：

扬灵将军勋鉴：

　　兹谨附奉鄙国空军总司令阿诺德上将谢函一件，敬希查照。

　　深信阁下必将与吾合作以期早日完成合力击溃共同敌人之大任，实所盼祷。

　　特此

敬颂勋绥

中国战场美军司令魏德迈

　　美国陆军航空军司令阿诺德将军的谢函如下：

扬灵将军勋鉴：

　　前承阁下暨贵部惠予鄙国空军人员珍贵协助，无任感激。谨代表美国空军表达最高谢意，即希察照。

　　由于阁下暨贵部果敢人士之协助，益增鄙国空军人员打击敌人之勇气与决心。以此精诚合作，诚为贵吾两国争取最后胜利共同志愿之铁证。

专此奉达

敬颂勋祺

美国陆军航空军总司令阿诺德

贺扬灵将军考虑到：杜立特驾驶的 1 号机功勋卓著，其残骸不应该暴露在荒山野岭。1943 年，浙西行署下令，组织数百位农民，将体积庞大的飞机部件运到天目山西部的"忠烈祠"保管起来，并开放给公众参观，让人们永远牢记 1942 年 4 月 18 日在浙西发生的这一幕幕可歌可泣的故事。

二十一　生死大救援

在燃料即将耗尽的时候，15号机飞行员唐纳德·史密斯透过云雾，看到了海岸线朦胧的山峦和丘陵。

"注意啦，伙计们！"史密斯喊道，"我要在海面迫降了。"

机组人员赶紧把降落伞换成救生衣，按照史密斯的指令，开始迫降。凭着高超的驾驶技术，飞机平稳地降落在海面，像船一样滑行了一段，就停下来了。机头整流罩被撞碎了，冰冷的海水灌了进来，幸亏机翼还浮在水面，给大家留下了宝贵的逃生时间。史密斯取出救生筏，大家七手八脚地把枪支、粮食、衣物和医药箱等放到筏子上。这时，一个大浪打来，抢出来的东西全部落水，只抓住了一两件。靠着救生衣，他们先后游到了岸边。一清点人数，发现机枪手兼军医怀特不见了。茫茫夜色，雨雾沉沉，到哪里去找？

岸边有几所房子，那里是檀头山岛的一个渔村大王宫村。有一所房子亮着灯，那是渔民麻良水的家。麻良水刚成亲，新娘子赵小宝过门只有几天。这天傍晚，小两口听到天上飞机轰轰隆隆响个不停，远处还有爆炸声，以为日本人又要来了，慌乱中连灯都忘了吹灭，就跑出去躲难了。

过了一个时辰，什么动静也没有。夫妇二人就回家了。到家一看，门半开着，赵小宝觉得不对劲儿。再一细看，灶房旁边的柴火堆怎么一直抖动呢？她赶紧呼唤丈夫。身高马大的麻良水一伸手，从柴堆里抓出一个人来。这一拉，柴堆垮了，居然还有三个人藏在里面!

　　赵小宝吓了一跳:没见过这样子的人:高鼻子,黄头发,蓝眼睛,嘴里叽里咕噜地不知说些什么,手里拿着一张钞票,好像是在求他们。再看身上,湿漉漉的,有不少泥巴,在夜风中冻得直哆嗦。善良的赵小宝对丈夫说:"看样子不是坏人。肯定是落了难,躲到咱家来了。"麻良水点点头:"是啊,肯定不是坏人。"

　　夫妇俩把不速之客请进来,请他们坐下,点火烧水,让他们洗净污垢,把身上的脏衣服脱下来,换上自家的干净衣服和鞋子。然后煮了一锅饭。把平日不舍得吃的鸡蛋都拿出来,请他们吃。

　　客人们见主人是中国人,又这么热情,也都放了心。麻良水悄悄请来一位私塾先生,想搞清楚他们是什么人。先生先画了一幅日本国旗,瞪着他们看,几个人一齐摇头。其中一位也拿出一张地图,先指指中国,又指指美国,然后左右两只胳膊伸开,上下摆动,像一只飞鸟。私塾先生笑了,比画了一个掉下来的动作,嘴里说:"轰!"几个人一齐点头:"OK,OK。"

　　打了半天哑谜,总算弄明白:这些人是美国飞行员!

　　过了一会儿,一个乡亲把怀特医生送过来了。筏子翻掉时,他努力去抓他的医药箱和手术器械。手术器械抓住了,医药箱却没了,再一抬头,伙伴们也都没影了。只好一个人爬上岸来,在岩石缝隙中冻了一夜。

　　麻良水夫妇把飞行员们送到甲长家里。这时,有乡亲急匆匆跑来报告:日本人已经发现附近坠落了两架美国飞机(另一架是7号机,机长劳森身负重伤),正拉开大网四下搜寻,甲长要求飞行员们换上当地百姓的服装,然后把他们藏到大王宫的一个山洞里,洞名叫"天打洞",又派了乡丁在洞口放哨。

　　甲长和麻良水商量:此地不能待了,必须马上把他们送到三门县。那里距此地有几十里路,路上有日军炮艇巡逻,十分危险。要乘夜晚连夜走,不能迟延。

赵小宝拿出一块肥皂，涂抹在橹把上，这样，摇起橹来，就没有吱吱呀呀的声音了。她又把一把斧头交给麻良水，万一遇见鬼子搜查，就和他们拼了。不久前，赵小宝的舅舅就是被日本人打死的，这一回，她宁可拼上自家性命，也要保护英雄们脱险。

晚间，涨潮时分，5个飞行员化了妆，戴上毡帽，用灰涂满脸，躲在船板下面。麻良水夫妇划桨离岸，行至南田韭菜湾时，县自卫大队派来5个人，继续护送。这时，海上突然亮起灯光，那是日本人的巡逻炮艇。麻良水当机立断，停船靠岸，让赵小宝带着5个飞行员上岸躲避。日军巡逻艇搜查了一番，毫无所获，悻悻离去。

清晨时分，船走到了运河的尽头。一行人弃舟登岸，步行了几里路，来到一座道观。老道长长发长髯，身披长袍，一副仙风道骨的模样。他热情地接待了飞行员们。由于敌人在这一带搜查得很厉害，老道长请飞行员们暂时在观里躲避。转天下午3时，有当地村民赶来报警：60多个日本兵正向道观这边扑来。

飞行员们迅速拿起自己的物品，沿着一条小路来到附近的一个农舍。农舍的主人打开藏在床后的密道让他们进去。密道连着一个地洞，飞行员们坐在靠里的一面墙下的平台上。几分钟后，又进来了6个中国人，坐在飞行员和门口之间，都拿着枪，准备战斗。"简直是入地无门，"怀特在日记中写道，"等待日本人发现我们的这段时间是我人生中感觉最糟糕的时刻之一。"

那些中国人也在等着，并且抽起了烟，这令飞行员们感到窒息。"几次我们听到头顶的脚步声，和试探的敲击声，然后听到他们进入藏着洞口的那个房间。"怀特写道，"在那里，很快出现了挣扎和尖叫呼喊的声音。"日本人拷打房子的主人，逼他说出飞行员们躲藏在哪里。"日本人来了。他们殴打了那位老道士，也殴打了村民，但没有人告密。"一份报告这样写道。

两个小时后，日本人终于走了。飞行员们从地洞里走了出来。遍体鳞伤的老道士向大家诉说了日本人是如何残酷地折磨他，并把道观捣毁的经过。飞行员们感叹："当地人极为贫穷。他们完全可以靠出卖我们换取巨大的经济好处。但他们绝对不会那样做，因为他们仇恨日本人。"

经过数日艰苦而又危险的跋涉，22日，飞行员们终于抵达海游，三门县政府的所在地。县长率全体官员隆重欢迎美国飞行员。县政府赠送给他们棉大衣，制服，安排他们住最好的地方，并召开了盛大的欢迎会。县长和各界人士向美国英雄们敬献锦旗，儿童们向飞行员献上鲜花，大家与客人们合影留念。飞行员们也发表讲话，向冒着生命危险救助他们的中国朋友们致以最诚挚的感谢！

二十二　战果辉煌

杜立特一行经过险象环生的长途跋涉，于4月26日抵达衢州。在这里，他惊喜地发现，已经有56名突击队员等待着他的到来。战友们紧紧拥抱，个个热泪盈眶。刚刚经历了出生入死的战斗之后，每个人都无比的激动。

向衢州转移

5月3日，杜立特搭乘中国空军C-47飞机飞往重庆，在美国军事代表团负责人的要求下，每个组员写出一份报告，至此，杜立特才了解到：除8号机因油料不足迫降于苏联远东城市符拉迪沃斯托克之外，其他15架飞机都向西南转飞浙江。其中8架落到了衢州机场附近，5架坠毁在杭州湾附近，还有2架深入到中国内陆。飞机全部坠毁。机组人员或跳伞，或迫降，分布在1000平方公里的数个省份。1人跳伞死亡，2人在海上迫降后淹死，4人迫降时受重伤，8人被日军俘虏。

杜立特还了解到：4月18日，在东京上空，除了4号轰炸机为了躲避日军战斗机追击，不得不把炸弹投到东京湾之外，其他的15架飞机都完成了投弹。轰炸东京的任务顺利完成，杜立特如释重负。

杜立特当即打电报向美国陆军航空兵司令阿诺德报告。使阿诺德惊讶的是杜立特提前12小时实施了空袭任务，这意味着突击队在最容易遭到攻击的白天到达日本，在危险的夜间到达中国。阿诺德明白，杜立特从起飞的时候就知道此行千难万险，在执行轰炸的时候如此，在中国降落的时候也如此。将军由衷地赞叹：所有的事实证明，杜立特完成了最伟大的飞行。

根据各机组提供的报告并综合其他方面的情报来源，美国军方弄清了杜立特突袭日本的战果：包括东京在内的横滨、横须贺、名古屋、和歌山、神户等九个城市遭到轰炸。一架轰炸机炸毁了正在进行航母改造的"大鲸"号潜艇母舰的船头；另一架袭击了新潟的新津油井。彻底摧毁了112座建筑物，包括180个单位；毁坏了53座建筑，包括106个单位。日本朝日电器公司大奥工厂的50座建筑物起火燃烧。在神奈川县，飞行员袭击了日本钢铁公司和机电公司的车间和仓库，轰炸了横须贺的海军基地和琦玉柴油制造公司。在名古屋的轰炸烧毁了东邦油气公司的油罐储备，摧毁了三菱重工的飞机制造厂。

转移途中在山洞隐蔽

2600年来，日本帝国本土没有外敌入侵的历史结束了。皇军不可战胜的神话破产了。最使日本军部恼火的是，美军在光天化日之下，以迅雷不及掩耳之势，大举侵入日本领空，投弹扫射，而他们只能干瞪眼，目送轰炸机群扬长而去！

至于损失的15架B-25轰炸机，对于财大气粗的美国人来说，根本不是问题。这款飞机在战争期间共生产了9816架，最高峰期间，每天可以下线10架。日本人选择与综合国力强大的美国为敌，真是找错了对手。

杜立特突袭东京的壮举轰动了全世界，伦敦、柏林、东京等各国报纸大篇幅报道了这一消息。在陪都重庆，人们挤在收音机前听日本广播。中国的报纸一出版，油迹未干的号外被一抢而光。电影院的屏幕上用幻灯打出了这条快讯，激起观众雷鸣般的喝彩。庆祝的鞭炮声响彻云霄，居民们抱住大街上的美国人表示祝贺。军政部长何应钦宣布："对日本的轰炸，仅仅是开始。"正如美国人需要为珍珠港复仇一样，中国人同样渴望日本为他们的侵华罪行付出代价，"这一天我们已经等待五年了"。一个老百姓对美联社记者说，"日本鬼子终于也尝到炸弹的滋味了。"

在衡阳登上美军运输机

飞往中国的75名队员中有64人，包括4名重伤员，被中国军民救起。占全部在中国跳伞或迫降人员的85%！获救的飞行员们在前往衢州或江山县城的路途中，在游击队、村民甚至是一些外国传教士的帮助下，徒步翻越了数座大山，躲过了日军的严密封锁，所到之处，受到当地人民的极大关注和热烈欢迎。"每个人都知道我们所做的一切"，领航员威尔德纳回忆道。各地政府和军队的领导人亲自迎送，甚至举行了庆祝游行。

4月25日，部分飞行员们乘火车转移。4月27日，抵达衡阳。4月29日下午3时，一架C-47运输机抵达衡阳机场。当飞行员们看到飞机上的美国军徽时，抑制不住心中的狂喜欢呼起来了。飞机飞行3个小时之后抵达重庆。

在报告和战斗日记中，突击队员们高度赞扬中国军民的热情款待和大力援助。"这些人是我见过的最真诚、最可爱的人。他们是最棒的。"飞行员琼斯说。

这是中国军民冒着巨大危险创造的奇迹！在中美两国密切配合下，"轰炸东京"这一几乎不可能完成的任务胜利完成了。

杜立特在其回忆录中写道："我不可能再有如此幸运之机会。"在回忆录中，他提到两点：其一，由于油料即将耗尽，突击队各机组已经准备在海面迫降。就在此时，某种违背"自然法则"的天气现象出现了。洋面风暴咆哮而起，空中风向骤然转变。根据领航员掌握的气象资料，通常在这个时节，盛行的季风是从中国东海吹向日本列岛。但在1942年4月18日下午，不

用人力车、马车转移突击队员

可能出现的情况出现了——逆风瞬间转为顺风，强大的空中气流将机群送往中国浙江沿海的陆地！

其二，突击队员们迫降或跳伞之后，地面救援似乎"等待多时"。两三天内，除已牺牲的3人和被俘的8人，其余队员全部

突击队员们在衢州街头

被找到并送到安全地带，重伤员也得到了及时救治。一周之内，散布在方圆1000平方公里的60多人被集中到衢州。10天以后，他们全部安全送达重庆（有数人通过其他途径回国）。

据蒋介石1941年1月的日记提到：美国"飞虎队"的100架P-40战斗机进驻昆明保护重庆抵抗日军轰炸，同时也派飞机到江浙一带攻击日军部队。国民政府遂以"航空委员会"的名义，命令各地军民对于飞机坠毁跳伞或因迫降而遇险的美军飞行员一体救护。抗战期间，根据这一命令，活跃在敌后战场的八路军、新四军和以京沪杭一带为主要游击区域的忠义救国军等武装都曾经多次救助美军飞行员。

1942年2月，蒋介石在日记中记载："美国有轰炸机将在中国降落，要求中国准备临时跑道。"蒋介石批准了这份公文。4月1日，蒋又提及："美军将在4月19日、20日使用衢州和丽水两处机场跑道。"4月18日，蒋介石从华盛顿收到"大黄蜂"号航母辗转发来的电文后，继续在日记中写道："美军计划轰炸东京。怎么提早一日迫降，如此不慎……"。显然，当时没有人知道杜立特被迫提前起飞的前因后果。

综上所述，可以得出结论：杜立特突击队队员的获救不是只凭运气好，而是因为中国军民对美军空中力量介入中国战场早有准备，他们行动果断及时，抢在日军的前面成功地完成了援救。

二十三　从衢州到重庆

4月29日傍晚，第一批美军飞行员乘坐C-47运输机抵达重庆。当晚，美国驻华军事代表团团长马格鲁德准将与飞行员们共进晚餐。4月30日上午9时，马格鲁德传达了罗斯福总统、马歇尔将军和阿诺德将军对全体突击队员的嘉奖，并宣布向每一位飞行员颁发"杰出飞行十字勋章"。这是陆军航空兵最高等级的荣誉奖章。

次日中午，蒋介石夫妇在官邸设宴招待美军飞行员。蒋介石一身戎装，军容严整，腰板笔直。宋美龄身着一袭旗袍，气质端庄，风度典雅。她用流利的、带有美国南部口音的英语与飞行员们交谈，使得这些美国小伙子倍感亲切。"她的英语说得好极了！"飞行员雷迪惊叹，"她连美国俚语都能说！"

蒋介石在祝酒词中对美军突击队员来到重庆表示欢迎，对他们胜利完成轰炸东京的任务表示祝贺。最后，他提议为罗斯福总统的健康干杯。宾主频频举杯，为中美友谊干杯，为两国领导人的健康干杯，为共同的胜利干杯！

战时的重庆物资贫乏，通货膨胀，一瓶洋酒的价格高达80美元。尽管如此，好客的主人还是为客人们准备了一桌丰盛的美国大餐。以洋葱汤开席，接着是土豆泥，火腿和牛肉，还有鸡肉、青豌豆和面条。餐后甜点是柠檬派和冰激凌。突击队员大快朵颐，吃得不亦乐乎，半个月来紧绷着的神经，至此彻底放松下来。

史迪威将军的空军副官比赛尔上校代表大家向蒋夫人赠送了

纪念品：一枚美国飞行员佩戴的翼型徽章。夫人高兴地接受了，但同时表示她还想要一顶飞行帽。闻听此言，大家纷纷摘下自己头上的帽子，但他们几乎也同时意识到，应该把杜立特的飞行帽送给夫人才最合适。

宴会结束后，飞行员们回到军事代表团驻地。晚上9时30分，宋美龄和几位高级军政官员莅临，与大家合影留念。蒋夫人给每一个队员送上亲笔信，感谢他们轰炸东京的壮举。"全中国人民感谢你们。"她写道，"愿你们继续维护自由和正义，凭借你们的努力，当我们取得胜利时，将会逐步建成一个更加快乐、无私的国际社会。"

突击队员们非常激动。"这是对我们的称颂，是一个值得纪念的日子。"飞行员鲍尔在他的日记中写道："我们从没有期待任何赞扬。我们也知道，在这场战争中，还有许多无名英雄做出了更大的牺牲。"

宋美龄接见杜立特和突击队员们

杜立特处理完在衢州的善后事宜，于5月3日飞抵重庆。蒋介石夫妇设宴，隆重款待这位美国英雄。"我的副指挥，希尔格，拿到一枚中国政府颁发的奖章。"杜立特回忆道，"当我走进大厅的时候，蒋委员长和夫人互相看了看，意识到颁奖仪式出了差错——没有为我准备奖章！委员长看看在场的一位将军，把他脖子上的一枚奖章摘下来，挂在了我的脖子上！"杜立特和这位将军哭笑不得，好不尴尬。

这是一枚三等云麾勋章。

杜立特把他在东京上空戴的那顶飞行帽洗干净后，缝上金色条带送给了蒋夫人。

在重庆逗留期间，突击队员们不但感受到了中国人民的深情厚谊，也亲眼见证了日本人的残暴。自1938年2月18日起至1943年8月23日，日本人对重庆进行了长达5年半的轰炸。据不完全统计，5年间，日本对重庆进行轰炸218次，出动9000多架次飞机，投弹11500枚；死者达10000人以上，超过17600幢房屋被毁，市区大部分繁华地区被炸成废墟。

日军对重庆狂轰滥炸

1938年10月4日，日本开始轰炸重庆市区，1939年1月，空袭迅速升级，对重庆的轰炸愈来愈猛烈。特别是1941年6月5日，在对市区长达5个多小时的疲劳轰炸中，发生了第二次世界大战中间接死于轰炸人数最多的一次惨案，即较场口大隧道窒息惨案。死者多为青壮年，有的全家丧生，尸体无人认领；工兵营花了一昼夜整理尸体，然后用卡车拖到朝天门码头，再运到江北草草掩埋。

在重庆期间，为了躲避日军轰炸，飞行员们几乎天天蹲在防空洞里。空袭解除后，目睹断壁残垣和堆积如山的尸体，突击队员们咬牙切齿，恨不得即刻重返蓝天，向日本人讨还这笔笔血债！

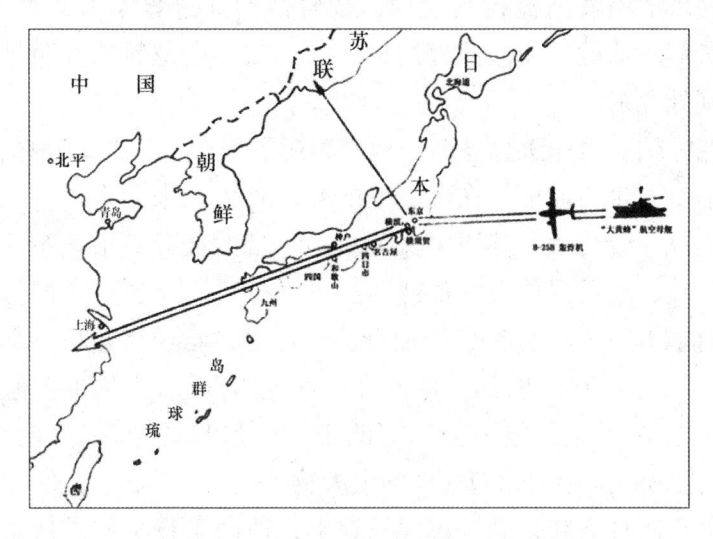

杜立特轰炸东京示意图

二十四　有惊无险

杜立特的 1 号机组离开浙西行署之前，贺扬灵将军为他们举行了告别宴会。一桌子菜肴中，有一道特色菜——老鸭煲。飞行员们皱起了眉头，不想吃。在他们看来，这就是一大锅水里飘着一只死鸭子。

"不许挑剔！"杜立特警告他的部下，"给什么吃什么。不要引起任何麻烦。在这里，我们是客人。"

飞行员们要尽快从天目山向南转移到衢州，然后，从那里搭乘飞机去重庆。贺将军为他们准备了一条船，让大家躲进船舱里。这条船沿着河流蜿蜒迂回，载着他们穿过日本人的控制区。飞行员们在船舱里偷偷向外观望，看见敌人巡逻艇的探照灯刺破黑暗到处照射。

船停泊在严东关休息时，他们邂逅了伯奇，一个 23 岁的传教士。伯奇出生于印度，在佐治亚的乡下长大。来到中国后，他在江西上饶一带传教，能讲中文，对这一带的情况也很熟悉。杜立特很高兴，他需要伯奇的帮助。

"能和我们一起走吗？"伯奇从广播里，已经得知东京被炸的消息，但他万万没想到，竟然在这里遇见了几位英雄，他很高兴。"非常愿意，能为美国军队帮忙，是我的荣幸。"伯奇说，"我还是第一次见到你们这样的大人物！"

伯奇陪杜立特来到兰溪。一路上，他向飞行员们讲述了日本人犯下的种种罪行。分手时，杜立特记下了他的名字和地址，承诺向上级举荐。

杜立特和机组成员继续向衢州进发。剩下的行程还很漫长，需要搭乘火车，汽车和人力车才能完成。

有一天，杜立特实在走不动了。

"我去找一头驴子来给你骑吧。"一个中国军官好心地说，"你就在这里等着。"

半小时后，军官从附近的村庄牵了一头驴回来。"给你。"军官说，"你可以骑它。"

杜立特像看见救星一样，围着驴子观察起来。当他走到驴背后时，这畜生突然尥起蹶子，一蹄子踢到杜立特的胸口。这位大英雄疼得在地上打滚，浑身冒冷汗，用手捂住胸口，大口大口地喘气。

中国军官补充了另外一个细节："它还会咬人。"

经过千辛万苦的跋涉，杜立特于1942年5月3日抵达重庆。美国政府命令他立刻以最快的速度和极为机密的方式，迅速返回美国。

5月5日，杜立特搭乘中国航空公司（20世纪30年代成立的中美合资公司，其中美泛美航空公司占股45%，中国政府交通部占股55%）的一架DC-3民航客机，从重庆起飞，经停缅甸密支那机场加油，然后再飞印度加尔各答，最后飞到美国。

DC-3是一款中小型客货两用机。除了3个机组成员，只能搭载14个乘客和约1300公斤货物。如果全部载人，则不能超过21个。

中航飞行员陈文宽

驾驶这架飞机的是中航飞行员陈文宽（Moon Fun Chin）。

陈文宽原籍广东开平，1913年出生于美国马里兰州巴尔的摩市，是个不折不扣的 ABC（America Born Chinese，即美国出生的华人，昵称香蕉人，外黄内白）。抗战爆发以后，陈文宽怀着一腔热血，回国参加抗日。因他没有中国国籍，也没有美国军籍，无法投身军旅，无奈之下，只好加入中航，做民航飞机飞行员。

杜立特登机后，与陈文宽一见如故。两人都是飞行员，又都来自美国，因此格外亲切。

万万想不到，出大事了。

在缅甸北部的密支那加油时，日本飞机突然临空轰炸。由于中国远征军第一次入缅作战失利，保卫机场的部队全部撤离，日军先头部队已经逼近，机场已能听到越来越密集的枪声。这时，在机场羁留的难民蜂拥而至，拼命想挤上飞机，机场管理人员已经逃跑了，停机坪一片混乱。

DC-3停下来加油时，机舱门一打开，就涌进来一批人，使人数超过了39人。陈文宽站在机舱口，亲自疏导乘客。又放进来几个，人数已经超了不少了，可是，还有几个妇女抱着小孩，哭哭啼啼地要求登机。陈文宽心一软，又把她们放了进来。

杜立特不敢相信自己的眼睛。他对着陈文宽大吼："你疯了！你不知道DC-3能载几个人吗？这是严重的超载！"

陈文宽苦笑着解释："这里在打仗，如果被甩下，她们就死定了。在这不能用美国方式处理。"好不容易关上机舱门，陈文宽已回不到驾驶舱了，只好从乘客的头上爬过去。陈文宽启动发动机，滑行到起飞线，对准跑道，把油门推到最大，然后拼命拉驾驶杆。在即将冲出跑道之前终于拉起来的一刹那，杜立特长出了一口气。

飞行4小时后，DC-3降落在印度的加尔各答。从飞机上鱼贯走下来72个人！后来，副驾驶又在行李舱里发现了6个人，一共78人，绝对打破了吉尼斯世界纪录！幸亏大多数乘客是身材瘦小的妇女和儿童，否则灾难性的后果真难以想象！

陈文宽满身大汗，瘫坐在座椅上动弹不得。杜立特拍拍他的肩膀，夸赞："兄弟，干得不错！"

2016年，陈文宽老先生仍然健在，已经是高龄103岁的老寿星了。他依然耳聪目明，身体康健。救人一命，胜造七级浮屠，这是老先生的福报啊！

二十五　凯旋

杜立特返回美国之前，收到了马歇尔将军的贺电："你以极大地勇气和坚定的决心，指挥你的团队完成这次危险的任务，你对国家和盟国做出了巨大的贡献。总统向你表示感谢和祝贺。"马歇尔告诉杜立特："你的准将提名今天早上已送达参议院。"

5月5日，杜立特离开重庆，辗转经过印度、北非和南美洲，长途跋涉两周，只有一个人于5月18日抵达美国。全国民众、军队长官和同僚们以及所有的媒体记者，都热切等待着英雄们的凯旋。

4月18日（因时差关系，美国比亚洲晚一天），杜立特成功轰炸东京的捷报传到美国，举国若狂！各家报纸的头版头条都是特大号铅字的通栏标题《东京被炸了！神户被炸了！横滨被炸了！》《华盛顿邮报》的社论说："在太平洋战争接连败北的时候，这个好消息让美国人民士气大振，欢呼雀跃！"《纽约时报》称之为："在日本帝国心脏上捅了一刀！"舆论普遍认为这是对日本袭击珍珠港的报复："以前我们流血，现在轮到他们了。"《洛杉矶时报》则说："这是日本对美国的分期付款。"

罗斯福总统心花怒放，他兴高采烈地说："这是两年以来，我最开心的一天。"他不停地打电话，接听祝贺电话。在和英国首相通话时，他喜气洋洋地告诉丘吉尔："我们刚对日本发动了空袭。我相信我们的行动能牵制他们，不让他们把军舰派到印度洋去。"

罗斯福预期自己在新闻记者会上会被问一个很难回答但又不得不回答的问题，即美国飞机是从哪里起飞的。总统接受了幕僚的建议：美国作家詹姆斯·希尔顿写过一本畅销书《消失的地平线》，该书描写了一个坐落在西藏蛮荒之地的永恒仙境——香格里拉。您就告诉大家飞机是从香格里拉起飞的。罗斯福拍手称好。4月21日下午的新闻发布会上，不出所料，很多记者纷纷提问这个问题。总统不假思索地回答："是从我们在香格里拉①最新的秘密基地起飞的。"记者哄堂大笑，明明知道总统是在故弄玄虚，却又无可奈何。

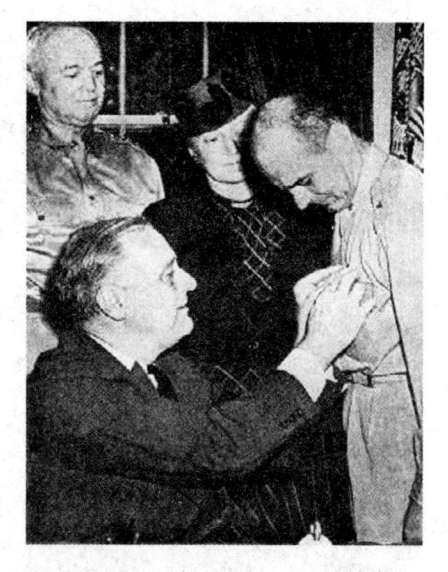

罗斯福总统向杜立特授勋

5月18日，杜立特抵达华盛顿安德鲁斯空军基地，一辆专车接他去陆军部向阿诺德将军报到。阿诺德带他晋见了马歇尔将军。一向严肃不苟言笑的马歇尔那天显得特别高兴。阿诺德指示杜立特准备一套新军装，并吩咐他在家里待命，哪里也不要去，谁也不要见。5月19日中午，陆军部派来接杜立特的车子停在公寓门口，杜立特吃惊地发现马歇尔将军和阿诺德将军都坐在后排座位上。杜立德向两位上司敬礼后，坐在副驾驶的位置。

"将军，我们去哪里？"杜立特问。阿诺德答道："吉米，我们去白宫。""去那做什么？""总统将亲自向你颁发勋章。"马歇尔将军说。

汽车抵达白宫后，一位副官把杜立特引进一间休息室。杜立特惊喜地发现他的夫人乔也在场。夫妇二人激动地拥抱在一起。

---

① 香格里拉市是云南迪庆藏族自治州首府，原名中甸。

他们上次在旧金山话别已经是47天前的事了。"你怎么来的？"杜立特问。"是阿诺德将军派飞机接我到华盛顿做客。"杜立特夫人回答，"你所做的一切，他们都告诉我了。"

下午1时，他们来到总统办公室。总统坐在办公桌后面微笑着问候杜立特，和他亲切握手。总统说："吉米，任务完成得很出色，达到了我所希望的一切。"接着，马歇尔将军宣读了嘉奖令。杜立特在总统的轮椅前弯下腰来，由总统把勋章别在他的左胸前。

杜立特在北美飞机公司演讲

杜立特在全国巡回演讲

新闻记者把接见授勋的全过程摄像拍照。陆军部发布了三页的新闻稿和两页由杜立特签名的声明，把突袭任务的第一手真实信息向全国人民公布。

在巨大的荣誉面前，杜立特没有头脑发热。在转天晚上的电台专题节目中，他谦虚地把功劳归于自愿和他冒险犯难的79名年轻的勇士们。他说："牺牲的3位战友和仍在日本人魔掌中的8位战友比我更有资格接受这枚勋章……他们不是在追求荣誉。他们是自愿参加一次危险的作战任务。他们追寻的是美国斗士最优秀的传统。"

全国的听众好评如潮。各大报纸纷纷发表评论文章和社论，交口称赞这位美利坚民族的新英雄。有人调侃：杜立特辜负了他的好名字（Doolittle，意思是成效甚微）。他应该改名叫杜马奇或者是杜毕格（Do Much, Do Big，意思都是做大事）！

杜立特没有忘记与他同生死、共患难的弟兄们。由于他本人被破格越级提为准将，他多方努力使每一位突袭队员都得到提升，虽然花了些力气，但他都办到了。

6月底，已经有多名突袭队员返回美国，足以举行一个颁奖授勋仪式了。6月15日，杜立特命令全体在美的突袭队员到华盛顿军需部大楼报到，同时提醒：对空袭东京的细节保密至关重要！

6月27日，在华盛顿博林机场，23名突袭队员以一架废弃的B-18轰炸机为背景站好队。空军军乐队和护旗队与几队士兵列成整齐的方阵。场面庄严肃穆。华盛顿《星期日星报》撰文称颂突袭队员们在空袭过程中未损失一架飞机的战绩。几个飞行员的妻子也应邀参加了这一仪式，自豪地看着陆军航空军司令阿诺德上将为他们的丈夫戴上勋章。有一位妻子因为交通堵塞而未能赶上亲眼见证这一光荣时刻，不禁放声大哭，当丈夫的好言抚慰半晌才破涕为笑。

7月6日，杜立特陪同陆军航空军参谋长哈蒙少将、财政部长摩根索、麦克卢尔的母亲、沃森的妻子和父母以及劳森的妻子，来到沃尔特里德陆军医院。3位突袭队员坐在轮椅上出席了授勋仪式。当哈蒙将军把勋章佩戴到他们的睡衣上时，杜立特注视着他们，脸上露出自豪的笑容。

7月25日，中国驻美国大使馆武官朱世明少将到医院授予劳森、麦克卢尔和沃森陆海空军甲种一等勋章。另外，国民政府还授予达文波特，怀特，克莱弗和在苏联迫降的8号机组的5名成员陆海空军甲种一等勋章。向在跳伞、迫降时牺牲的3号机的法克特，6号机的迪特尔和菲茨莫里斯追授云麾勋章。向被俘的6号机的5名队员授予宝鼎勋章。向16号机被俘的3名队员授予云麾勋章。

二十六 当头棒喝

如前文所述，4月18日上午7时38分，在距离日本本土1300千米处，"大黄蜂"号在8海里外发现日本船"日东丸"号。这艘70吨的渔船是日本海军征用的警戒船。该船用日文向东京报警：发现3艘航空母舰编队，位置：犬吠崎以东600海里！7时52分，特遣舰队司令哈尔西命令巡洋舰"纳什维尔"号开炮。8时21分，"日东丸"爆炸起火，2分钟后沉没。在20多分钟内，顽强的日本无线电员一直不停地发报，直到灭顶。

在联合舰队旗舰"大和"号上，山本五十六接到电文。"以3艘航空母舰为主力的敌方舰队今早出现在东京以东600海里处海域。"山本下令："迎战美国舰队！"日军紧急调兵遣将：几个小时内，召集了90架舰载战斗机、36架舰载轰炸机和80架陆基轰炸机。中午11时30分，50多架轰炸机紧急升空，向东方最远航程战斗巡逻。海军第1舰队指挥官高须四郎中将率4艘战列舰，第2舰队指挥官近藤信竹中将率5艘巡洋舰还有两个潜艇中队的11艘潜艇，放弃了原定作战计划，改为向东巡航。命令在巴士海峡巡弋的南云忠一舰队返航，指挥全部6艘航母编队迎头痛击美军舰队。在"赤城"号航母的作战指挥室。奇袭珍珠港的空中指挥官渊田美津雄对第1舰队参谋源田实中佐兴奋地说："嘿！美国人终于来了！"

根据舰载飞机的航程，日军断定美国舰队必须靠近日本320千米时才能发起攻击，他们至少还有一天的准备时间。

4月18日上午，东京一片太平景象。对于东京人来说，战争是很遥远的事情。两周前，数千人热热闹闹地举办了樱花节。政客们为议院选举奔忙，一天举办了230个竞选集会。上午，举行了一次小规模的防空演习，9时30分就结束了。下午1点，东京大学棒球春季联赛将举行两场比赛。晚上，在日比谷演出厅举办著名钢琴家草间和子的音乐会。为了提前庆祝裕仁天皇41岁生日，这一天还有飞机空中表演和模拟空战。

2600年来日本从来没有遭遇入侵者。东京居民很安心。

4月18日中午12时20分，在旗舰"大和"号上摩拳擦掌，准备决一死战的山本五十六，突然听到部下气急败坏地报告东京被炸的噩耗。山本顿时目瞪口呆，脑袋好像遭到8公斤铁锤的猛击，感到天昏地转，一阵晕眩。

山本深深自责，又羞又恼。他觉得对不起天皇陛下的重托和日本国民的信任。一气之下，躲到"大和"号指挥舱里，称病不见任何人。

军部的将军们呆若木鸡，面如土色，连切腹自杀的心都有。比遭受空袭更令人羞耻的是，当天早上刚进行过防空演习，日本军队不是早该预作准备吗？所谓固若金汤的国土防空竟是这样不堪一击吗？最丢人现眼的是，被敌人痛揍了一顿，不但一架飞机没打下来，连敌人是从哪里来的，飞到哪里去了，全都不知道，这成何体统？大日本皇军的颜面尽失。

大批日军轰炸机和战斗机向东追击了几百公里，密集的海空

日本联合舰队参谋长宇垣缠

搜索一无所获，可以断定敌人早就逃之夭夭了。直到下午5点，还是找不到半点头绪，这使负责善后的宇垣缠海军中将怒火中烧。

宇垣企图通过审讯被俘的美军飞行员得到他所需要的情报。机智的突击队员们编造了很多离奇而又复杂的故事迷惑敌人。斯帕兹说飞机是从中途岛西边的一个小岛上起飞的；海特说他是从阿留申群岛起飞的。研究了海图以后，宇垣发现俘虏们没有说一句实话——除了他们的军阶、军衔和所属部队的番号。

宇垣下令将俘虏押解到南京并施以毒刑拷打。4月21日，在判断己方舰队早已脱险的情况下，飞行员们把特遣舰队从旧金山出发以来的故事告诉了日本人。作为海军职业军人，宇垣对美军作战方案之新奇精巧，设想之大胆独特，实施过程之坚毅果断，钦佩之余，还带有几分赞赏。"出其不意，攻其不备。"日军袭击珍珠港，遵循的是这一作战原则；杜立特轰炸东京，遵循的也是这一作战原则！在这样的对手面前栽跟头，宇垣受伤的自尊心稍稍得到些许安慰。

二十七　衢州蒙难

衢州地处浙江西南端，是一座有1800多年历史的文化名城。春秋时代，这里是越国的属地。公元前222年，秦王嬴政灭楚，在此设会稽郡。三国争雄，会稽是吴国的江南锁钥。大浪淘沙，朝代更迭，衢州历来是兵家必争之地。衢州面积约6900平方公里。东临东海110千米，北距上海320千米。山川形胜，物产丰饶，是富庶的鱼米之乡；交通便利，四省通衢，是浙西南的交通枢纽和经济文化中心，战略地位十分重要。

1937年"八·一三"淞沪抗战爆发后，日军派重兵占领了京沪杭地区和江浙沿海大片中国国土。但由于兵力不足，在浙江全省的77个县中，日军只能占领其中的37个。其余的40个县，包括衢州和周边地区，则是在国军第3战区和地方抗日武装的控制之下。正是基于这一情报，美方才会提出要求，而蒋介石也肯答应在衢州等地修建5个野战机场，供美军轰炸机使用。鉴于时间紧迫（作战计划从提出到实施只有两个月的时间），中国的工兵部队和成千上万的中国老百姓在地方政府的动员组织之下，万众一心，硬是在60天内，建成了5个机场。没有这项物质准备，杜立特空袭东京将无从谈起。当时，只有杜立特和极少数几个人知道：由于距离海边最近，衢州将是突击队唯一使用的机场。其他4个机场都是用来障人耳目的。为了美军的这项选择，衢州人民承受了血与火的代价。

1937年卢沟桥事变爆发时，狂妄的日本军阀扬言"三个月灭亡中国"。如今，15个"三个月"过去了，中国不但没有灭亡，反而越战越强，已经强大到在日军的眼皮底下，大规模动员人力、物力修建机场供更加强大的美国盟军来轰炸他们的老巢！已经强大到可以在所谓的巩固占领区内把绝大多数遇险飞行员救起并送回美国！

恼羞成怒的日本人开始反扑了！1942年5月15日，日军发起以摧毁中国野战机场、掠夺资源、打通浙赣铁路为战略目的浙赣战役。敌驻上海的13军和驻汉口的第11军，共9个师团，53个步兵大队，16个炮兵大队，总兵力约10万人，向浙南和江西大举进攻。战役至8月底结束。3个多月内，死在日军屠刀和生化武器攻击下的中国军民多达25万余人！

1942年5月15日，日军从奉化、余杭发起进攻，向衢州攻击前进。国军第86军、第49军第26师、第28军第192师、第21军第146师等部梯次抵抗，且战且退。战至29日，金华、寿昌失守。31日，日军从南昌渡过抚河，完成对衢州的包围。为保存实力，国军放弃原决战计划，主力撤出既设战场。衢州守军第86军与敌激战至6月6日后，突出重围。衢州沦陷。

日本军部命令："攻占的区域将占领一个月左右。机场、军事设施和重要的通信线路要完全摧毁。"同时命令："要有效地清除一切有生力量。"

日本人对那些帮助了杜立特突击队员的中国人进行了最残酷的折磨。在南城，日军让一群给飞行员提供过食物的人吞吃粪便。然后，让他们10个人排成一列，拿他们进行射击比赛，"测试子弹会射穿多少人以后停下来。"在宜黄，他们抓到了马恩林——他曾经救治受伤的飞行员沃森。日军用毯子把他包起来，绑到椅子上，浇上汽油，然后强迫他的妻子点火。日本人还烧毁了一个德国医生的医院，因为他帮助医治过沃森的手臂。"杜立特们没有意识到，"牧师梅乌斯写道，"他们出于感激而送给救助者们的小礼物，降落伞、手套、硬币和香烟盒，成为他们来过的铁证，会在几周后给村民们带来折磨和死亡。"

日军撤离宜黄以后，东科尔神父回到了镇上，"看到的是毁灭的景象，闻到的是灾难的气味。"他写道，"野狗成群，它们的主人要么出逃，要么被杀，没有人给它们喂食。尽管很多死者已经被回到镇上的人们草草掩埋，野狗还是会把尸体刨出来作为食物。"他继续写道："蛆虫孳生的苍蝇像暴风雪中的雪片一样密集。"几天之后，日本人再次扫荡这个区域，东科尔不得不继续逃亡。这一次，大部分城镇被烧毁。"他们向男人、女人、孩子、牛和猪开枪，或者说向任何移动的东西开枪。他们强奸每一个年龄在 10 岁至 65 岁的妇女。城镇在付之一炬之前已经被洗劫一空。"东科尔写道，"他们每进入一个城镇就会发生一次小型的南京屠杀。绝对没有人能够阻止他们强奸年轻的——以及不那么年轻的妇女。他们把妇女轮奸后再用刀杀死。这些日本兵绝对是野蛮人。罗马军团的士兵也不可能比他们更野蛮。"

尸骨积山，血流成河，杀红了眼的法西斯野兽们狼奔豕突，把一座座人烟稠密的城镇变成了废墟，把美丽的锦绣江南变成了人间地狱！

传教士奎因在山中躲了 3 个月后返回余杭，他发现：为照顾 35 名无法行动的幼儿和老人而留下的威尔蒂尼神父被杀死在一个池塘里，周边是孤儿和老人的尸体。很多人是被刺刀刺死的，还有两人被活活烧死。有 40 多人躲进教堂寻求庇护，他们的尸体碎块散落在庭院的四处。"总数无法统计，"教会的报告说，"因为无人生还。"

日军把守住难民逃亡的桥头，成年人被他们推下桥去，不会游泳的直接淹死了；会游泳的成为他们射击的靶子。在临川，日军把一户户村民丢入水井，让泡胀的尸体污染全村的水源。有一位幸存未死的农妇从井里爬出来，向记者控诉了她全家 9 口人遇难的惨状。在沙门，日军割掉村民的鼻子和耳朵，然后杀死。"日军的罪行罄竹难书。"史密斯牧师写道，"文明人无法想象当

日军在衢州烧杀抢掠

地人民所遭受的苦难。"

日军对衢州周边近3.2万平方公里内的城市和乡村进行了彻底的抢劫和破坏,抢走了所有值钱的财物。在鹰潭,他们挖开坟墓,从死人手上摘走金、玉戒指。在南城,他们炸毁了发电厂,抢走了医院里所有的药品和医疗器械,拆毁铁路,把铁轨装车从温州港运走。大米、盐和糖被洗劫一空,牲畜和家畜被屠杀净尽。农田灌溉系统被破坏,木质水车、犁、脱粒机和大片的农作物被焚毁,铁质的农具被抢走。抢劫和破坏昼夜不停地进行了两个多月。撤离之前,日军派出多个分队纵火。他们在家具和房屋上浇上煤油后点火,大火燃烧了几天几夜,几十座江南名城在浓烟烈火中化成一片废墟。

陈纳德将军沉痛地说:"这是刺穿华东心脏的300公里长的血腥长矛。"

如果你认为日军的暴行到此为止了,那就错了。更毒辣、更卑鄙、更残忍的杀人恶魔降临了。

二十八 细菌战

浙南的盛夏炎热潮湿。腐烂了的牲畜和死人的尸体成千上万，填满了水井，污染了湖泊，堵塞了江河。疟疾、痢疾和霍乱开始爆发和蔓延。由于医院全被捣毁，被传染的病人无法救治，只能眼睁睁看着他们大批死去。

1942年7月初，杀人魔王石井四郎奉日本军部命令，率领120名731特种部队的成员，携带136公斤鼠疫、霍乱、炭疽和伤寒病菌，在玉山、金华和福清同时发动细菌攻击。交给石井部队的任务是：彻底污染这一带的水井、江河和田地，使之变成军队无法驻扎、人民无法生活的无人区。日军把装有细菌的瓶子扔进水井、沼泽地和民宅里。此外，他们还准备了5000个被病菌污染的面包，作为食物发给战俘。战俘吃完后释放回家，旬日之间，瘟疫爆发了，并迅速蔓延。有的村庄竟然死得一个人也不剩。

痛心疾首的蒋介石向罗斯福总统发电控诉："在美国炸弹出其不意地落在东京以后，日本军队袭击了中国的沿海地区。那正是大多数美国飞行员降落的地方。这些日军屠杀了该地区所有的男人、妇女和儿童。"蒋写道："让我再重复一遍：这些日军屠杀了该地区所有的男人、妇女和

日军在衢州施行细菌战

东京大轰炸

儿童。"

8月底，浙赣战役结束。伤亡惨重的日军撤回原防，国军收复除金华、义乌之外的全部失地。是役，日军师团长酒井直次遭国军地雷炸伤后毙命，是抗战爆发以来国军击毙的第一个师团长。中国军队伤亡70000余人，日军伤亡36000余人，其中1700人死于己方的生化攻击，10000余人受不同程度的瘟疫感染。为此，石井四郎于8月1日被撤职查办。

"杀人魔王"石井四郎

目睹了日军残酷罪行的西方传教士回国后，愤怒地向国际社会控诉日本法西斯的兽行。世界舆论为之大哗。《洛杉矶时报》发表社论呼吁复仇，并评论道："这些杀戮显然是出于怯懦和野蛮。铁的证据向世人展示日本民族是非人类的，是禽兽不如的一群魔鬼。"

二十九　得道多助

惨绝人寰的大屠杀震撼了美国，震惊了世界。美国朝野各界纷纷发表声明，愤怒谴责日本法西斯惨无人道的滔天罪行。民情汹汹，同仇敌忾，美国人民决心全力支持中国抗战，直到把万恶的日本军国主义强盗消灭干净！

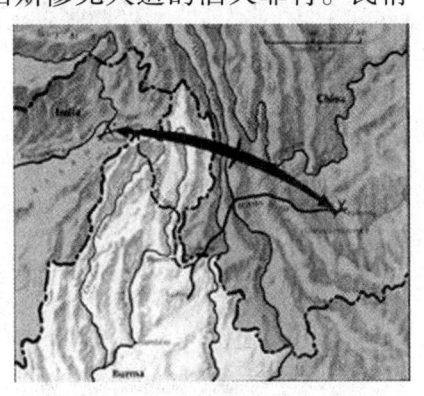

参众两院一致通过加大对华援助的力度和金额。中国军队急需的武器装备，飞机、大炮、机关枪、车辆、医药和各种油料，通过滇缅公路和"驼峰航线"，源源不断地被运送到中国战场。用这些武器，国军装备了13个军，39个师，18个炮兵团，17个汽车团和5个工兵团。美国还帮助国军重建了空军，4年间，共援助中国1394架飞机和大批航材。

"驼峰航线"

1942年，威震敌胆的"飞虎队"美国援华志愿队（AVG）扩编成第14航空队。在陈纳德将军指挥下，第14航空队共击

飞虎队员们的英姿

落日机2600架，击沉或重创223万吨敌商船，44艘军舰，击毙日军66700名，己方损失飞机568架，牺牲飞行员586名。1942年5月至1945年8月，第14航空队和中国航空公司通过"驼峰航线"，向中国运输各种战略物资近70万吨，运送兵员3.3万人。代价是沉重的：有500多架飞机坠毁，1500多名空勤人员牺牲。

史迪威将军指挥美军麦瑞尔支队和中国远征军（驻印军）新1军和新6军，于1944年5月向缅北日军发起大反攻，攻克缅北重镇密支那，全歼日军守军，取得密支那大捷。

杜立特将军回美国后，被调往欧洲战场，并于1942年出任第12航空队司令，授衔少将。为持续从空中打击日军，杜立特建议成立一支由中国飞行员为主的轰炸机部队。根据这个建议，1943年7月，隶属第14航空队的中美空军混合团成立，由戴维森准将指挥。11月25日，中美混合团的14架B-25轰炸机在15架战斗机掩护下，猛烈地轰炸了日本在台湾新竹的空军基地，击毁100多架日本战机，己方毫发无伤，全部安全返航。在抗战期间，中美混合团屡立奇功！

滇缅公路

三十　转折点

史迪威将军激烈地批评蒋介石在浙赣战役中指挥失当。他鄙视国军的战斗力，认为他们是一群懦夫，畏敌如虎，未战先逃，置民众的安危于不顾。他断定：所谓的"收复失地"全是鬼话，是在确定日军已经撤退后的"再次占领"。总之，他认为中国统帅部和中国军队一无是处。

这当然是片面的和不客观的。且不说自1937年以来，中国已经独自和日军周旋了4年零10个月，期间举行大型会战10余次，包括歼敌成千上万的平型关战役和台儿庄战役，即使从欧战和太平洋战争爆发以来，中国军队和西方军事强国军队的表现比较起来，也毫不逊色。号称"陆军天下第一"的法兰西共和国，在希特勒闪电战的攻击下，仅仅抵抗了44天就宣布投降，法军残部和英军经敦刻尔克狼狈逃往英国。1941年12月8日，日军进攻香港。12月26日，港督杨幕琦宣布投降，只象征性地打了不到3周。12月8日，"马来之虎"山下奉文率军进攻马来亚、新加坡，长驱直入数百公里，1月31日占领马来半岛，2月15日，驻新加坡英军总司令白思华中将宣布投降，12万英军被俘。1942年1月7日，本间雅晴中将率日军14军进攻菲律宾，10余万美菲联军（其中美军约3万）在麦克阿瑟和温莱特指挥下抵抗至5月8日后全部放下武器。麦克阿瑟丢下大部队不管，于3月10日乘鱼雷艇逃往澳大利亚。短短数个月内，数十万装备精良的英美军队和当地军队纷纷投降，致使东南亚大片土地沦入敌手。相比之下，漫长的八年抗战岁月里，虽然数十万杂牌军投降日寇成为伪军，但国军主力黄埔系、桂系和川军等部队相对稳固，鲜有部队成建制向日寇投降。至于共产党领导下的八路军和新四军，则连一个班成建制降敌的也没有。

也有一些中国高层军官对杜立特轰炸东京表示愤怒，他们抨击美方只顾自己利益，为了提升本国国民士气而罔顾中国百姓安危。美方明知日本人会发起残酷报复却故意对中方隐瞒诸多细节，导致中方在日军大举进攻时措手不及。但是，更多的有识之士指出：美方空袭东京符合中美两国的共同利益。为了打击日本法西斯的气焰，空袭东京势在必行。为此，中国虽然付出重大的民族牺牲，但作为百余年来受日本荼毒最深的受害国，要想战胜凶恶的敌人，不付出代价是不行的。君子报仇，三年不晚。向日本人讨还血债的日子，必将来到。

李宗仁将军在台儿庄

"二战"史专家普遍认为，杜立特突袭东京是一场很小的战斗：直接参战的只有 80 名飞行员，作战飞机 16 架，即使算上支援部队，也不过 1 万人左右，这与"二战"中动辄百万人参战的历次大型战役比较，简直微不足道。然而，从战略层考量，这次仅给日本造成轻微损失的袭击，其重要性非同小可。从某种意义上说：这一战斗是盟国从防守走向反攻、从失败走向胜利的转折点。

三十一 中途岛

以山本五十六为代表的日本海军高层始终把美国太平洋舰队作为心腹之患。山本清醒地认识到：珍珠港一战虽然大获全胜，但美国的航母战斗群完好无损，随时可能对东京发起珍珠港式的袭击。1942年2月1日，美军舰载航空兵对马绍尔群岛、吉尔伯特群岛和威克岛发动了一系列大胆的袭击之后，山本的这种忧虑更强烈了。

德、意、日轴心国签署条约

毕业于美国哈佛大学，担任过日本驻美武官的山本是日本海军中少数的亲美派，他坚决反对日本与德国和意大利结盟，反对对华动武，反对贸然与英国和美国开战。1937年，日本飞机在南京故意击沉美国大使馆撤退时搭乘的炮艇"班乃"号，时任日本海军部次长的山本向美国道歉，并做出了2214007.36美元的赔偿。为此种种，山本被法西斯分子视为"卖国分子"，受到无数次暗杀威胁。日本陆军宪兵队对他实施"保护"，实际是监视其居住。山本自己则在家里架起机关枪，随时准备自卫。1938年8月，米内光政内阁任命山本接替吉田善吾担任联合舰队司令官，实际是用海军的4万官兵把他保护起来。

对美国有深刻了解的山本清醒地认识到：日本的综合国力无

法与美国做长期抗衡。他对近卫首相表示：一旦日本不得不与美国开战，他可以与美军周旋一年或一年半的时间，超过这个时间，他不能保证什么。山本不止一次地宣称：除非一开战就重创美军，主要是消灭美国太平洋舰队主力，迫使美国在取胜无望的情况下，主动求和；否则，一旦战局胶着甚至陷入长期作战，日本必败无疑。本着这一宗旨，他以辞职为要挟，迫使日本军部接受了他偷袭珍珠港的作战计划。杜立特突袭东京以后，山本的下一个要猎取的目标是中途岛。

中途岛（Midway Island）是一个面积只有 5 平方公里的珊瑚岛礁，位于夏威夷群岛西北方 1135 海里处，东距美国旧金山，西距日本横滨，均为 2800 海里，位于太平洋航线的正中间，故名中途岛。1939 年，美军在此建成机场和潜艇基地，从此这个弹丸之地成为美国太平洋舰队在西北太平洋的前哨。

1942 年 2 月，挟偷袭珍珠港大胜余威的山本五十六制订了更为野心勃勃的作战计划：夺占中途岛，将其改造为日本的空军基地和进攻夏威夷的前进基地，相机分阶段进攻并占领阿留申群岛。战役目标是：1. 使日本的空中和海上防卫圈向东扩展 2000 海里；2. 诱使美国太平洋舰队出击，与之决战并将其全歼，一举奠定太平洋战争的胜局！

中途岛

山本的作战计划遭到陆军的坚决反对。反对的理由是：第一，中途岛距日本遥远，没有多少战略价值，且补给困难，很难长期据守。第二，没有防御纵深，易攻难守。第三，容易遭到美军远程轰炸机的攻击。军部的主张是：集中兵力切断美国与澳大利亚之间的交通联系，防止美国把澳大利亚作为前进基地；攻打新喀里多尼亚，迫使美军在靠近日本基地而远离美国的海区进行决战。作战课的态度非常强硬，而且理由充分。课长富冈定俊大佐和山本的作战参谋渡边安次激辩多时，谁也说服不了对方。

4月5日继续开会。参谋总长永野修身、次长伊藤整一也参加了讨论。最后，渡边传达了山本的最终意见："长官的决心已定，不能再改变了。"4月10日，大本营批准了山本的作战计划，但陆军依然迟疑不决。

4月18日，杜立特突击队空袭东京后，一切争论戛然而止。4月20日，山本表示："要压制敌方这类企图，就必须在夏威夷登陆，舍此别无他法。这样，登上中途岛就成了先决条件。这就是联合舰队极力主张中途岛作战的原因所在。"陆军参谋总部的态度发生一百八十度转变。渡边安次说："杜立特空袭让日本陆军改变了目标。他们不但同意进攻中途岛的计划，还决定派出一支有力部队占领整个群岛。"1942年6月4日，即杜立特空袭东京47天以后，中途岛大海战爆发！

三十二 决战

　　1905 年 5 月 27 日，日本海军大将东乡平八郎指挥联合舰队，在对马海峡全歼俄罗斯远东第 2 舰队，击沉、击毁俄军 2/3 的舰船，俘虏舰队司令罗杰斯特文斯基，而日军只损失了 3 艘鱼雷艇。这一天被日本官方定为海军节。

　　1942 年 5 月 27 日，在这个被日本海军引以为傲的日子，山本五十六指挥他庞大的舰队倾巢出动。作战序列里有 350 艘舰船，总吨位 150 万吨，作战飞机 1000 多架。担任主攻的部队是南云忠一指挥的 4 艘航母战斗群。开战以来，南云舰队所向披靡，战果赫赫：击沉战列舰 5 艘，航空母舰 1 艘，巡洋舰 2 艘，驱逐舰 7 艘，重创敌舰船多艘，而自己一艘也没有损失。山本率联合舰队主力——包括 3 艘大型战列舰在内的 18 艘舰只，在南云舰队后面跟进，准备投入对太平洋舰队的决战。在北方，山本派出一支舰队佯攻阿留申群岛，企图把美军注意力引到错误方向。南方部队为"中途岛占领部队"，5800 名陆军和海军陆战队搭乘 12 艘运输舰于 6 月 7 日攻占中途岛。

　　与强大的日本海空军相比，尼米兹上将能够调动的兵力非常有限。在刚刚结束的珊瑚海战役中，"列克星敦"号航母被击沉；"约克城"号航母受重创，正在返航途中。完好无损的"大黄蜂"号和"企业"号航母，接到命令后，星夜从南美洲开往夏威夷。

　　经过一番紧张的运筹帷幄，5 月 28 日，斯普鲁恩斯少将率第 16 特混舰队，编成内有"大黄蜂"号和"企业"号两艘航母，3

艘重巡洋舰，1艘轻巡洋舰，11艘驱逐舰，离开珍珠港。5月30日，刚刚在珊瑚海和日本联合舰队打了个平手的弗莱彻少将率第17特混舰队，编成内有刚刚抢修完毕的"约克城"号航母，2艘重巡洋舰，9艘驱逐舰，也从珍珠港出发，按照尼米兹将军精心设计的日程和路线，驶往预定海域设伏。

知彼知己，百战不殆。5月24日，即开战前10天，美军密码专家罗彻福特破译了日军密码，尼米兹已经知晓日军将于6月3日进攻阿留申群岛，6月4日进攻中途岛。虽然兵力处于劣势，但美军士气高昂，以逸待劳，决心迎头痛击来犯之敌。反观日军方面，知己不知彼，轻敌冒进，盲人瞎马，一头撞进美军的即设陷阱中。加之四面出击，兵力分散，各自为战，相互不能支援，虽然两军尚未接火，但胜负之数已经决定。

南云忠一的旗舰"赤城"号

1942年6月4日上午，从中途岛起飞的美军侦察机发现了向东急速开进的日军运输船队。中午时分，9架满载炸弹的B-17轰炸机对日军船队发起攻击，拉开了战役的序幕。5日凌晨1时30分，南云舰队到达中途岛西北方240海里处的水域。黎明时分，108架舰载机从4艘航母上起飞，恶狠狠地向中途岛扑去。震惊世界的中途岛战役打响了！

从南云下达第一波攻击命令，到6月6日山本下令结束中途岛作战，战役历时两天两夜。美军取得辉煌胜利。是役，日联合舰队主力航母"赤城"号、"加贺"号、"苍龙"号、"飞龙"号和1艘重巡洋舰被击沉，损失作战飞机322架，3500名日军丧生，其中包括近200名作战经验丰富的一流飞行员。美太平洋舰队付出的代价相对轻微：1艘航空母舰"约克城"号被击沉，损失作战飞机147架，人员死亡307人。6月6日，尼米兹将军在

《作战公报》中声称：珍珠港之耻已经得到部分洗雪，必须将日本海上力量打得再无行动能力，否则，不算完全报仇雪恨。如果说，我们这个目标走了一半路，大家也许能原谅我们冒昧。

美军此次获胜的两个关键秘诀为：一，先敌发现：战前派出大批潜艇、侦察机和水上飞机对敌舰活动区域进行地毯式侦察。6月5日晨，艾迪上尉驾驶水上飞机首先在中途岛西北200海里处发现日军航母编队，当即向指挥部发出战斗警报，而日军几乎同时派出的两批侦察机却因机械故障延迟起飞或提前返航，从而漏过了就在这两批飞机侦察范围之内航行的美军舰队。如果不是这一失误，日军极有可能先于美军发起攻击，届时孰胜孰负难料。二，指挥果断：发现敌舰踪迹后，16特混舰队司令斯普鲁恩斯将军当即命令发起总攻。于是，数十架轰炸机、鱼雷攻击机在没有战斗机护航的情况下，向敌舰队发起一波又一波的自杀式攻击。身经百战的日军飞行员驾驶性能优越的零式战斗机拼死格斗，将一架架毫无战斗经验但置生死于度外的美军战机打得坠海或凌空开花。就在日军飞机全部降落在甲板上，加满油料，补充弹药，准备再次起飞时，日军舰队上空出现了5分钟没有护航的真空。说时迟、那时快，美军37架俯冲轰炸机抓住这宝贵的5分钟，从空中呼啸而下！十几颗重磅炸弹狠狠地砸在3艘日军航母甲板上，顿时引起冲天大火！

美军反败为胜！

联合舰队被击沉的4艘航母："苍龙"号排水量15900吨，"飞龙"号17300吨，"赤城"号36500吨，"加贺"号排水量最重，达到38200吨，这样的庞然大物，即使吃上几颗炸弹，也不会伤筋动骨，那么为什么这些航母不堪一击，在挨炸后数秒钟便面目全非，变成一团团巨大的火球？

归根到底，还是日军过于轻敌，指挥严重失误所致。首先，给南云舰队的任务就很含糊：既要求它攻击中途岛，又命令它歼灭太平洋舰队。一个猎人追两只兔子，必然顾此失彼。海战中，南云至少3次变换命令：一会儿装上普通炸弹轰炸陆地目标，一会儿换上鱼雷和重型炸弹攻击敌方舰队，拆了卸，卸了拆，反复折腾，每次花1个多小时，卸下来的几十颗800公斤高爆炸弹，来不及送到弹药库去，就随手堆在一旁。与此同时，还要不停地腾出甲板跑道，起飞和收回飞机，现场陷入极大混乱！等一切都搞好了，美国人的炸弹也落下来了。10时30分，"加贺"号中弹4枚，"苍龙"号中弹3枚，"赤城"号中弹3枚，熊熊大火引燃了舰上几十颗重磅炸弹，大爆炸惊天动地！19时25分和19时30分，"加贺"号和"苍龙"号相继沉没。

17时零3分，"飞龙"号中弹3枚沉没。燃烧中的"赤城"号被日军自己发射的鱼雷击沉。

获胜之后，斯普鲁恩斯将军命令舰队迅速脱离战场，使企图反扑的山本五十六扑了个空。至此，中途岛战役结束。日军惨败，美军大获全胜。

自日本明治维新以来，所谓的"大日本帝国海军"耀武扬威，打遍东亚无敌手。"对马海战"击败俄国，攻克旅顺要塞，取得日俄战争胜利；"黄海海战"击败大清帝国，在甲午战争中获胜，迫使满清政府割地赔款。截至1942年6月5日，日本海军保持着不败的纪录。中途岛一战，标志着日本军国主义从强盛走向衰亡，从衰亡走向灭亡。经此一战，美军夺回了在太平洋战场的主动权。日本侵略者离彻底失败已经为期不远了。

三十三　符拉迪沃斯托克

苏联外长莫洛托夫

1941年4月13日，苏联外长莫洛托夫与日本外相松冈洋右在莫斯科签署《苏日中立条约》，条约规定：双方相互尊重对方之领土完整，不予侵犯。如果缔约一方成为第三者的战争对象；另一方应在整个冲突过程中保持中立。苏联签署此条约的目的是：一旦与德国开战，避免日军在东线夹击苏联。日本的目的也差不多：在与英美开战的情况下，日军不致陷于南北两线作战。双方各取所需，唯一受损害的是中国。

1937年卢沟桥事变以后，苏联是世界上唯一援助中国抗战的国家。在华参战的苏联军事顾问多达500人，其中包括"二战"名将朱可夫元帅和崔可夫将军。苏联政府分三次向中国贷款2.5亿美元，用来购买苏联武器。从1937年至1941年，共出售给中国战斗机586架，轰炸机298架，教练机113架，各型号火炮16000门，汽车和坦克1850辆。由1091名飞行员，2000余名地勤人员组成的苏联空军志愿队，装备各型号飞机1250架，于

第一部分 东京大轰炸

1938年5月至8月武汉会战期间,与中国空军9次联合作战,击落日机62架,沉重地打击了敌军的气焰。1937年至1941年四年间,苏联援华志愿队共参加了25次战役,与中国空军协同作战,击落日机1049架,炸沉日舰70余艘,包括大队长库里申科在内的200多名飞行员为中国人民的抗战献出了生命。

在中国孤立无援的时候,苏联的援助无异于雪中送炭,极大地鼓舞了中国人民的斗志。但另一方面,正是由于中国军民的浴血奋战,死死地拖住了日军的攻势,牵制和消耗了日军的有生力量,使其无力北进,苏联西伯利亚的国防安全方能得到保障。

1941年4月13日,一切都结束了。《苏日中立条约》签订,人员撤回,援助停止,中国又陷入孤立无援的困境。70天以后,德国法西斯向苏联发动全面进攻,苏联卫国战争爆发。苏联自身难保,即使想援助中国,也有心无力了。正是因为这个《苏日中立条约》,美国没有选择符拉迪沃斯托克为杜立特突击队的着陆地点,尽管它距离东京只有1086千米。

苏联元帅朱可夫

库里申科

1942年4月18日下午6时许，一架美国B-25轰炸机突然在符拉迪沃斯托克一个军用机场着陆。这是由约克上尉驾驶的8号机。苏方立刻扣留了飞机，拘押了机组人员。

在符拉迪沃斯托克迫降的B-25

斯大林、罗斯福、丘吉尔在雅尔塔会议上

美国轰炸机不请自到，使得苏联政府左右为难，好像捧着一个烫手山芋，扔了不是，拿着也不是。苏联不能得罪美国，因为靠着美国租借法案项下大批的武器装备援助，苏联才打赢了莫斯科保卫战（1941年10月1日—1942年1月7日），击退了纳粹德国对首都的进攻；也不能得罪日本。德国对斯大林格勒的进攻已箭在弦上（1942年7月17日—1943年2月2日），如果日本在苏联背后捅上一刀，岂不糟糕？

苏联政府的对策是：飞机不还，人不放。以礼相待，拖下去。

给不速之客们提供的伙食相当不错，每餐提供腌鱼、鱼子酱、大列巴面包、肉和奶酪，当然，还有伏特加。

4月24日，美国驻苏联大使威廉斯坦利在克里姆林宫拜会苏联领导人斯大林。斯大林说："大使先生，他们不该降落在苏联领土。我们不得不把他们扣押。"但斯大林同时表示："他们是安全的，会被很好地照顾。"4月27日，莫洛托夫婉言拒绝了美国代表探望飞行员的请求。日本驻苏联大使佐藤真武向苏联发出警告："只扣留飞机和机组是不行的。""（苏联）事实上为美国人提供了军事基地，违反了《日苏中立条约》。"

4月底，飞行员坐上横贯西伯利亚的火车，20天后，到达奥克伍纳。5月23日，他们见到了盼望已久的美国大使馆官员。令飞行员们气馁的是，大使馆无法帮助他们恢复自由。之后，羁押的地点又更换了两次。圣诞节过了，新年也过了，苏联方面仍然没有释放他们的意思。1943年3月25日，当被再次转移到土库曼斯坦首府阿什哈巴德后，飞行员们决定逃跑。5月底，他们花250美元买通了一个走私贩子，在他的帮助下，5人化妆成伊朗人，乘坐一辆卡车偷越苏联和伊朗边境，几经曲折，最后进入了英国驻当地的领事馆。噩梦般的14个月软禁终于结束了。后面的旅程就简单了：印度到北非，再到南美，最后到达华盛顿。

回国后，8号机组的5名成员因违抗命令擅自飞到符拉迪沃斯托克而受到轻微惩处：没有提拔，没有颁发铜十字英勇勋章或杰出服务勋章，是唯一没有得到表彰的机组。

还有一种说法：他们的成功脱逃实际是苏联政府睁一眼闭一眼故意部署的。战后解密的文件证明，这次大逃亡是美国驻苏联大使和苏联外交部部长联合导演的：第一步先把被扣押者转移到苏联和伊朗边界城市塔什干，然后再安排"走私贩子"与飞行员们套近乎，其实，参与此事的苏方人员都是内务部的特工。

令人啼笑皆非的是，机组人员被扣押期间，苏联驻华盛顿大使馆每个月中规中矩地向美国务院提交一份账单，详细列明飞行员吃喝拉撒睡的所有费用，要求美国政府埋单。苏联人的小气真是令人捧腹，且不论"二战"期间美国对苏联援助高达数十亿美元。

为了给杜立特机组在中国降落后提供后勤保障，美国军方事先编制了一份不小的预算，准备用来支付机组人员在华期间的一切费用。不过，这笔钱从没有动用过，几个月后，美国驻华军事代表团原封不动全部退回。在汇款附列的报告中，代表团团长对中国军民盛情款待机组人员给予高度评价，一切的食宿交通费用都是中国政府、军方甚至是平民百姓埋单，从没有人张口索要什么报酬。中华大国，礼仪之邦，向远道而来助华抗战的英雄们索要饭钱，岂不是笑话。虽然是在战时，招待难以从周，但这个面子是一定要给的。

　　杜立特和队员们的回答是："谢谢，我们感恩！"

三十四 三烈士

1942年6月16日下午2时30分，8名被俘的美军飞行员被押进日本陆军第13军事法庭。首席法官中成丰间中佐和两个助理法官，和光友成中尉、冈田龙平少尉进行了不到半个小时的庭审，检察官八田逸郎少佐宣称："很明显，从军事法律上来看他们是有罪的，因此，我要求判处他们死刑。"

尼尔逊中尉被日军押下飞机

3个法官一致同意检察官的指控，当庭做出了死刑判决。这8位飞行员是：16号机组机长威廉·法罗中尉，副机长海特中尉，领航员巴尔中尉，轰炸员萨泽下士，机械师斯帕茨中士。5人是4月18日在敌占区南昌上空跳伞后，在逃亡过程中遭遇日军搜捕被俘。6号机组机长霍尔马克中尉，副机长米德尔中尉，领航员尼尔逊中尉，3人是在4月18日在象山附近海面迫降后，被叛徒出卖被俘。该机组的另两名乘员威廉·迪特中士，机械员菲茨·莫里斯下士因被撞昏，无法游出机身而淹死。

4月28日，杜立特突袭东京10天以后，日本军部研究如何处置这批被俘的飞行员。陆军参谋长杉山元大将怒气冲天，恶狠狠地说："很简单，全部处决。"杉山将他的意见提交给东条英机，东条英机未置可否，暂时把案子压下来。10月3日11时30

分,东条觐见日本天皇,做出最后决定:迪安·霍尔马克,威廉·法罗和斯帕茨3人枪决,其余5人改判无期徒刑,在任何情况下,不得作为交换战俘遣返回国。

典狱长辰太外次郎负责执行死刑。他命令工人打造了3个十字架和3副棺材。10月15日上午10时,辰太带着警卫来到公墓,

他命令工人将3个十字架在地下埋好。下午,迪安·霍尔马克,威廉·法罗和斯帕茨被押赴刑场,典狱长通知飞行员们,他们将被绑在十字架上:"基督是死在十字架上的,你们也必须死在十字架上。"面对着刽子手们,年轻的飞行员们从容镇定。法罗只提出了一个要求:"请告诉人们,我们死得无所畏惧。"

田岛五洋中尉指挥6人组成的行刑队,在20米外瞄准目标。下午4时30分,田岛下令"开火!"行刑队都是日军的专业射击手,每人只开了一枪。子弹打在3人眉心,他们当场毙命。

1943年2月23日,美国政府通过瑞士得知:日本人以所谓"屠杀平民"的罪名,对几名飞行员判了死刑,并已于4个月前将他们处决。美国政府十分震惊。4月7日,罗斯福总统批复了国务院给日本政府的抗议信,信中写道:"美国政府将会让日本政府参与此事的官员为这种蓄意的犯罪承担个人与官方的双重责任,并将在适当的时候将他们绳之以法。"在杜立特突袭东京一周年之际,罗斯福在视察军营的途中发表声明:"带着最深的惊骇,我不得不宣布日本政府的野蛮行径,他们处决了我国被俘的军人。"总统严厉地说:"我们的敌人用这样的办法来震慑对手是野蛮残暴的。日本军阀想要恐吓我们的意图将会彻底失败。它只会让美国人民比以往任何时候都更加坚定地消灭无耻的日本军国主义!"

噩耗在国会激起轩然大波。密西西比州众议员兰金说:"我们是在与一群野兽交战,而不是与一个人类国家战斗。"很多议员当即表示美国应该向太平洋战场投放更多的财政支持。最高法

院法官威廉·道格拉斯激愤地说："那些年轻人不是被处死，而是被谋杀的。为他们报仇的责任已经放到了我们的肩上。"

表示愤慨的信件雪片般地涌向白宫。北美航空公司宣布：将用8名被俘飞行员的名字命名8架新的轰炸机。各家电台的主持人众口一词地斥责："日本前所未有地嚣张，如此恶性，如此激进的直接报复。他们冷血地处死了美国的战俘。"CBS的约瑟夫·哈施说："他们没被直接杀死，而是被关押，被毒打，被严刑逼供，最后以捏造的罪名处决。"

被俘飞行员遇害的消息强烈地震撼了军方。"我们不能罢手，我们必须加倍努力，直到彻底摧毁那些犯下战争罪行的军阀。"阿诺德将军向全体空军将士发出号令，"想想你们的同志——已经献出了他们的生命。把你们的投弹瞄准器对准日本的基地！"

指挥这次突袭的特遣舰队司令哈尔西咬牙切齿地说："我们会让那群混蛋付出代价。我们会让他们血债血偿！"

战后，美军调查人员在日军档案里找到了遇难飞行员的遗书。斯帕茨的信是写给他在堪萨斯的父亲的，只有6个句子，100个单词。这个只有21岁的机枪手写道："我想让你知道，我像一名战士那样为国战死。我爱你，愿上帝保佑你！"

霍尔马克写信给他在达拉斯的父母和姐姐："他们刚刚告诉我，我将被处决。我几乎不能相信。我完全不知道该说些什么好。"这个28岁的年轻人写道："请你们保持坚强并祷告。我把我所有的爱都带给你们。"

威廉·法罗在信中写道："亲爱的妈妈：明天，他们将要处死我。但是，请不要难过。你知道，我从小就想当一名飞行员。不是因为这场战争的话，我可能已经是航空公司的驾驶员了吧！……明天以后我将永远见不到你……，这一切我并不后悔。我是自愿参加这次任务的……我也很骄傲，我是一个军人，最终把我的生命献给了国家。"法罗写道："我知道这会给你很大的打击，因为我是你生命中最重要的。我很抱歉未能用更多的爱来待你，请原谅我好吗？当我意识到这些的时候，已经太晚了。你是全世界最好的母亲。你永远是一位真正的天使。"最后，他写道："永别了，妈妈。不要难过，保持勇敢和坚强。我对上帝的信仰是完整的，因此我并不惧怕。"

被日寇枪毙的三名美军飞行员

调查人员在档案中找到一张行刑前拍摄的照片。3个飞行员被绑在矮十字架上，面无惧色，怒视着刽子手们。东京大审判时，这张照片被作为日本法西斯杀害战俘的罪证，送到主审法官的案头。

罪魁祸首、甲级战犯东条英机被捕前畏罪自杀未遂，最终被判处绞刑，于1948年12月23日伏法。元凶杉山元自知恶贯满盈，为逃脱正义的惩罚，于1945年9月12日开枪自杀。其他参与杀害美军飞行员的罪犯都被起诉，但最终被主审法官以"没有主观故意"而轻判。五人审判委员会的判决如下：泽田、冈田和辰太服5年苦役；和光被判决9年有期徒刑。这些原以为难逃一死的罪犯喜出望外，担任辩护的日本律师团竟惊喜得哭了起来。一个日本律师带着哭腔向法庭致谢："非常感谢法庭做出这一公正仁慈的裁决！"

这种岂有此理的荒唐判决激起美国上下的一致谴责。霍尔马克的母亲悲愤地控诉："我们的国际代表并没有替我的儿子报仇雪恨。我很惊讶那些凶

突击队员们在东京大审判时作证

手们竟被轻判。我们听到了全国人民的呼声。这笔血债永远也不会被遗忘！"

专门到日本作证的尼尔逊更是气愤填膺。为了给他的战友们伸张正义，他向霍尔马克的母亲承诺：将和杜立特将军一起抗议这样的判决，他们将向参议员甚至杜鲁门总统请愿。

1946年8月，审查机关在审核这一判决时，对法庭做出如此轻的量刑给予严厉的抨击："委员会犯了一个严重的错误，竟然做出这样极度宽松，惩罚不足的判决。"

然而，木已成舟。判决无法改变了。4名被定罪的日本人被押往东京巢鸭监狱服刑。1950年1月9日，在驻日美军统帅麦克阿瑟的包庇下，泽田、冈田和辰太走出了监狱，仅仅服刑1365天！杜立特的气愤可想而知，但他无力回天。

三十五 魂兮归来

1945年8月16日晚上7时30分，美军"喜鹊突击队"从北京的一座监狱里解救了4名杜立特的队员。经历了3年零4个月地狱般的苦难之后，他们终于重获自由。另一个被俘的队员米德尔，因受到残酷虐待已经死于狱中。虎口余生的4个人也都严重营养不良，非常虚弱。

战后，美国军方努力寻找牺牲的突击队员的尸骨。1946年春天，6号机组领航员尼尔逊中尉引导搜寻人员找到了两位遇难战友的坟茔。4月18日晚上，因迫降受伤而不幸溺毙的投弹手迪特尔和机枪手菲茨·莫里茨就埋在这里。4月19日上午，两具遗体被海浪冲到沙滩上。当地村民赶制了两副棺材，把他们埋葬在一个俯瞰着海面的小山坡上。

4月18日晚，3号机坠毁在江山市与遂昌县之间的北洋村。由于山高坡陡，机械师法克特在跳伞时，因伞没有张开，不幸摔死在峭壁上，第二天上午，被上山砍柴的村民发现。百姓们抬着尸体走了十几里山路，来到山下，等待政府的救援。4个农民看守一昼夜，保护烈士的遗体不被山间野兽吞噬。山民生活极端贫困，地方官就动员大家出钱，买了一副上等棺材入殓，又派数十人抬着棺材，乘船到达江山市汪村靠近衢州机场的附近下葬。法克特的灵柩运到时，重庆美军代表团汇来2000法币作为安葬费用。杜立特把此款交给中国军方驻衢州机场的第13航空总站陈又超站长。陈站长说：让美国英雄在衢州入土为安，是中国政府的义务,一切丧葬费用由中方负责,此钱不能收。杜立特含泪表示万分感谢!

为烈士选择的墓地在航空站西南 800 米的一片山坡上,陈站长亲自派工修建。5 月 19 日下葬时,已在衢州的 13 位突击队员参加送葬,坟前伫立着杜立特做的石碑,上面写道"美国飞行员法克特之墓"。在浙江一带传教的伯奇牧师主持了隆重的基督教追思仪式。

调查人员在上海的殡仪馆里找到了 3 位遇难飞行员的骨灰。为了掩盖罪行,日本人把骨灰盒上的名字换了,但出生年月没有变动。调查人员据此找到了 3 人的遗骨。

为了寻找米德尔的遗骸,联邦调查局特工贝利上尉和一位女记者艾琳·库恩,于 1945 年 9 月底来到上海江湾监狱。说明来意后,一个日军军官捧出一个用绸布包裹的小木箱,上面赫然写着"美军军官骨灰"几个黑字。库恩捧过骨灰盒,强忍着满眶热泪,像母亲抱着熟睡的婴儿一样,把盒子紧紧抱在怀里。她不想在日本人面前显得脆弱,就把脸紧贴着怀中的盒子,大颗大颗的泪珠打湿了包裹骨灰盒的白绸布。

烈士的遗骸回到祖国

日本人又拿出了一个用棉布包裹的木箱。里面装的是米德尔的个人物品:1 本旅行者支票,每张面额 10 美元。1 本个人支票本,1 张社安卡,1 个指南针和 1 把梳子。"还有一张照片,上面是一个非常漂亮的女孩子,"库恩写道,"照片上的女孩儿向我们微笑着。外面套着的皮夹已经发霉。她一直被年轻的上尉带在身边,直到生命的最后一刻。"

可怜无定河边骨,犹是春闺梦里人。

最终,6 位勇士的遗骸被送回祖国。斯帕茨安葬在夏威夷的太平洋国家纪念公墓。法克特、迪特尔、菲茨·莫里斯、米德尔、法罗和霍尔马克安葬于阿灵顿国家公墓。

在给遇难者家属的信中,阿诺德将军沉痛而又坚决地说:"我知道任何语言都无法安慰你。但有一件事你可以永远记得——正是你的儿子和他的飞行员伙伴们点燃了每个美国人心中的火焰,这火焰决定了日本必将走向彻底的失败。"

三十六　山本殒命

　　1943年4月18日，刚好是杜立特轰炸东京一周年的日子，米歇尔少校率领16架P-38战斗机，从瓜达尔卡纳尔岛的亨德森机场起飞，于9时33分赶到巴莱尔岛上空设伏，准备拦截去南部太平洋布因和巴莱尔基地视察的山本五十六。50秒以后，一向严格守时的山本乘坐一式轰炸机，在6架零式战斗机的护航下，出现在左前方。米歇尔当即下令猛攻，经过短短3分钟激战，山本的座机被击落。飞机坠毁在岛上的丛林里。山本当即毙命。

山本五十六

　　通过破译密码，美军对山本的行程了如指掌。擒贼先擒王，尼米兹决心打掉这个日本海军的灵魂。通过金将军和诺克斯将军，作战计划送到了罗斯福总统的餐桌上。首脑们一致认为：击毙山本将沉重打击日本人的士气。作为偷袭珍珠港的元凶，美国人对他恨之入骨。正如击落山本座机的兰菲尔中尉所说："日军对珍珠港的突然袭击，激起了美国人强烈的复仇念头。矛头所指,就是那个下令'攀登新高山'的山本五十六!"

总统亲自下令:"干掉山本!"(Get Yamamoto!)首脑们为这个行动起的代号是:"复仇。"

山本的命运就这样定了。

山本座机残骸

山本死后,古贺峰一接任了日军联合舰队司令长官的职务。不到一年,他在乘机从菲律宾撤退时,遭遇暴风雨机毁人亡,再由丰田副武继任,但没人可以取代山本"军神"的地位。以山本之死为契机,日本帝国海军一蹶不振,连吃败仗。在马里亚纳大海战中,日本舰队被彻底击溃。该役,美军仅航空母舰就出动了37艘!1945年4月7日,日本海军的残部在冲绳战役中被美军第5特混舰队全歼,山本的旗舰"大和"号战列舰和几十艘舰艇被击沉。自1894年甲午海战起,在太平洋称王称霸50年的帝国海军从此彻底覆灭,山本当年预见的噩梦成为现实。

1946年1月,山本的死对头——美国太平洋舰队司令尼米兹上将对报界发表谈话,对山本做出很高的评价。尼米兹说:"山本是坚决反对与德、意轴心国结盟的,也不主张与英美开战。"在此,还要补充一点:山本还曾坚决反对日本陆军发动"九一八事变"和"卢沟桥事变"。此人究竟是战争罪犯还是反战英雄?重重迷雾笼罩在早已死去的山本五十六身上。

三十七　恶有恶报

报仇的一天终于来到了。1944年，美军在太平洋上攻势如潮，陆续收复了马里亚纳群岛，关岛和塞班岛。天皇的最高海军顾问，海军大将永野修身说出了战争中最生动的几个字：

B-29轰炸机在日本上空飞行

地狱降临。

地狱真的降临了。

1945年2月24日和25日，"火牛"轰炸行动开始实施，美军先后在神户和东京投下了几百吨燃烧弹，神户和东京的许多建筑被夷为平地，"火牛"露出了狰狞的獠牙。

1945年3月9日傍晚，大轰炸正式开始，美军出动334架

被"火牛行动"炸死的日本人

B-29空中堡垒轰炸机，使用凝固汽油弹对东京进行持续地毯式轰炸。每架飞机携带6—8吨燃烧弹，燃烧面积可达6500平方米。空袭前，两队轰炸机先行进入目标区，投掷M29燃烧弹，引发一个十字燃烧区，其余轰炸机以此为标记进行投弹。当晚，多数是木结构建筑的东京出现火灾旋风，整个城市变成了炼狱。很多老百姓为了躲避轰炸，躲进自家附近的浅土沟中，结果不是被烧成灰烬就是在滚滚浓烟中窒息而死。燃烧弹带来的高温高达3000℃，使所有可燃物（包括人体）烧着，甚至熔化了钢制的桥梁，许多人跳进河里，结果却被活活煮死。在过去了许多年以后，一个当时还是小学生的妇女回忆："我们仿佛身处炼狱，所有的房子都在燃烧。"

柯蒂斯·李梅将军

大轰炸造成83793人死亡，40918人烧伤，近41平方公里被焚毁，东京的四分之一被夷为平地，其中18%是工业区，63%是商业区，其余是住宅区。计划中的22个工业目标全部摧毁，26万7千多幢建筑付之一炬，上百万人无家可归。飞行在数千米高空的轰炸机，在上升热气流的冲击下，像急流中的乒乓球那样上下起伏，连机身都被熏黑了。据机组人员事后回忆，很多人因为闻到炙烤人肉的浓烈气味而呕吐不止。

日复一日，多达500架的B-29如黑云遮蔽了日本上空。波音公司生产的这款"空中巨兽"，航程是B-25的2倍，载弹量是其5倍。对东京、大阪、神户等大城市的轰炸，持续3个月之久。至6月中旬，轰炸范围扩大到其他中小城市和交通线。烈火燃遍了整个日本。战争的最后几个月，B-29对日本实施轰炸28500架次，

第一部分 东京大轰炸

B-29 空中堡垒战略轰炸机

对 66 个城市投弹 16 万吨，254 平方公里城市面积被夷为平地，其中东京 80 平方公里，大阪 24 平方公里，名古屋 17.7 平方公里。据日本战后统计，空袭共造成 33 万人死亡，475000 人受伤。850 万人无家可归。伤亡人数比投在广岛长崎两颗原子弹所造成的伤亡总和还要高很多！

美军实施的大轰炸以及后来的后续行动，因造成无数平民伤亡，引起了世界范围内的道德讨论。策划了整个行动，并亲自领导第 21 轰炸机联队实施大轰炸的李梅将军说："这种战略轰炸行为的目的，主要是破坏日本生产战争物资的能力，打击日本人的士气，在总体战的理论中，这种攻击是可以接受的，非如此，不能迫使日本提早结束垂死挣扎，从而降低后来可能的平民伤亡，而事实也确实如此。"少言

哈里·杜鲁门总统

寡语，从来不笑，有"冷战之鹰"绰号的李梅说："杀日本人没有使我感到不安。我不在乎有多少日本人在我们的行动中被杀。"李梅将军十分清楚，如果战争的结果反过来的话，日本人会怎样对待他。"如果美国输掉了战争，我充分相信我会因为战争罪而受到审判，只要看看日本人是怎样对待那些参加 1942 年杜立特空袭的美国飞行员就知道了。"

由于在"二战"中功勋卓著，李梅得到了许多国家的勋章，

其中有一枚竟然是日本政府颁发给他的"勋一等旭日大绶章",这可是日本的最高荣誉奖,要由天皇亲自颁发。看来日本真的是被打怕了。

原子弹在广岛爆炸

13号机机长麦克尔·罗伊多次参加了对日本的大轰炸。

3年前,杜立特告诫他的队员们:不要轰炸医院、学校、博物馆和其他非军事目标。不过,杜立特承认:日本密集的城市建筑让没有平民伤亡变得无法保证。这一次,再没有人做这种限制了,美军大开杀戒,玉石俱焚!

大轰炸持续了3个月,哀鸿遍野,满目疮痍,日本完全丧失了制空权,轰炸机在空中任意往来,除了几个文化古城,如京都、奈良和日本皇宫,想炸哪里炸哪里。军事目标也消灭得差不多了。

败局已定,但日本军国主义的头子们仍然负隅顽抗。他们猖狂地地叫嚣"一亿玉碎",企图让全日本人民为他们殉葬。1945年6月21日结束的冲绳战役,日军伤亡被俘人数超过10万人,平民也有数万人伤亡或被迫自杀。为了夺岛,美军付出了8万人伤亡的惨重代价。

"婊子养的日本鬼子,非得给你个厉害看看!"杜鲁门总统发怒了,他下令动用原子弹!

原子弹在长崎爆炸

1945年8月6日2时45分,天气闷热,蒂贝茨上校驾驶B-29轰炸机从天宁岛机场起飞,炸弹舱里静卧着人类历史上第1颗投入实战的原子弹——"小男孩"。专家们估计：2000 架 B - 29 携带的炸弹也比不上这"小男孩"的威力大。8 时 15 分，蒂贝茨在广岛上空投下了原子弹，43 秒以后爆炸。爆炸产生的超过 3900℃ 的高温，使屋顶上的瓦片沸腾起来并瞬间蒸发了人体。此次轰炸将 6.4 平方公里的城区夷为平地，约 8 万人死亡，超过 10 万人受伤。3 天之后，又一架 B - 29 从天宁岛起飞，将第 2 颗原子弹"胖子"投到长崎，摧毁城区 2.8 平方公里，造成 80000 人死亡，6 万人受伤。

杜立特和李梅

驾驶 B - 29 执行轰炸长崎任务的是查理·斯维尼少校。返航后，于下午 2 时在冲绳读谷机场着陆。有一位中将在那里等着他——此人是美国陆军第 8 航空军司令杜立特。

第一个和最后一个轰炸日本的飞行员见面了。

李梅将军麾下的第 21 轰炸机联队隶属于第 8 航空军。杜立特亲自指挥了东京大轰炸和用两颗原子弹轰炸广岛、长崎！

日本天皇裕仁宣布无条件投降

1945 年 8 月 8 日，苏联向日本宣战。百万苏联红军向日本关东军发动全面进攻，摧枯拉朽，旬日间，关东军土崩瓦解。1945 年 8 月 14 日，日本裕仁天皇宣布接受《波茨坦公告》，向同盟国无条件投降。

战争结束了。

三十八　末日来临

美军"密苏里"号战列舰

麦克阿瑟将军

　　1945年9月2日，同盟国接受日本投降的仪式在密苏里号战列舰上举行。这艘排水量57000吨的艨艟巨舰，静静地停泊在东京湾。云飞浪卷，海风习习，星条旗在风中猎猎飘扬。这面国旗，就是日军偷袭珍珠港那一天，在美国国会大厦顶端飘扬的国旗。今天，她要和2700名海军官兵和来宾一起，共同见证凶恶的日本帝国主义的可耻下场。

　　受降仪式在海上举行的安排颇具深意。杜鲁门总统决定由陆军五星上将麦克阿瑟作为同盟国最高统帅受降，海军将士对此愤愤不平。为了搞平衡，最高层决定将受降仪式安排在1艘以总统家乡命名的海军舰船上，并由尼米兹五星上将代表美国在日本投降书上签字，海军才没有话说。至于为战

日本投降代表团抵达 　　　　　　　尼米兹将军代表美国签字

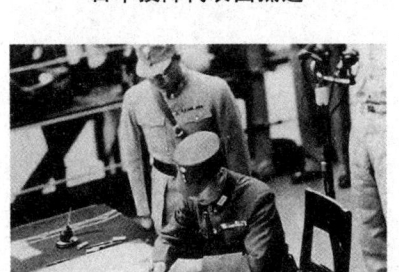

中国受降代表徐永昌将军 　　　　　强大的盟军空中力量

争做出巨大牺牲和贡献的空军将士，则没有代表。

自第一次世界大战结束以来，美国空军一直不是独立军种，只是陆军的1个兵种而已，其地位还不如海军陆战队。这种局面一直到两年后，才得到改变。（美国空军独立建军是1947年9月8日）

上午9时整，由11人组成的日本投降代表团来到"密苏里"号甲板上。日本外相重光葵、陆军参谋长梅津美治郎面对麦克阿瑟将军、尼米兹将军、各国盟军代表和"密苏里"号官兵，签署了日本正式投降文件。随后，同盟国代表、盟军最高统帅麦克阿瑟上将，美国代表尼米兹海军上将，中国代表徐永昌二级上将，英国代表福莱塞海军上将，苏联代表杰列维亚科中将，以及澳、加、法、荷、新西兰等国代表依次签了字。

第二次世界大战至此落下帷幕。

签字结束的时间：正好是上午 9 时 18 分！九一八，九一八，在那个悲惨的时候！14 年过去了，中国人民终于赢得了百年来第一次民族解放战争的彻底胜利！

日本代表离舰之前，盟军 1500 架舰载机和 462 架 B-29 空中堡垒轰炸机遮天蔽日地飞临密苏里舰上空。马达隆隆，地动山摇，强大的军威把不可一世的日本军国主义彻底压倒！

三十九　伦纳德

1946年5月，杜立特以中将军衔退出现役。老东家壳牌石油公司举双手欢迎他回来。将军脱下战袍，洗尽征尘，走上新的岗位：董事、副总裁，兼石油空间技术实验室主任。

在"大黄蜂"号上起飞的80名飞行员中，法克特，威廉·迪特，菲茨·莫里斯在执行突袭任务时牺牲；威廉·法罗，霍尔马克和斯帕茨被日本人处决；米德尔在狱中被虐待致死。其他12人在执行其他任务时牺牲。

1942年6月2日，5号机组的麦格尔，11号机组的加德纳，12号机组的加奎特，在缅北上空被日军击落，3人牺牲。10月18日，3号机机长格雷和10号机组的投弹手拉金在飞越驼峰时阵亡。5名队员在其他战区阵亡，1名队员在美国跳伞失败丧生，2名队员在美国坠机身亡。百战余生，活到战后的突击队员有61人。

牺牲的人员中，还有杜立特非常赏识的伦纳德。在执行突袭东京的任务时，他是杜立特1号机机组的机械师。

跳伞以后的第二天，杜立特和他一起在天目山西部昊天关的山坡上，检视坠毁的飞机残骸。这个年轻的下士安慰心乱如麻的上司，请他放心，说："您不会受惩罚。您会当上将军，而且还能得到荣誉勋章，和一架崭新的B-25。"杜立特说："如果我能再得到一架B-25，我一定还让你做我的机械师。"后来的事态演变，一如伦纳德所料。杜立特也不食言，随即把他调入自己的机组。1942

年，杜立特奉调到北非战场，出任陆军航空兵第 12 军司令，军衔升为少将。伦纳德也随杜立特转赴北非作战。1943 年，伦纳德在阿尔及利亚牺牲的时候，杜立特也在场。在战斗值班时，一颗德军的炸弹将伦纳德炸得粉碎，遗骸只剩下一只左手，手腕上戴着手表，那手表还滴滴答答地走着。"那个在我最悲伤的时刻，想方设法让我高兴起来的阳光男孩儿，就剩下了这一只手。"

几十年后，这可怕的场景仍然萦绕在将军的心头。他写道："保罗的牺牲是我在这场战争中的最大悲剧。唯一使人感觉好受一些的是：'他不知道炸弹要来，也永远不知道是什么击中了他。他死得干净利索，毫无痛苦。'"

四十　爱兵如子

杜立特历任第12航空军（1942年，北非），第15航空军（1943年，意大利）和第8航空军（1944年，英国；1945年，冲绳）的最高指挥官，指挥数万名飞行员，上万架战机。他率领着世界上最强大的空中铁流在欧亚上空纵横驰骋，将德意日法西斯的空军打得一败涂地，为同盟国取得最后胜利立下赫赫战功！

然而，哪一仗也比不上"突袭东京"。

"我在大战期间执行了40次飞行任务，但是没有一项任务可以超越突袭东京。"投弹手罗伯特说，"其他任务和突袭东京相比都是小儿科。"

在战争全过程中，杜立特指挥过很多飞行员。他不否认他是有偏爱的。"这不是说我不喜欢其他飞行员，"杜立特坦承，"而是说我更爱这群孩子们。"

1942年5月，他从中国回到美国后的前几天，一直忙于给79个突击队员的家属写信，不是通函，而是给每个家庭的亲笔信。对于平安归来的队员的家属，他给予他的队员们高度的肯定与赞美；对于牺牲的队员的遗属，他表示了沉痛的哀悼，并愿意给予各方面的协助；对于暂时下落不明的队员的家属，他承诺将尽最大努力使他们的亲人早日平安归来。

在他接受授勋仪式后的第二天，全国报纸宣布他曾指挥空袭东京之后，他便给予他一起执行任务的队员们最亲近的亲属写信。大多数的信很容易写，因为他知道他们已经脱险。

在给他的副驾驶科尔母亲的信中，他如此写道：

"我高兴地告诉您，他很好，很愉快，虽然他有点儿想家。两周前，我在中国的重庆同他告别。他刚刚完成一次艰难，重要而有趣的飞行——空袭日本。他表现得英勇果敢，由于他的卓越战绩而荣获了优秀飞行勋章。中国政府也向他授勋。

远东的交通通信条件极差，您最近可能不会直接收到他的信。但是我向您保证：他一切均好。尽管未来的详细情况不明确。大概过不了多久他就会回来。

我能和迪克一起去执行任务颇感荣幸，他是我的副驾驶员。我希望还能有机会与他一起参加战斗。"

另外一些信却大费踌躇，难以措辞。在给劳森母亲的信中，杜立特写道："我有义务遗憾地告诉您：您的儿子在战斗中负伤了。我们还不能确定伤势会发展到什么程度……我昨天收到中国发来的电报说：（劳森和他的机组）在前往重庆的途中，他们将从重庆经印度回国。"

和每封信一样，他告诉劳森母亲，能同劳森一起参加战斗多么荣幸，以及劳森如何勇敢，他荣获了勋章，等等。

在给达拉斯的霍尔马克母亲的信中，杜立特写道：为给她带来悲伤的消息感到遗憾。

杜立特的亲笔信鼓舞了突击队员的家人们，使得大家对将军的好感进一步提升。沃森的父亲感慨地说："我怀疑陆军的规章制度是否会要求一位将军在完成任务后，给每个部下的父母写一封亲笔信。……然而，杜立特将军不仅仅是一位能力出众的长官，更是一位父亲，一位绅士，他就这样做了。"

对每一个帮助过他的人，杜立特都记得清清楚楚。他特意去看望了地勤基地的包伞员。根据空军惯例，如果跳伞时伞顺利打开了，飞行员要专程去看望包伞员，并要送一包香烟酬谢。（包伞员的名字写在封条上。）

  对于在日本人的监狱里经历了 3 年多地狱般非人折磨的被俘战友，杜立特给予了父亲般的关爱与同情。16 号机领航员巴尔的状况极为糟糕，一直处于神志不清的状态。在回国的途中，他的精神终于崩溃了，开始自残甚至上吊自杀。他被当作精神病人对待，并被穿上了紧身衣。杜立特得知后，立刻赶去看望。巴尔见到老长官，号啕大哭，满肚子的委屈顿时倾泻而出。当得知巴尔住院以来，从来没有医生给他看过病，也没有发给他制服和欠薪时，杜立特火冒三丈。他怒冲冲地走进院长办公室，把他臭骂了一顿。在鼎鼎大名的杜立特将军面前，院长吓坏了。

  空军的最高层得知了杜立特的震怒后，巴尔立刻领到了新军服，上面还有他的绶带，他都不知道他得到了荣誉勋章。7000 美元欠薪也发了，另外，他还接到了把他提为上尉的命令。

  巴尔被转到位于长岛的空军康复中心，由空军医学权威格鲁将军亲自主持巴尔的治疗和康复。杜立特的怒气这才平息。

  对于这样的长官，飞行员们的态度非常明确："我们愿意跟着他出生入死。"领航员诺兰说，"赴汤蹈火，在所不辞。"

四十一　庆功会

突袭东京出发前夕，杜立特和他的79名队员站在甲板上合影。杜立特当众许下诺言："等我们到了重庆，我要给你们举办一场终生难忘的聚会！"后来，因飞行员们未能同时到达重庆，聚会也就从未举行。

1943年，杜立特在北非为20多名飞行员举办了一次聚会，但那不是他所承诺的全体派对。

战争结束后，最后一名队员也回到了美国，1945年11月，杜立特给全体队员发出了邀请："该是我们团聚的时刻了。没什么能比跟老战友们相聚叙旧，把酒言欢更畅快的事了。"他在信中写道，"我打算举办盛大的晚宴，用各种美酒佳肴款待你们！"

12月15日，队员们在迈阿密第一次聚会，并由此开始了每年一次的聚会，除了1951年和1966年，因朝鲜战争和越南战争的缘故取消了两次以外，杜立特轰炸机队协会的聚会持续了70年！

将军的邀请受到了热烈的回应，电报和信件塞满了杜立特的邮箱。许多人表示他们已经迫不及待了，渴望着与大家重逢的那天早日到来。

团聚的盛况真是难以形容！大家唱啊，跳啊，笑啊，开怀畅饮，大声喧哗，用酒店值班员的话说："完全失控！"杜立特和小伙子们一起聊天、游泳、跳水。醉醺醺的队员们穿着泳衣在大厅里追逐打闹，一直折腾到凌晨5点。

气愤的酒店一纸诉状告到空军,杜立特和20多个队员在投诉书上签了字。现在,这份投诉书由空军历史档案馆保存。

　　醉卧沙场君莫笑,古来征战几人回。

四十二　刘同声

1942年4月18日晚上9时，机长胡佛的2号机的燃油快要耗尽了。胡佛命令3名飞行员跳伞。然后，他和领航员驾驶飞机迫降在鄞县东钱区的一片棉花地里。由于地势平坦，飞机没有大的损坏。胡佛打开舱门，带上武器、食品和随身物品，和领航员离开了飞机。

漆黑的夜晚，风雨交加，夜色沉沉，四下一个人影也没有。他和领航员深一脚浅一脚地走了一天一夜，也没有遇到一个人。天黑之前，他们发现了一座碉堡，钻进去倒头便睡。

转天清晨，他们继续向西走，一直走到了中午，才来到一个村落。一个名叫朱阿贵的农夫发现了他们，跑到镇长朱秀芳家里报告。这时，朱镇长通过电台广播，已经得知美国飞机轰炸东京的消息，他立刻想到这二人很可能是美国飞行员。考虑到这里离日占区很近，伪军也时常来骚扰，情况紧急！事不宜迟，朱镇长马上带着一个乡丁，和朱阿贵一起去找这两个人。找了半天，终于在镇西的一座大庙里找到了累得筋疲力尽的两个飞行员。

朱镇长和胡佛握手。连说带比画，让飞行员们跟他走，去找游击队。飞行员们终于明白了：这里很危险，要马上离开，于是，朱镇长带着一行人向黄牛岭方向走去。走了十几里路，遇到了一个放牛娃。通过他的指引，他们在一个山沟里与前天跳伞的三个伙伴会合了。

大家紧紧地拥抱在一起，嘴里不停地说："感谢上帝！"

太阳快下山的时候，他们遇见了鄞县第一自卫大队。这是一支地方武装，有十几个人。队长领他们走了十几里路，来到宿营的村庄，招待他们休息、吃饭。

22日，游击队员们保护着飞行员们上了一条船，向宁海驶去。晚上住在一个兵营里。23日清早，游击队长雇了5辆人力车，请飞行员们坐上，蒙上被单，免得引起路人注意，因为这一带时常有敌特和汉奸出没。晚上，他们抵达宁海的一个小镇子，住进一个小旅馆里。

巧的是，就在这个旅馆里，住着一个西服革履、大学生模样的年轻人。旅馆老板问他会不会说英语。这个青年人笑眯眯地说："我上过大学，现在是老师，会英语。"

老板说："太好了，太好了。我们镇公所正到处找会英语的人。麻烦您跟我走一趟吧。"

年轻人问道："什么重要的事要我帮忙？"

"当然重要了。跟我一起走吧，这里不便多说。"

于是，年轻人就跟着老板来到镇公所。大厅里有很多人。年轻人还没来得及说话，从门外进来5个外国军人。年轻人一看就明白了，他主动上前和客人们握手问好。飞行员见他说一口流利的英语，高兴得不得了！这时，一位身穿中山装、官员模样的人，挥手请大家入席。

官员和飞行员们交谈，统统由年轻人翻译。外国人说的话，他全能听懂，双方交流，全无障碍，这位年轻人真了不起！

年轻人名叫刘同声，从上海来，要通过日占区去大后方。刘同声向客人介绍了镇长。胡佛机长说："万分感谢贵国军民的救助和款待！特别是这位刘先生，为我们的沟通帮了大忙！"

镇长说："这里是敌我双方犬牙交错的地方。前面还有一段危险地带。保护你们是我们的责任。你们只能走山路，不能走平原。要避开日军的巡逻队。"

24 日晚间飞行员们到了龙宫村,会见了鄞县县长俞济民。俞县长热情招待美国客人,把身上佩戴的玉佩送给了胡佛机长。俞县长说:"你们是我见到的第一批美国朋友。你们是打日本鬼子的英雄!"

美国客人深受感动。胡佛与县长紧紧拥抱,含泪说:"中国人太伟大了!我们一定要打败日本鬼子!"

一路上,飞行员们和刘同声谈得非常投机。他们成了很要好的朋友。飞行员们从刘同声口中,第一次了解了中国抗日战场的详细情况。他们非常钦佩中国人民的英勇奋斗和牺牲精神。25 日,俞县长派人雇了 5 顶轿子,送大家到新昌县的大市,来到了安全地带。老百姓夹道欢迎轰炸东京胜利归来的英雄。飞行员们不明白:在这穷乡僻壤,通讯极不发达的农村,中国人是如何迅速知道他们的战功?

28 日抵达义乌县城。县长亲自出县迎接。在这里他们遇到了日机轰炸,游击队员们把飞行员们隐蔽到庄稼地里,树林里面,一直躲到天黑。

29 日离开金华。轿子没有了,换成了福特汽车。飞行员们惊讶了:美国汽车也到中国抗日来了。在驻军的驻地附近,一行人登上火车,经过了好几个县城,终于在 29 日夜晚来到衢州机场,与先期到达的 5 号机和 7 号机机组人员会和了。

一路走来,因为没有语言障碍,刘同声成了美国飞行员的知心朋友。在衢州机场,刘同声又认识了很多美国飞行员朋友。年轻的美国大兵第一次认识如此精通英文的中国年轻人,他们都邀请刘同声与他们一起去美国。刘同声笑了:"我刚结婚,太太在中国,我怎么能去美国呢?但我们一定能成为永远的朋友!"

飞行员们答道:"通过你,我们认识了中国,赞美中国。我们虽然在太平洋的东西两岸,却是最好的朋友,永远都是。我们现在的任务就是打败日本鬼子，彻底消灭他们！"

5月3日，飞行员们乘火车去鹰潭。三天以后，抵达衡阳空军基地，抗日大后方的大型机场。5月14日，重庆飞来一架DC-3运输机，飞行员们前呼后拥，要把刘同声送上这架飞往重庆的飞机，从重庆再转往昆明。然而，上级不允许：非军事人员，一律不得搭乘军用飞机。大家只好依依惜别。刘同声含着满眼热泪，目送着飞机消逝在天际线。

飞行员们联名向陈纳德将军推荐刘同声，赞扬他是个极有才华，诚实、能干、优秀的中国人！

4年后的1946年，抗战胜利后的第二年，刘同声和夫人先后去美国留学。毕业后，继续攻读航空硕士学位，后被美国航空部门录用，一生在美国工作。

7号机组获救后合影（右三是刘同声）

来到美国后，刘同声没有打算寻找那些被他救助过的飞行员朋友们。

20世纪50年代的某一年，刘同声在上课时，信手打开一份报纸，上面赫然登着杜立特轰炸机队协会在距离他住处不远的一个城市聚会的消息。刘同声对同学们说："喔，我认识这些人。我要去参加。"于是，他就悄悄地去了。事先没打招呼，也没有发信联系，直接在聚会上出现。飞行员们也不知道他在美国。他们没想到这个突然出现的中国人就是刘同声，他们都以为他已经死于战火中了。

刘同声的突然出现给了大家极大的惊喜！每个人都喜出望外，激动万分，大家紧紧地拥抱在一起，眼泪湿透了衣衫。那一天，每个人都喝醉了。

大家一致决议：授予刘同声荣誉会员的称号。

从那一年起，除了因故缺席哈特福德那一年的聚会，刘同声几乎年年参加杜立特轰炸机队协会的年会,直到 2009 年去世为止。

刘同声遵守了他对大家的承诺:我们一定能成为永远的朋友!

四十三　萨泽与渊田

1943年12月1日，被俘的6号机机组副驾驶，来自俄亥俄州的米德尔中尉，在日本人的监狱经历了1年零7个月地狱般的苦难后，静静地在牢房中死去，时年26岁。据尸检报告，死因是心脏衰竭、脚气和肠道发炎，都不是致命的病，只要给予最起码的治疗，米德尔就不会死。

无论如何，米德尔的死引起了日本人的注意。监狱的官员开始担心不顾囚犯死活的后果。1944年初，日本的败象已呈，这些家伙害怕一旦日本战败，他们要承担虐杀战俘的责任。米德尔死后，战俘们的伙食稍稍改善了一些，由每天两顿改为三顿，偶尔还有些蔬菜和半条鱼。每人给了第二条毯子，还给了一本《圣经》。每人每天可以读4个小时，然后再转给下一个人。

《圣经》彻底改变了萨泽，16号机的轰炸员。经文强烈地吸引着他，他每天孜孜不倦地研读。在读到诗篇23篇的时候，他觉得醍醐灌顶，豁然开朗。经中说："耶和华是我的牧者，我必不至缺乏。他使我躺卧在青草地上，领我在可安歇的水边。他使我的灵魂苏醒，为自己的名引导我走义路。我虽然行过死荫的幽谷，也不怕遭害，因为你与我同在；你的杖，你的竿，都安慰我。在我敌人面前，你为我摆设筵席。你用油膏了我的头，使我的福杯满溢。我一生一世必有恩惠慈爱随着我，我且要住在耶和华的殿中，直到永远！"

在《罗马书》中，神说："各位蒙爱的人哪，不要自己报复，宁可给神的震怒留地步，因为经上记着：'主说：申冤在我，我必报应。'"

萨泽决心把自己的一生献给基督，将来出狱后做一个传道人。

萨泽想通了一个道理：那些折磨虐待他们的日本看守，其实也是战争的受害者。对他们不应仇恨，要按照基督的教导"爱你的敌人"。他曾经激烈地反抗看守对他的欺辱。现在，他改变了，开始对看守微笑，主动问候。看守感到很奇怪，也开始与他搭话，而且再也没有折磨过他，乘人不注意，还多给他些饭。

回到美国后，萨泽考入了神学院。1948 年毕业后，偕妻子远渡重洋去日本传道。除了短期回国休假外，他一直没有离开过日本，直到退休。

来到日本后，萨泽惊讶地发现：为了纪念杜立特轰炸东京，日本人居然修了一个公园。在日本传道的 30 年间，萨泽建立了 23 座教堂，其中一座就建在名古屋，那是他曾经轰炸过的城市。

1950 年 4 月，一个前日本海军军官走进了萨泽主持的教堂，此人就是突袭珍珠港的日军空中指挥官渊田美津雄。

渊田美津雄和他的座机

1941 年 12 月 7 日，偷袭珍珠港的战斗中，渊田驾驶九七式舰上攻击机进行了第一波攻击，并发出著名的"突，突，突"（全军突击）和"虎，虎，虎"（偷袭成功）的电报。12 月 26 日，他以海军中佐的身份破格向天皇汇报偷袭珍珠港的经过。1942 年 6 月，在前往参加中途岛海战的途中得了盲肠炎，无法参加战斗。从"赤诚"号逃离时双脚骨折。1945 年 8 月 5 日，恰好提前离开广岛而躲过一劫。核爆之后，作为海军调查团成员抵达广岛，居然也没有受到核辐射影响。

在萨泽的劝谕下，1950年4月，渊田在萨泽的教会受洗，成为一个虔诚的基督徒，而后，与萨泽一起在日本和美国参加巡回传福音。在美国，被当作"偷袭珍珠港的名人"，而受到欢迎。

"我曾经深陷迷途，"渊田说，"是萨泽影响了我，让我捧起了《圣经》。"

战争逐渐远去，每个人都开始了新的生活。

四十四　总统与将军

将军的孙女珍娜·杜立特

里根总统授予杜立特四星上将军衔

1896年12月14日,杜立特出生于旧金山附近的阿拉美达。青年时代,在洛杉矶城市学院学习,后毕业于加州大学伯克利分校。说来也巧,1942年4月2日,以"大黄蜂"号为主力的16.2特混舰队就是从阿拉美达海军基地出发去轰炸东京的。

解甲归田以后,杜立特长期定居在风景如画的蒙特利湾,深居简出,过着平静的退休生活。老人是一位虔诚的基督徒,为人谦逊低调。他不接受媒体采访,言谈话语中,从来不提过去的功绩,更绝口不提轰炸东京。不但本人如此,他的家人,儿子约翰·杜立特和孙女珍娜·杜立特也都遵循将军的教诲,不以功臣之后自居,像普通百姓一样,朴实无华地过日子。

将军和曾任加州州长的里根总统是好朋友。1984年，里根总统访问中国的时候，在上海复旦大学发表演讲，里根总统说："美国人民热爱自由，也愿意在维护别人自由的战斗中献身。40年前，法西斯军队席卷欧洲大陆，美国人民挺身而出，投入战斗，为保卫被侵略的国家做出了重大的贡献。当法西斯军队在亚洲肆虐的时候，我们和你们并肩战斗。"总统特别提到了杜立特突击队："在座的人会记得美国的杜立特将军率领的轰炸机飞越半个地球前来助战的事迹。很多飞行员在中国的上空机毁人伤，你们还记得那些小伙子吧？"总统特别提到了中国人民的救援："你们把他们藏起来，照料他们，给他们包扎伤口，你们救了他们许多人的生命。"最后，里根总统诚挚地说："我们欢迎你们多多了解我们，人民之间的友谊就是这样开始的，而人民之间的友谊，就是政府的友谊。"台下的数百名莘莘学子静静地听着，被总统的话语深深打动。

1985年，美国国会和里根总统为表彰杜立特的卓越功绩，授予他"四星上将"军衔。1988年，布什总统提升他为空军五星上将，并授予文职官员的最高荣誉："总统自由勋章"。"二战"期间，老布什总统在太平洋舰队服役，担任军人最危险的职务——鱼雷轰炸机飞行员，曾在空战中被敌机击落跳伞。说起来，总统是将军的老战友，论资历，则是将军的老部下。

这一年，将军92岁。

杜立特获"四星上将"军衔

四十五　老骥伏枥

1989年，杜立特将军已经是93岁高龄。虽然身体依然康健，但他深知：自然规律不可抗拒，蒙主恩召的日子已为期不远。他回首平生无憾事，唯一放心不下的是：远在天边的恩人们，你们还好吗？

每当想起"大黄蜂"号上的惊涛骇浪，东京上空的连天炮火，衢州遇救的险象环生，老将军心潮起伏，如烟往事一幕幕在眼前掠过。

想当年，金戈铁马，气吞万里如虎！

1942年至1989年，47年的光阴岁月，弹指一挥间。自从1942年5月5日离开中国后，杜立特，还有他的队员们，再没有踏上过那魂牵梦绕的土地，也没有只言片语的往来。年代久远，沧海桑田，没有具体联系人，没有中国政府的同意，也不好贸然前往。然而，有生之年，如果不能再见救命恩人一面，向他们说一声谢谢，就这样离开人世，将军将抱憾终生！

1989年7月，邮局送到将军府上一封没有收件人地址的信，信封上写着：请美国华盛顿特区邮政总局转詹姆斯·杜立特亲收。发信人名叫曾健培，82岁，是浙江嘉兴的一位退休职工。他在《参考消息》上看到布什总统向杜立特将军授勋的消息后，惊喜万分，立刻提笔写了这封信。长长的信写好了，但不知发到哪里去。曾老考虑："杜立特是美国家喻户晓的名人，信只要寄到美国，他就一定能收到。"

曾老猜对了。

曾健培毕业于上海圣约翰大学英语系，47年前是嘉兴军邮站主任。杜立特突击队的飞行员们降落到嘉兴一带后，曾健培为飞行员们担任翻译工作，期间与杜立特相处多日，用他流利娴熟的英语协助各方排忧解难，与众多飞行员们结下了深厚的友谊。

将军收到此信高兴万分，他清楚地记得曾健培：一个伟大的中国人，英语棒极了，是我难忘的好朋友。他立刻给曾健培回信，信中说：

亲爱的曾健培：谢谢你！刚才收到你7月24日热情周到的来信，更谢谢你47年前对11号机组的热情救助……1942年中国人民的伟大救助，挽回了我们很多飞行员的生命。祝你快乐，健康，祝中国人民成功地实现他们的奋斗理想。

詹姆斯·杜立特

感谢曾健培。以这封信为起点，和中国大陆从没有联系的杜立特轰炸机队协会与中国人民对外友好协会、中国浙江省和衢州市，以及各有关方面，开始了一系列的友好往来，春潮翻涌，暖流荡漾，友谊的金桥跨越了浩瀚的太平洋！

四十六　友谊使者

布莱恩·穆恩，出生于英国，曾在英国皇家空军服役多年，和杜立特将军算是同行。第二次世界大战后他移民美国，事业有成，曾担任美国西北航空公司副总裁。他是将军的崇拜者，也是杜立特轰炸机队协会的主要赞助人。多年来，他积极参与、组织协会的各项活动，出钱出力，被大家戏称为突击队的第81名队员。

收到曾健培的信之后，杜立特决心找到当年搭救飞行员的救命恩人，并请他们来美国参加"突袭东京"50年纪念活动。将军年事已高，不宜远行。几十个老部下也都届耄耋之年，无法担此重任。除此之外，还有一个经费问题：美国纳税人不会给这种民间活动埋单，而将军自己两袖清风，也没钱支付一行人的国际旅费。

踌躇之际，老朋友穆恩主动要求替将军担起这个艰巨而又光荣的重任，并一口答应承担所有的费用，包括将来邀请中国客人来美的费用。杜立特深受感动，紧紧握着穆恩的手，除了表示深深的谢意，还反复叮嘱："一切拜托！"穆恩慨然表示："请将军放心，一定不负使命！"

"寻找恩人"代表团的访华申请送到中国驻美大使馆，李道豫大使高度重视。1989—1990年，众所周知的原因，中美两国关系陷入低谷，各层级的官方往来几乎全部中断。就在这个困难的时候，美国"二战"英雄杜立特将军派团到中国寻找当年的恩人，真是严冬吹来的一股浩荡春风。大使馆当即行文向外交部报告，高层领导批示："一定全力以赴，做好接待工作，配合代表团圆满完成此行的目的。"

代表团由6人组成，除了穆恩团长，团员有杜立特突击队飞行员亨利·波特，72岁，美国退役上校，杜立特1号机机组领航员；美国军方代表乔治·威尔逊将军；民间人士阿瑟·杰伯，英国皇家空军的退役飞行员，穆恩团长的朋友；还有奥斯女士和海蒂·奥珊小姐母女等。

中方的接待单位是浙江人民对外友好协会。代表团抵达前三个月，浙江省人民政府制订了详细周密的接待计划，并向全省各县市行文，要求各级政府根据美方提供的线索，在48年前各机组的坠机地点，认真排查，寻找当年救助过美军飞行员的百姓和地方官员。虽然年代久远，寻访工作困难重重，但经过艰苦细致的工作，终于将大部分当事人找到，并整理成翔实可靠的资料，从而保证了代表团的访问圆满成功。

四十七 重逢

代表团抵达中国以后,每日每时都沐浴在友谊的海洋里。

在上海,飞行员波特见到分别了48年的朱学三,两位老人紧紧拥抱,相顾无言,泪千行!

转赴浙江,走访当年坠机的乡村,会见救助飞行员的农民,渔民,前后历时一个月。由于各机组跳伞或迫降的地点分散在1000平方公里的4省交界处,多是山地,山虽不高,但陡峭,代表团一路行来,十分辛苦。身临其境,才感受到当年救助飞行员之不易。3号机副驾驶曼奇身高2.03米,体重90多公斤,由于左脚受伤,不能走路,瘦弱但结实的农民毛继富,个子还不到曼奇的肩膀,背着这个巨人走上坡路。由于曼奇的个子实在太高,人在毛继富背上,脚却拖在地上,不得不弯起腿来。毛继富走了十几里路,把他背到自己家里安顿好。

领航员奥祖克也因受伤不能行走,农民刘芳桥背着他走了20多里山路,半夜时分,把他平安送到上定镇。代表团到来时,83岁的刘芳桥向代表团展示了奥祖克送给他的1美分硬币。48年了,他一直珍藏着。

9月14日,代表团来到遂昌县黄沙腰九龙山自然保护区,查看飞机坠落的地点,并摄影

感谢救命恩人

留念。穆恩团长一路不停地拍照、摄影,他说:要把这些都带回美国,给杜立特将军看,也要给广大的美国人民看。

上午11时,客人们来到大坞山下,准备登到山顶看坠机地点,因山势陡峭,走了一半,就停下来了。众人远眺险峻的山顶,不禁叹息,真无法想象:48年前那个风雨交加之夜,农民们是如何帮助飞行员们脱离险境的。

据历史材料记载,救助美国飞行员的乡民和游击队员,直接参与的有数百位,辅助人员多达数千人。在15天的寻访过程中,代表团与20多人见了面。经与浙江方面协商,代表团向其中5人发出邀请,请他们作为救命恩人的代表,出席在美国举行的杜立特"空袭东京"50年纪念活动。他们是:刘芳桥,农民;赵小宝(女),渔民;朱学三,小学教师;陈慎言,医生;曾健培,退休邮政职员。

在离开浙江前夕,代表团来到杜立特1号机组遇救的浙西行署所在地——天目山潘庄。院子里的一棵老树,已经长得又壮又高。当年救护他们的贺扬灵将军已于1947年去世。睹物思人,飞行员波特抱着大树,老泪纵横,恸哭不止,嘴里喃喃地说:"我回来了,我回来了!"

四十八 相见时难别亦难

杜立特将军

"大救援"的故事,消失了整整半个世纪。50年光阴岁月,倏忽过去,不思量,自难忘,重逢的日子终于来到了。1991年,应杜立特轰炸机队协会邀请,浙江省人民对外友好协会组团,陪同5位中国老人到美国"探亲"来了。团员中,年纪最大的85岁,年纪最轻的69岁,都是平凡而又普通的中国公民。

美国政府给予代表团崇高的礼遇。布什总统准备亲自接见全体团员,然而,由于接待方的差错,代表团没有按时到达白宫。总统等了一段时间,因要赶去参加重要会议,只好留下一封亲笔信,请国防部长切尼代为转达。老人们到达白宫时,切尼部长与每个人亲切拥抱,向众人宣读了布什总统的信函。总统在信中写道:"我向参加过50年前那次历史性轰炸的幸存者和保护过我们降落的飞行员的中国公民致以特别的问候!"

总统继续写道:"我们向善良的中国人民致敬,他们不顾自己的安危,为美国飞行员提供保护,救助,由于他们人道主义的努力，这些轰炸机队的成员才得到安全的保证。"最后，总统写道："我们不会忘记他们，更不会忘记救过他们的中国人——为自由和正义的事业做出的杰出贡献。"

总统的亲笔信，装在一个信封里，信封上面写着"感谢"两个大大的简体中文字。信的原件保存在美国空军国家博物馆。

95岁高龄的杜立特将军当时重病在床，当他得知远方的朋友来到美国，激动不已。在病榻上，他写信向5位中国老人表示热烈的欢迎！将军在信中说："我代表杜立特轰炸机队协会全体成员及他们的家属，向我们的中国朋友，那些不惜自己和他们全家亲友承担巨大风险来搭救和照顾我们的人，表示衷心的感激。"杜立特说："你们、你们的家庭、你们的村庄和你们的国家，可以为你们50年前所表现的勇敢精神和英勇行为而感到骄傲，我要向你们所有的人说一声：'好样的！'"

友好代表团访问白宫

老布什总统

国防部长切尼代表布什总统宴请了代表团一行。出席者有5位老人和8名被他们营救的飞行员。

为欢迎代表团，明尼苏达众议员拉姆斯德特在国会山举办了记者招待会。参议院少数党领袖多尔特迪应邀出席。朱学三老人代表团员们在记者招待会讲话。以如此高规格接待一个中国民间代表团，不但是空前的，也是绝后的，这既体现了杜立特将军在美国的崇高威望，也充分显示了美国人民对中国人民的深厚情谊。

四十九　你好！（How do you do!）

　　5位老人所到之处，时时处处感受到亲人般的热情和家庭般的温暖。他们外表朴实无华，但无论走到哪里，大家都把他们视为英雄一样尊敬。各家媒体广泛报道了他们救助美国飞行员的感人事迹。

　　朱学三，一位普通的乡村教师，会说简单的英文。1942年4月19日早上，1号机领航员波特在下山的路上，被村民发现。由于他身佩手枪，被村民当成日本人捆绑起来。双方语言不通，情势很是危急。闻讯赶到的朱学三试探着说了一句"How do you do?"（你好吗？）波特一听，高兴极了，马上回答："How do you do!"（你好！）两人交谈了几句，朱学三大声告诉村民："这是美国飞行员，刚刚轰炸了东京！是朋友，是英雄，快松绑！"大家欢呼着给波特解开绑绳。区长赶到后，问朱学三会不会搞错了？朱学三兴高采烈地说："不会错，不会错，我听到收音机广播，美国飞机轰炸了东京，不得了哇！大喜事啊！好消息啊！美国人替我们报了仇！"朱老师和村民一起，把4名飞行员全部找到，送到浙西行署贺扬灵将军处，与先一步到达那里的杜立特汇合。50年后，朱学三和波特在美国重逢了，波特拿出他当年写给朱学三的一封信，可是发不出去。这封信他一直保留着，50年后，终于当面交给了收信人。

　　赵小宝是代表团中唯一的女性。50年前，她19岁，是刚过门不久的新媳妇，和丈夫麻良水住在檀头山大王宫村，靠打鱼为生。19日早上,她在家中草垛里发现了躲藏在内的15号机组的4名飞行员。当时,飞行员们浑身湿透,瑟瑟发抖。赵小宝把丈夫的衣服找出来,给飞行员们换上,点火烧水,让他们洗净污垢。此时,乡亲们把躲藏在另一家的机枪手怀特医生送了过来。为了躲避日本人的拉网搜查,麻良水夫妇用自家渔船连夜把飞行员送走。一路上惊险万分,躲过好几次日军炮艇的堵截追击,终于在22日抵达三门县政府所在地海游。

3月21日,在明尼苏达州的雷德温市,美国各界人士举办欢迎5位老人的集会。爱德华·赛勒,15号机组的机械师,颤颤巍巍走上台来,问赵小宝:"你还认得我吗?50年前的事了。"赵小宝仔细端详了半晌,说:"认识,认识。"赛勒又问:"你们当时不怕日本人报复吗?"赵小宝答道:"你们是打日本的,我们应该帮助你们,我不怕日本人报复。"顿时,掌声雷动,全场起立欢呼,向这位勇敢的中国女性致敬!

五十　一瓶啤酒

83岁的刘芳桥走上台时，大家都惊呆了，无法想象这位身材瘦削的老人，当年是如何背着人高马大的美国飞行员，走完那20多里山路的，而且一大半是上坡路。据奥祖克回忆，刘芳桥打着赤脚，一步步踏在冰冷潮湿的石板上，脚趾牢牢抓紧地面，走得稳稳当当，走了大半夜，才把他送到县政府。身负重伤的奥祖克得到及时救治，在医院里住了一个月才能下地行走。

奥祖克仍然在世，但已经不能下床了。他的女儿，奥娜·奥祖克代表父亲来与恩人相会。奥娜紧紧抱着刘芳桥，哭成了泪人。她泣不成声地说："要不是您救了我的父亲，今天就不会有我在这里讲话。我们全家感谢您，感谢救我父亲性命的中国恩人！"

曾健培与老朋友的团聚充满了喜剧色彩。在救助11号机组的过程中，曾健培和飞行员们成了好朋友。在医院里，他发现机长格林宁闷闷不乐，就想方设法要让他振作起来。毕业于"东方哈佛"圣约翰大学的曾健培熟悉美国人的生活习惯。他关切地问："你还需要什么？还需要我为你做什么？"

格林宁轻轻地说："这里的伙食有些不习惯，我真想喝一口啤酒哇！"这本是一句闲聊，曾健培却牢牢地记在心里。3天后，曾健培来到医院，像变魔术一样，把一瓶上海牌啤酒递到格林宁手里。格林宁简直不敢相信自己的眼睛：这是战时，一切物资紧缺，连吃饭都不能保证，这啤酒是天上掉下来的？曾健培说：这是他用军邮汽车跑上海的机会，请人带来的，不多，请他省着喝！

1990年，穆恩率代表团访华，在上海与曾健培会面时，听说过这件事。3月20日，在欢迎大会上，穆恩笑着向全体来宾讲述了啤酒的故事。然后，一挥手，两个助理把两箱50瓶啤酒搬到了台上。穆恩说："50年前的1瓶啤酒，50年的恩情，50年的思念，1年用1瓶来报答也不过分。今天，这里有50瓶啤酒，我们来开怀畅饮吧！"

台下的掌声，欢呼声，口哨声，把屋顶都要掀起来了。啊，多么美好的故事！多么珍贵的历史回忆！

五十一 医生与伤员

陈慎言不是第一次来美国。1946年，为了感谢他救助飞行员的功绩，美国政府资助他到美国深造。结业之后，他回到中国，继续治病救人。3月20日的聚会上，陈医生见到了机组里最年轻的飞行员撒切尔，50年前的往事顿时浮上心头。

4月18日晚上，因油料耗尽，7号机坠落在浅海中，5名飞行员全部落水。降落时的巨大冲击力，造成4人负伤，其中机长劳森和副驾驶波特受重伤。劳森的伤势最严重，下颌被撞得脱离，牙齿几乎全部打掉。左腿划开一个大口子，骨头都露出来了。飞行员们在4米深的海水中挣扎了几个小时，黎明时分，被海浪冲上沙滩。

当地的游击队员把他们救起。游击队队长郑财富，英文名字查理，曾在美国船上当过船员，能说英文。查理找来轿夫，扎了几副简易担架，经过一昼夜奔波，把飞行员送到三门县所在地海游镇。县长赶来后，把伤员们送到救护站。在那里，救护站的任超民医生和他的夫人洪漪护士，为伤员清创、止血、包扎。因伤势严重，须转院治疗。县长亲自联系了临海恩泽医院，请他们派人来接走伤员。

21日清晨，陈慎言医生赶到了。他带着12名轿夫，星夜赶路100多华里，抵达之后，马上检查伤员的伤势，然后没有休息，立刻带着伤员返回临海。黄昏时分，伤员们住进了医院。当晚，在舒适的病房里，飞行员们度过了几天来最好的一个夜晚，不但睡得好，还吃上了地道的西餐。

24日，15号机组的军医怀特也赶到了。他降落在附近的区域，由专人护送来临海参加救治。此时，劳森的伤口已严重恶化，创口并发坏疽，伤口肿大得像只皮球，并向上延伸到膝盖。陈医生与父亲陈老院长和怀特医生会诊后，为劳森施行手术，切除溃疡，排出毒水，病情得到初步控制。最后，为了挽救劳森的生命，不得不决定为他截肢。5月3日，3位医生密切配合，做了截肢手术。术后，劳森恢复得很快，10天后，就下床练习用拐杖走路了。5月18日，劳森出院，飞行员们向衡阳进发。一路颠簸，终于在5月29日抵达桂林。6月4日，美军派飞机接劳森到印度继续治疗，后辗转回到美国。从浙江临海到湖南衡阳，最后到达广西，陈医生陪伴劳森的时间长达一个半月，是所有参加救助的人员中，花时间最多、走路最长、经历危险最多、贡献最大的一位。

与劳森在桂林分别后，陈慎言直接去重庆参加抗日，一直到抗战胜利。

劳森回国后，根据美国国防部的要求，把在中国得到救治的过程写了一份详细报告，在报告中，他赞扬陈慎言是个伟大的医生，心肠极好，技术高超，是他永远不能忘记的中国人。军方高层阅后，深受感动，当即决定支付全部费用，邀请陈医生到美国深造。

劳森与陈慎言医生

回美一年后，劳森完全康复。他把自己的亲身经历写进两本书《献给伟大的中国军民》和《东京上空 30 秒》里，好莱坞根据他的故事，拍摄了电影。

多年来，劳森念念不忘中国医生的救命之恩。陈慎言在美学习期间，他用装着假肢的腿，亲自开车去机场迎接陈慎言。

为了救治伤员，美国军事代表团向中国政府拨付了一笔不小的费用，但陈慎言拒绝接受。他说：美国英雄们为中国流血，这个钱我不能收。

令人伤感的是：劳森在代表团访美前一个月逝世，没能与老朋友见最后一面，陈慎言感到非常难过。

五十二　友谊地久天长

美国人民的深情厚谊使5位老人深受感动。代表团无论走到哪里，无论是新朋还是故交，人们众口一词地说："感恩，感谢！"

50年前，在那个风雨如磐的黑夜，几十位美军飞行员折戟蒙难，翘首待援。千百个普通中国人闻讯而动，挺身而出，不畏残暴日军，冒险犯难，冲破重重险阻，把64位飞行员救出险境。

英文中有一句谚语："A friend in need, is the friend indeed." 与之对应的中文是："患难见真情。"

以杜立特"空袭东京"为转折点，美军在太平洋战场开始全面反攻，历经3年7个月又39天，以12万人牺牲的代价，击毙日军155万！

1945年8月15日，日本天皇宣布接受《波茨坦公告》，向同盟国无条件投降。

如果不是美军参战，中国的抗日战争还要多付出多少代价？还要多打多少年？

中国人民感恩！

根据《开罗宣言》，中国收回了自1895年甲午战争以来失去的所有领土。1945年10月25日，陈仪上将赴台受降。敌酋安藤利吉率16万驻

陈仪将军接受日酋安藤利吉投降

台日军放下武器。陈仪宣布：自即日起，台湾及澎湖列岛正式重入中国版图，所有一切土地、人民、政事，皆已置于中国政府主权之下……"

忽报人间曾伏虎，泪飞顿作倾盆雨！

1992年，5位老人抵达美国时，杜立特突击队的80名队员中，还有47名在世，其中8位出席了3月20日的集会。

2005年，在纪念世界反法西斯暨中国人民抗日战争胜利60周年之际，美国"二战"援华老兵访华团抵达上海，已经80多岁的赵小宝会见了1号机副驾驶科尔。这一年，还有17位老队员在世。

1993年9月27日，杜立特将军逝世，享年96岁，下葬于阿灵顿国家公墓。葬礼进行之际，美国空军处于飞行状态的B–25轰炸机全部起飞升空！高山大海，蓝天白云，长空万里，马达轰鸣，向杜立特五星上将致以最后的敬礼！

英雄今去矣，功勋永长存！

五十三　安息号

　　1956年在土桑的第17次年会上，热心人向飞行员们赠送了80只银质高脚酒杯，装在精美的便携式胡桃木箱子里。一年一度，飞行员们向已经辞世的战友敬酒以示缅怀，并把刻有去世者名字的杯子倒扣过来。名字刻有两处，一正一反，倒置过来就可以看到第二处篆刻。

　　光阴荏苒，一位又一位队员消逝在岁月的长河里。2013年11月9日，最后3位年逾90高龄的队员，举行了最后一次仪式。晚上9时整，美国空军国家博物馆大厅里灯火通明，掌声四起，空军部长唐利挽着科尔①，空军参谋长威尔士挽着赛勒，空军总军士长詹姆斯·科迪推着撒切尔的轮椅，缓缓进入会场。600多位嘉宾发出震天动地的欢呼！许多人不停地抹去眼中的泪水。

　　历史学家格兰斯大声念出了80位队员的名字。71年前那个

在世的突击队员

---

① 理查德·科尔，1942年4月18日突袭东京以后，被派到美国陆军航空军第14航空军第11轰炸机联队（"飞虎队"）。两个月后，因轰炸机不足，志愿申请到运输指挥部担任"驼峰航线"飞行员，在那里，一直服役到1943年。本书出版之际（2018年2月20日），科尔依然健在，高龄103岁，身体非常健康，是杜立特突袭队的最后一位在世的飞行员。

风狂雨骤的早上,他们义无反顾地登上 16 架停放在"大黄蜂"号上的轰炸机。明知道此一去枪林弹雨,有去无回,仍然勇敢地向暴风雨中冲去!

98 岁的科尔,杜立特 1 号机组的副驾驶,此时站了起来。"女士们,先生们,我提议为那次行动中牺牲的和在那之后辞世的战友们,敬上这杯酒,愿他们的在天之灵安息!"

三位老英雄举起了酒杯。

安息号响起,

老兵不死,只是凋零。

(完)

BOMBING TOKYO
THE STORY OF DOOLITTLE

第二部分 | **但使龙城飞将在**

首"炸"日本

中评社5月22日洛杉矶电（记者 宋楷文）80年前，1938年5月19日深夜，中国空军两架Martin-139WC（美军代号B–10）轰炸机在梅雨季节气候不适合飞行的气象条件下，自宁波悄然起飞，奔赴日本本土，执行和完成了人道远征"轰炸"任务。震惊世界！

在人道远征日本本土80周年之际，中评社记者专访了当年远征日本本土远征队机组8位队员中，唯一还健在的、时任远征队1404号机组少尉通信员、今年104岁的退役空军中将陈光斗将军。

1914年出生的陈光斗将军，现与其子居住在美国南加州。四世同堂，幸福安康，享受天伦之乐。"与家人团聚的每一刻都

1938年，中国空军仅存的两架马丁–139WC（美军代号B–10）轰炸机

是欢乐时光。"陈光斗将军的儿子陈维正说:"父亲生活极为规律,早上会把床铺整理整齐,这个习惯从军旅生活延续至今,始终没有改变。起床、用餐和就寝时间固定。"

陈光斗将军语重心长对中评社记者表示,自己虽年事已高,不能像年轻人侃侃而谈,但每天都关注祖国和海峡两岸时局。看了"两韩峰会",感触良多。大陆台湾同种同宗,血浓于水。应家和万事兴,两岸一家亲!

陈光斗将军表示,曾经和蒋家父子共事四十多年,对台湾的"去中国化",包括"蒋介石污名化"感到愤慨!不能接受。自己坚决反对"台独",真心期盼在有生之年看到两岸和平统一。

104岁的陈光斗将军将"国民政府"颁发给自己的"抗日战争胜利纪念章"和亲笔写下的"两岸一家亲"一并赠予中评社记者,勉励记者要兢兢业业见证中华民族复兴。

陈光斗将军一再表示,自己身为人道远征日本本土的出征者之一,冒险犯难与牺牲奉献,置生死于度外,是军人的天职。无论成功成仁,都是无上光荣。能够获得掌声和肯定,更是莫大的荣幸,个人得失微不足道。

陈光斗将军对中评社记者的叙述和相关数据显示,中国空军远征日本本土的两架轰炸机,是当时中国空军仅存的两架1936年从美国购进的Martin-139WC(美军代号B-10)轰炸机,这种飞机最大时速为343公里,升限7300米,航程1900公

陈光斗的《飞官证》

里,可载弹约1.25吨,乘员为4人。

蒋介石在1938年5月8日的日记中写道:"空军飞倭示威之宣传,须早实施,使倭人民知所警惕。盖倭人夜郎自大,自以为三岛神州,断不被人侵入,此等迷梦,吾必促之觉醒也。"为了增

大 Martin-139WC 轰炸机的航程，中国空军远征队还把这两架轰炸机的炸弹仓改装为大型的副油箱。

出发前一天，蒋介石和夫人宋美龄亲临武汉南湖机场点名致训，昭示八名队员（1403 号机组：徐焕升上尉正驾驶、苏光华中尉副驾驶、刘荣光少尉领航、吴积冲少尉通信员；1404 号机组：佟彦博上尉正驾驶、蒋绍禹中尉副驾驶、雷天春少尉领航、陈光斗少尉通信员）："死有重如泰山轻如鸿毛之别，为国牺牲是光荣的，无论成功成仁，决不辜负你们。"陈光斗将军说，大家聆训之后，士气如虹。队员们则抱定"我死则国生"的信念，留下遗嘱，决心誓死完成使命。

当时通信与导航设备简陋，为顺利完成远征日本本土任务，出任务前陈光斗和吴积冲两人特别设计了一套连锁陆空通信网，还完成了一个定向电台连锁网。陈光斗将军说："去日本出任务历历在目，永远不会忘记。没有想到能活着回来。"

1938 年 5 月 19 日 23 时 48 分，远征队队长徐焕升下令秘密起飞，两架轰炸机起飞后各机迅速熄灭机内灯光，为了防止被舟山群岛日军防空警戒哨发现，远征队自宁波出海后先转向南，然后照准日本九州岛飞行。此刻徐焕升发出了第一份电文："职谨率全体出征人员，向最高领袖蒋委员长及诸位长官行最高敬礼，以示参与此项工作之荣幸，并誓以牺牲决心，尽最大努力，完成此非常之使命！"

5 月 20 日 0 时 35 分徐再发电："云太高，不见月光，完全用盲目飞行。"

5 月 20 日凌晨 2 时 40 分远征队到达日本长崎上空，徐命令："目标马路路灯，投弹。"陈光斗少尉手动投下第一批传单。霎时传单像雪片一样飘扬在长崎上空。徐随即报告指挥部："顺利到达目的地，开始散发文告。"

传单文告是当时中央宣传部副部长方治及其日裔夫人、军委会政治部第三厅厅长郭沫若和日本反战作家鹿地亘撰写和翻译的。郭沫若编写传单多达数十种，如《告日本国民书》、《告日本工人

书》、《告日本农民大众书》、《告日本士兵书》、《告日本全体劳动者书》、《告日本工商者书》等，定稿后请鹿地亘翻译成日文。日本反战同盟也编写了署名为《反战同盟告日本士兵书》、《一桩真实事》两种传单。这些传单总印数达两百万份。其中有告诫的，如《告日本国民书》："老早从昭和六年，贵国军阀就这样对人民宣传：满洲是日本的生命线，只要满洲到手，就民富国强。可是，占领满洲，今已7年，在这7年之间，除了军部的巨头做了大官，成了暴发

马英九与陈光斗亲切会见

户以外，日本人民得到些什么呢？只有沉重的捐税，昂贵的物价，贫困与饥饿，疾病和死亡罢了。……日本军阀发动的侵略战争，最后会使中日两国两败俱伤，希望日本国民唤醒军阀，放弃侵华迷梦，迅速撤回日本本土。"有劝谕的，如《中华民国全国民众告日本工人书》内容是："诸君，等着等着，解放是不会自己来的，现在正是人民争回自由的时候了。你们掌握着生产，掌握着日本军阀之心脏的工人兄弟！觉醒诸君伟大的力量吧！诸君掌握着东洋的命运，打倒日本军阀，为着解放两国人民的苦痛，以同盟罢工来战斗吧！"更有有严厉警告的："尔国侵略中国，罪恶深重。尔再不训，则百万传单将变为千吨炸弹，尔再戒之。"

5月20日凌晨3时45分，在飞临九州岛北部城市福冈上空时，机上通信员向国内发报："空中没有阻拦，地面发出警报；灯火管制了；无数探照灯柱直插云霄；高射炮火密集发射；我机安全飞离……"。

远征队两架轰炸机依次飞临久留米、佐贺、佐世保、福冈等其

他九州岛各城市，撒下两百万份传单，在日本本土上空飞行了2个多小时。途经久留米时还可见地面灯火，但到达福冈以后日本则实施了灯火管制，全城一片漆黑，说明直到此时日本人才有所察觉。

此后的情况如航空委员会主任钱大钧给蒋介石的报告中所

周恩来、王明向凯旋的勇士赠送锦旗

说："两机至20日3时许到达长崎上空，经东北环绕九州岛北部全境，沿途散发传单，所经各处城市，未曾发现高射炮火光及敌机拦截。我机传单散毕任务完成，乃于4时许开始回航，于7时20分抵浙江海岸，8时45分降落南昌机场，加油后，于11时返汉口，人机无恙。"

"飞到日本没有高射炮打我们，毫无抵抗。他们小看了我们，以为中国飞机飞不过来，根本就没有什么准备。"陈光斗将军对中评社说。

陈光斗将军回忆，回程危险，日本人曾从台湾派飞机拦截，还遇到日本军舰高射炮的攻击。"我们通过无线电和地面通信，确定日本飞机位置，利用云雾掩护，安全规避返航。"

5月20日上午11点30分，胜利归来的远征队两架轰炸机在汉口王家墩机场落地，各界代表云集汉口机场，行政院长孔祥熙、军政部长何应钦、航空委员会主任钱大钧等在机场举行了盛大欢迎仪式。汉口市民夹道欢迎凯旋归来的我空军英雄。

5月22日，中国共产党和八路军驻武汉办事处代表周恩来、王明、吴玉章、罗炳辉赴航空委员会，向远征队空军勇士进行慰问并赠送锦旗。中共驻武汉办事处送的锦旗上写："德威并用，智勇双全"；八路军驻武汉办事处送的锦旗上写："气吞三岛，威震九州岛"。美国《华盛顿邮报》称赞中国人道远征,"中国空军报复日机之轰炸为散布传单,与日本之文明相较,实令日本置身无地。"

中国空军远征日本本土,是日本本土有史以来第一次被外国轰炸机入侵。因对日本国民劝告而不施炸弹报复,时任航空委员会秘书长的宋美龄,将这次远征日本本土称做"人道远征"。中国空军人道远征日本本土较1941年珍珠港事件后,美国的吉米·杜立特中校曾率16架B-25米切尔型轰炸机空袭日本东京、横滨、名古屋和神户等地的油库、工厂和军事设施等,在时间上要早3年11个月。

104岁高龄的陈光斗老将军

参与"人道远征"的8位队员,有4位在后来抗日战场上牺牲,他们是27岁的苏光华、29岁的吴积冲、31岁的雷天眷和32岁的佟彦博。

一朝为袍襗,世代是亲人!即使8位队员中7位已经故去,但其家属和后代在特定的日子里常常举家相聚,纪念前辈畅叙友谊。包括1404号机组正驾驶佟彦博上尉的孙女佟敬书女士常去问候陈光斗爷爷,情同骨肉。

中国军民在第二次世界大战中,历经艰难困苦,用自己的刺刀枪炮头颅和热血,奋不顾身抗击日本侵略者,捍卫了中华民族尊严和中国的领土主权。人道远征日本本土鼓舞了中国人民的抗日精神。魂魄托日月,肝胆照后人!忘记了历史,就意味着背叛。我们谨记历史的教训,永远敬仰怀念和继承前辈们"气吞三岛,威震九州岛"的大无畏民族精神。

第一只飞虎

1932年1月28日，日军大举进攻上海，国民革命军第十九路军在蒋光鼐、蔡廷锴两位将军的指挥下，奋起抵抗，"一二·八"淞沪抗战爆发。日军航空母舰"凤翔"号、"加贺"号及其他庞大舰队驶入上海外海，对上海市区的和平居民狂轰滥炸，造成惨重伤亡。

日军的兽行激怒了一位国际友人——罗伯特·肖特。

罗伯特·肖特，1904年出生于美国华盛顿州的塔科马，原系美国陆军航空兵上尉飞行员。

蒋光鼐将军

1931年来到中国。1932年初，他代表波音公司在华推销飞机，任试飞员，同时兼任国民政府军政部航空学校飞行教官。

随着日本侵略者在东三省，继而在上海点燃战火，肖特怒不可遏，决定作为志愿者支援中国人民抗战，他不仅训练中国飞行员，而且直接驾机在空中与日本飞机作战。值得特别指出的是：肖特不是中国军人，也不是美国军人。他拼着性命与日本空中强盗格斗，完全是出于义愤。

蔡廷锴将军

罗伯特·肖特

为了一举攻克上海,日军集结了9万大军,80艘舰艇,300多架作战飞机。而中国守军只有5万人,飞机只有区区32架。虽然敌强我弱,实力悬殊,但中国军队不畏强敌,英勇作战,予日军以迎头痛击,战况十分激烈。

1月29日,下午4时左右,日军飞机多架从航空母舰上起飞,飞往南京进行轰炸。5时返航,经过南翔上空时,中国飞机起飞对其拦截。这时,刚好有一架波音P-12飞机运到中国。于是,肖特驾驶这架双翼飞机和中国战机一起升空。此时,我机在2700尺高度,日机在4000尺高度。有3架日机向肖特俯冲攻击。肖特利用P-12爬升快速的优势升高到5000尺,一个滚翻绕到3架日机之后,开枪击中两架,一架受伤逃回外海航母;另一架迫降到上海公大机场。这是第一次有美国军人在空战中击中日机,赢来上海市民高声喝彩。第二天,上海出了《号外》,表彰这位外国空中勇士。自此,肖特自愿加入了中国空军驻笕桥的空军大队。

日寇怀恨在心,处心积虑地要报复这个美国人。

2月22日,日军编队总指挥小谷进指挥3架战斗机,3架轰炸机从航母起飞轰炸苏州。中国空军起飞9架飞机拦截。此时上海市区大雾,肖特在雾中与机群失去联系。下午4点50分左右,

P-12 战斗机

与日机在 5000 尺高度遭遇。

日机 3 机编队对肖特发起攻击。肖特用娴熟的飞行动作,摆脱敌机攻击后,绕到一架敌机后开火,击毙敌军空中指挥官小谷进,将该架飞机的射手击成重伤。肖特首开纪录,第一个在空战中击毙日军飞行员。不幸的是,肖特被另外一架敌机咬住,日军飞行员生田乃木次从后面偷袭肖特的飞机,将几十发子弹全部打在肖特的座舱盖部位,座舱盖被烈士的鲜血染红。下午 5 时左右,飞机坠毁在苏州"独墅湖"中,肖特牺牲时年仅 27 岁。

肖特成为第一个为中国抗日战争捐躯的外籍人士,小谷进是第一个被击毙的日军海军航空兵飞行员,而生田乃木次被认为是日军第一个有击落中国飞机记录的飞行员。日机着陆以后,生田报称击落飞机一架,受到上司和同僚的称赞。未几,小谷进毙命的消息传来,一干人立刻垂头丧气。根据日军条令:在战斗中,如最高指挥官丧命,即使取得再辉煌的战果,也是失败的。

肖特的遗体在数小时内被找到。送到苏州医院殓房。2 月 25 日,苏州市民殓以楠木棺材,并举行了隆重的出殡仪式。4 月 28 日,数万群众参加在苏州公共体育场举行的追悼大会,并募资在苏州公园民德亭后勒树纪念碑。车坊民众在肖特殉难处建一花岗

肖特纪念碑

岩纪念柱，以示永志不忘。

　　为了表达中国人民的敬意，国民政府等肖特的亲属来到中国后，为他举行了隆重的葬礼，上海市政府下半旗志哀，50万中国人为他送行。中国政府在上海虹桥机场入口处为肖特竖立了一块纪念碑，并追授他为中国空军上尉军衔。

　　时至今日，两岸的中国人仍怀念他。台湾冈山空军官校的教科书里，记载着烈士的英名。1986年3月，肖特烈士殉难处纪念碑被人民政府公布为苏州市文物保护单位。2014年，中华人民共和国民政部公布的第一批著名抗日英烈，其中也有罗伯特·肖特烈士。

　　这是第一只为中国人民牺牲的"飞虎"。8年以后，他的后继者"飞虎队"才进入中国与日军展开搏斗。

　　时间过去了40年。某天，肖特母亲在美国的家里，来了一位不速之客。他就是当年击落肖特的生田乃木次。那次战斗结束后，生田得知：肖特不是军人，没有作战任务，却为了保护苏州市民免受日军轰炸而英勇献身，心中非常敬仰肖特的义举，为自己击落他而感到愧疚。战争结束后，为了找到肖特的家人，他不停地在美国报纸上打广告，为的是向肖特的家人当面谢罪。

　　肖特烈士永垂不朽！

陈纳德与陈香梅

陈纳德，1890年出生于美国德克萨斯州，后移居路易斯安那州。毕业于德州师范大学，当过乡镇中学教师。第一次世界大战时应征入伍，曾任步兵中尉。因热爱飞行，于1920年进入美国陆军航空队，成为一名飞行员。

陈纳德的飞行技术高超。第一次世界大战结束后，曾组织过"空中特技飞行表演队"。1935年，他出版了一些关于"空战"的著作。没想到，这些著作竟然引起了当时担任"中华民国"航空委员会秘书长的宋美龄女士的注意。

陈纳德的相貌很特殊：宽大的下巴，一双深邃的褐色眼睛，一副倔强果断，坚忍不拔的表情。某次在魁北克举行同盟国会议，丘吉尔被陈纳德的相貌吓到了，问他的侍从副官："那个美国空军将领是谁？""竟是这样一副面孔！"首相惊叹，"感谢上帝，幸亏他是我们的人！"

陈纳德的高超飞行技术举世闻名。苏联人为了得到他的帮

宋美龄

陈纳德将军

助，开出月薪 1000 美元的高价，而且提供住房、汽车和仆人。当时，陈纳德的月薪只有 200 多美元，属于吃不饱、饿不死的那种。但他毫不犹豫地拒绝了苏联人的"好意"。因为他不喜欢他们。

陈纳德在美国军界很受冷落。1932 年 4 月 30 日，因为患有耳疾，他被迫停飞。陈纳德虽然技术精湛，但仕途坎坷。他的战友都荣膺校官，可已 46 岁的他肩上还扛着尉官的军衔。对于这个好胜心很强的男人来讲，他的情绪可想而知。当时他的身体也不是很好，于是上司顺水推舟，于 1937 年 4 月以上尉军衔让他退役。

陈纳德的命运和美国空军的命运息息相关。作为世界上最强大的一支空军，美国空军竟然不是一个独立的军种，连海军陆战队的地位都不如。1912 年美国陆军建立航空部门。从 1917 年美国进入第一次世界大战开始，美国陆军航空队是美国远征军的一部分。1926 年航空队被命名为美国陆军航空兵团。1941 年陆军航空队改为美国陆军航空队，独立成为军种则是 1947 年 9 月 8 日的事了。

长期以来，空军一直作为陆军和海军的附属部队，备受打击和排挤。就在陈纳德即将终老田园，默默无闻地度过自己余生的时候，他的好友霍布鲁克从中国来信，问他是否愿意来华任职。条件是：3 个月的合同，月薪 1000 美元，外加空中及陆地交通工具，配备一名翻译，并允许试飞任何一架中国空军的飞机。他答应了。

如果日本人有先见之明的话，陈纳德绝对不可能来到中国。

因为他踏上远东的第一个国家,就是日本。当时,他护照上的身份是"农业专家"。

1937年5月8日,陈纳德从旧金山启程,5月31日,抵达中国上海。霍布鲁克带他去见宋美龄和政治顾问端纳。当天晚上,陈在日记上写下他会见宋美龄的印象:"她将永远是我的公主。"

宋美龄是个会晕机的人,但她完全了解中国若要整军经武,必须有高水准的空军以保护领空。国府空军创建于1932年,飞机少、人才荒,也无实战经验。1936年12月12日西安事变,使蒋氏夫妇痛感掌握制空力量的重要性。事变发生后,何应钦等人主张动用空军轰炸西安,更使蒋氏夫妇深感空军必须由"自己人"领导,不能假手他人。

美国女作家尤恩森认为蒋愿意由宋美龄出面主持"摇篮时期"的国民党空军,显示蒋介石的看法颇为明确:即国民政府需要现代化的军力,尤需战斗机。然而,购买飞机涉及大笔款项,蒋介石无法决定他那批贪污成性的幕僚中,谁能负起这一重任。他知道自己的妻子可以信赖。因此,这位只受过音乐、文学和社会美德教育的宋美龄,便把许多时间花在航空理论、飞机设计和比较各种飞机零件性能、价格的刊物上。她订购了价值2000万美元的航空产品,进而从采购商摇身一变为中国空军的"总司令"。

尤恩森又说:"宋美龄独揽空军大权,不容他人染指,并成为严格执行空军纪律的人。她规定:'凡在这支精英部队中行窃者,将被处以极刑。'直到必须撤离南京时,她还常在新闻稿上提到'我的空军'。"

宋美龄出任航委会秘书长前,国府空军由意大利提供飞机与训练,然一无成就。宋美龄急需能干的助手帮她整顿空军,她聘请了前美国陆军航空队飞行员霍布鲁克当顾问。宋是个做事讲究效率的人,她问霍什么人可以在短时期内把中国空军改造成像样的军种,霍马上想到了一个长相酷似"老鹰"而充满彪悍之气的老飞行员,此人就是陈纳德。

抗战爆发后，国府空军号称有500架飞机，但能起飞的还不到100架；日军则有3000架，仅上海一地即有400架，并在上海建有机场。此时，宋美龄任航空委员会的秘书长，实际领导着中国空军。宋要陈纳德担任她的专业顾问，并给他两架T-13式教练机，以便他视察空军的现状。

蒋介石夫妇对陈纳德有知遇之恩。陈纳德空有一身本领，没有用武之地，虽是千里马，却无伯乐赏识。蒋夫妇与陈纳德一见如故，委以重任，而陈纳德则以肝脑涂地的烈士情怀为中国奋斗了整整八年。蒋陈成为生死之交。"人以国士待我，我以国士报之。"这是中国近代史上的一段佳话。

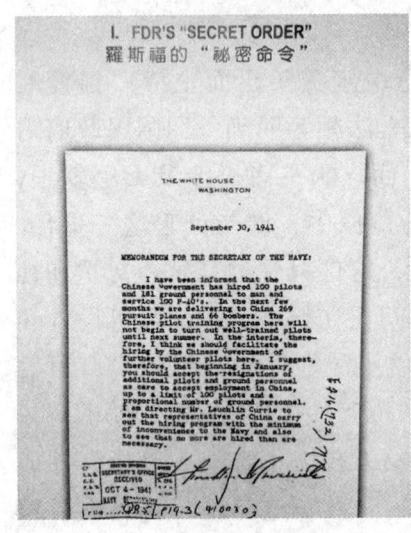

罗斯福总统的密令

这一次接见，彻底改变了陈纳德的命运。从某种意义上讲，也在相当程度上改变了中国的命运甚至是世界的命运。

时势造英雄。1937年的陈纳德，天时地利人和都有。深得蒋夫妇的信任，后来又得到罗斯福总统的重用。大权在手，武器、兵员和各种物资源源不断。地利，中国的广阔蓝天，是陈纳德的独家舞台。天时更妙了，我们分析一下他到中国的两个节点：

其一：陈纳德于1937年5月31日到达中国上海。6月3日他得到蒋介石夫妇接见，开始担任中国空军首席顾问。1个月零4天以后的7月7日，卢沟桥事变发生。中国开始全面抗战。8月14日，中国空军与日本空军爆发空战，取得"八·一四"空中大捷。到了1940年，即3年半以后，中国空军飞行员已经阵亡970人，飞机只剩下65架，其中只有12架可以升空作战。可以说是全军覆没了。

其二：为了夺回被日军独霸的中国领空，蒋介石通过驻美大使宋子文和陈纳德，经过努力，在美国与日本关系还很微妙的情况下，得到罗斯福总统的密令，以所谓民间商业行为，组织美国志愿航空队到中国参战。1941年12月10日抵达中国昆明。恰在此时，日本轰炸了珍珠港。陈纳德真是好造化。他率领的这群"飞虎"只有区区百十架飞机，迟早会打光。可是，在美日全面开战的情况下，1942年7月，"飞虎队"扩编为第14航空队（航空军）。陈纳德被提为将军，全权指挥庞大的第14航空队。

飞虎队的P-40野马式战斗机

激烈空战在缅甸南部和泰国上空频繁地进行。志愿队员们以5~20架可用的P-40型飞机，迎战总数超过1000架的日本战机。在31次空战中，志愿队员共击毁敌机217架，自己仅损失了14架，5名飞行员牺牲，1名被俘。对志愿队取得的辉煌战绩，中国军民齐声喝彩！

1942年4月28日，距日本天皇的生日还有一天，"飞虎队"在缅甸腊戍的上空，以0∶22令人吃惊的战绩，给天皇送上了一份"厚礼"。"飞虎队"还对企图渡过萨尔温江的日军进行空袭，杀伤了大批日军，从而粉碎了日本人渡江进攻中国云南的企图。

第14航空队有力地配合了中国军队的战斗。在常德战役中，中国军队在美机的配合下，坚守城池3个月。日军费了九牛二虎之力才攻占了常德，但在猛烈的空中打击和中国军队的反攻下，日军在常德只待了5天便弃城而逃。在这场战役中，日军死伤15000人，其中许多是被飞机炸死的。战争后期，第14航空队取得了绝对的优势。1945年1月17日，16架"野马"式战斗机出其不意地袭击了日军在上海的机场。当时日军机械师正在飞机上

腾冲国殇园的"飞虎队"烈士墓

烈士英名榜

工作，成排的战斗机停在机库前，高射炮阵地上空无一人，美军战机立即展开进攻，摧毁了70架敌机。当时有3架日本轰炸机从台湾飞来，企图降落，结果被打成了碎片。

至战争结束，第14航空队以500架飞机的代价，共击落敌机2600架，击沉或重创223万吨商船、44艘军舰、13000艘100吨以下的内河船只，击毙日军官兵66700名，可谓战功赫赫。

著名的"驼峰空运"，也是第14航空队的光辉战绩。

由于"飞虎队"的出色表现，中国政府授予陈纳德最高勋章——青天白日勋章，美国军队授予其二级橡树叶杰出贡献奖章，大多数队员均得到了中国政府的嘉奖。有10多名飞行员获得美、英政府颁发的飞行十字勋章。美国总统罗斯福在信中这样写道："美国志愿队的大智大勇连同你们惊人的业绩，使整个美国为之自豪。"

中国人民永远不会忘记陈纳德将军以及美国空军官兵所付出的巨大牺牲和杰出贡献。

陈纳德领导的百十个"菜鸟"飞行员，没有人参加过空战，其中2/3连战斗机飞行员都不是。面对穷凶极恶、身经百战的日本空中强盗，"飞虎队"如何取得战损比1∶20的骄人战绩？

兵法云：知己知彼，百战不殆。陈纳德对敌我双方的优劣势了如指掌。他制定了"打了就跑"的空中游击战术，从而置日本人于死命。

陈纳德从美国寇提斯工厂拿到的100架P-40飞机,原为英国人生产。由于性能比较落后,英国佬拒绝接受。陈纳德正好拿到这笔现货,以每架8万美元成交。虽然不便宜,但总比没有强。

日本的零式飞机是当时最先进的飞机,操作灵活,火力强大。P-40与之相比处于劣势,但P-40也有优点:即飞机自身重量达到2.88吨,比零式的1.68吨重40%。

陈纳德告诫他的飞行员,避免与零式缠斗,否则必死无疑。他指挥飞行员在高空隐蔽,以逸待劳。发现敌机后,利用己方飞机的重量优势,从空中俯冲而下,重力加速度,往往将日军编队冲得大乱。然后,后续飞机向敌机发起攻击。一击不中,立刻撤退。日军长途奔袭,油量有限,无法追击。

用日本军刀切婚礼蛋糕

陈纳德将军墓

陈纳德发明的这种战术非常有效,后来被各国空军纷纷仿效。陈纳德指挥"飞虎队",以及后来的美军第14航空队(军),美中混合团(CACW),成为盟军在中缅印战场的空军总司令。举世闻名的"驼峰空运"为中国运送了70多万吨战略物资,为中国坚持长期抗战,巩固和保卫大后方,做出不可磨灭的贡献。陈纳德的功绩是别人无法取代的。

陈纳德1937年来到中国,在中国最困难的战略相持阶段的1941年投入战斗,结束了日军独霸中国领空的日子。1943年以后，日本的空中优势基本丧失，一直到1945年投降。

战后，陈纳德重返中国，1947年12月21日和陈香梅女士喜结连理。说来可怜，这位战功赫赫的大英雄竟然连一枚价值1500元的结婚戒指也买不起，不得不向新娘子借了500元。新郎新娘得到蒋介石和宋美龄的祝福。几年后，他们的两个女儿出生，蒋先生为两个小家伙起名陈美丽、陈美华。蒋夫人把她俩认作干女儿。陈纳德夫妇和蒋介石夫妇的友谊维持了一辈子。为了这份友谊，陈纳德付出了很大的代价。

陈香梅

1946年10月，陈纳德成立了民航空运队，为国府行政院善后救急总署运送救急物资，这当然有蒋家的关照。1948年后，蒋军在内战中节节失利，陈纳德的民航空运队又帮助蒋空运军队、给养。为此，陈纳德上了中共的黑名单。1950年6月，空运队改组为控股公司，陈纳德任公司董事长。1958年7月15日，艾森豪威尔总统晋升陈纳德为中将。7月27日，陈纳德因病在华盛顿去世，终年67岁，身后留下孤儿寡母，十分凄凉。

为了报答蒋夫妇的知遇之恩，陈纳德甘愿两肋插刀。1949年，中国航空公司和中华航空公司在香港九龙机场停放的100多架飞机中，有部分飞行员驾驶10多架飞机回到大陆。这就是著名的"两航起义"。为了避免发生类似事件，蒋介石决定把这批飞机"卖"给陈纳德的航空公司。

随之，一场长达3年的官司开始了。中共在香港起诉，要把飞机没收。而陈纳德说，这些飞机是美国公司的，中方无此权力。他先在香港打官司，败诉后，又在英国上诉。律师费50万美元，台湾当局拿不出来，要求陈纳德垫付，以后偿还。陈纳德无奈把民航公司的

"为了和平"纪念章

股票全部出售。官司虽然胜诉，但这些飞机已成了一堆废铜烂铁。蒋介石"借"的那50万律师费，也没人提起了。事后，陈香梅抱怨陈纳德连个借据都没有。陈纳德大为不快："难道向蒋总统和蒋夫人要借条？"陈香梅哭笑不得。为此种种，陈纳德在大陆被打入冷宫，连带着"飞虎队"的事迹也不能宣传。

这都是过去的事了。

在纪念世界反法西斯和中国抗日战争胜利七十周年之际，我们专程去华盛顿阿灵顿国家公墓祭奠陈纳德将军，代表中国战略管理研究会将第一号"和平纪念章"和证书恭恭敬敬地祭献于将军的墓前。一天后，一行人怀着敬仰之情，专程去华盛顿水门大厦拜访了陈香梅女士。

身边的飞虎

C-46 运输机

西南联大校门

陈科志，1926年出生于湖南长沙一个教师家庭。2017年，他已92岁高龄。抗战期间，他曾在美国第14航空队189联队1中队任机械士，维护P-40和P-51"野马"式战机。在部队长斯科特上校领导下，189联队击落击伤多架日本飞机，仅斯科特一人就击落了21架。服役期间，为向中国大后方运送战略物资，陈科志100多次乘C-46和C-47运输机飞越危险万分的驼峰航线。

1937年，抗战爆发时，陈科志在长沙上小学。1938年，武汉沦陷，为逃避战火，陈科志搭乘小船，赴衡阳，经郴州，到韶关，再乘火车到香港。一路上，兵荒马乱，陈科志只能忍饥挨饿。日本飞机天天轰炸，很多人被炸死炸伤。没吃没喝没钱，他沿途乞讨要饭，历尽千辛万苦来到香港。1940—1941年，陈科志在香港拔萃书院（Diocesan School）读书。这是一家教会学校，用英文授课，难民免费入学。陈科志边打工，边读书，经过两年学习，打下了坚实的英文基础。

1941年太平洋战争爆发，香港沦陷。陈科志再次逃亡，辗转逃到贵州独山，再到贵阳，搭乘国军辎重汽车到云南昆明，考入当时的"国立"西南联合大学工程学院机械系。两年后，为报国恨家仇（陈科志的父亲陈富生被日寇抓走生死不明），他投笔从戎，肄业离校。

1942年底，美军14航空队在昆明征青年学生入伍。会英文的，分到航空部队当地勤兵；不会英文的则由国民政府分到驻缅甸或印度的中国远征军。由于西南联大蒋梦麟校长的推荐，陈科志被第14航空队录取，分配在昆明巫家坝机场。巫家坝机场是第14航空队在中国的主要基地，陈科志曾多次见过时任《中央日报》记者、还是年轻姑娘的陈香梅和大名鼎鼎的陈纳德将军。

1942—1945年，陈科志在第14航空队服役3年多。一千多个日日夜夜，他与异国战友携手并肩，与日寇做殊死搏斗，结下深厚的战斗友谊。"飞虎队"勇士们驾驶他维修的战鹰，驰骋蓝天，把一架架敌机打得凌空开花。敌人是强大的，也是残忍的，有很多次，飞机升空后没有返航，飞行员或跳伞逃生，或血洒长空。每当这时，陈科志总是强压悲痛，满怀对敌人的仇恨，继续投入新的战斗。

1944年，美国副总统华莱士访华时，在巫家坝机场接见了陈科志和他的战友们，对这支英雄部队大加褒奖。

陈科志与飞虎队战友们

"飞虎队"老兵的聚会

左：陈科志　右：王学政侨务组长

陈科志

"八·一五""光复"以后，陈科志复员。经上司介绍到联合国善后救济总署，为美国政府工作，从事战后紧缺物资的运输，把车辆、布匹、粮食和药品运到昆明、上海、北平和广州等地。他1948年到香港开始做生意，经营中美进出口贸易，赚了一些钱，在香港购置了3处房产。前半生颠沛流离的生活结束了，陈科志苦尽甘来。他和老伴相濡以沫，相亲相爱，养育了7个孩子，1个儿子，6个姑娘。儿孙满堂，乐享天伦。

美国政府和人民没有忘记陈科志的功绩。美国前总统卡特、克林顿和奥巴马都曾致信对他给予表彰。中国政府和人民也没有忘记陈科志的勋劳。2015年9月3日，北京举行盛大阅兵仪式，专函邀请陈科志赴京观礼。遗憾的是，陈老突然罹患重病，需开刀手术，错过了这场盛典。洛杉矶总领馆侨务组长王学政特意到医院看望陈老，并代表国家向他颁发了抗战胜利七十周年纪念章。

我和陈科志老先生相识20多年了。我们都姓陈，500年前是一家。我们都当过空军，有共同语言。陈老与我父亲同庚,都是 1926 年出生,属老虎。我和陈老是肝胆相照的忘年交。

谨以此文,祝愿陈老健康长寿。

飞虎情怀

2015年,为纪念世界反法西斯战争暨中国人民抗日战争胜利七十周年,洛杉矶华人华侨隆重举办《为了和平》大型史诗晚会。晚会筹备过程中,通过美国军事博物馆馆长克雷格先生介绍,我有幸结识了美国"飞虎队"历史专家陈灿培博士。

克雷格如此介绍陈博士:他知道(关于"飞虎队")所有的事;认识(与"飞虎队"有关的)所有的人。

陈博士祖籍广东番禺,幼年在澳门长大。1967年到美国读书。毕业后,他子承父业,开了一家中医诊所,悬壶济世,治病救人。

2005年,一位女士对陈灿培说:"我要搬家了。我丈夫(美军14航空队"飞虎队"队员)的遗物,两套"飞虎队"军服、一枚勋章和一份退伍证明书,你要不要?""当然要!"他不假思索地一口答应。

这是陈灿培收集的第一批"飞虎队"文物,由此一发而不可收。十余年来,在夫人的支持下,陈灿培用现金购买加上朋友赠予,收集了飞行员外套、军服、钢盔,以及飞机零件、急救盒、胸章、相片、奖章、证书、徽章、文件、空投传单、杂志、报纸、地图、海报、公债券、航空救国券等"二战"历史尤其是"飞虎队"历史的珍贵实物多达数千件。

收集之路,并不容易。

刚开始收藏时,因缺乏专业知识,陈灿培多次上当受骗。曾有人向他推销一把黄埔军刀，他非常喜欢，付大价钱买下。他兴致勃勃地把刀展示给朋友看，朋友却告诉他这是赝品，因为刀上篆刻的蒋介石题词是简体字。

从那时起，陈灿培努力学习"二战"和"飞虎队"历史以及相关的文物知识。通过不断学习和收藏实践，他终于炼出一副火眼金睛，文物是真是假，他一看一摸就能知道。

一旦发现有价值的文物，陈灿培不惜重金购买。有时卖家索取高价，他就解释自己搞收藏不是为了盈利，他搜集的藏品都将无偿捐赠给中美两国的纪念馆或博物馆。对方往往被他的诚心感动，同意让步成交。

功夫不负有心人。通过多年持之以恒的努力，他搜集了一些具有极高价值的文物。

美国志愿飞行队有100位飞行员签约，但只留下60份合同。一个老兵后人以9000美元的价格转让给他一份，上面注明"来华服务一年，每月酬薪600美元"等条款。陈灿培说，这些文物的价值不是金钱能衡量的。"我得到的是一段历史，不仅仅是一件实物，为此花再多的钱我也情愿。"

陈灿培不是富豪，为收集文物，几乎耗尽了他所有的积蓄。然而，他无怨无悔。他的藏品完全可以卖出好价钱，但他却分文不取，无偿地把几千件来之不易的文物捐了出去。

2016年是日本偷袭珍珠港75周年。美方在夏威夷举办隆重的纪念仪式。陈灿培夫妇作为贵宾应邀出席。美国太平洋舰队司令和部队官兵给予陈灿培很高的礼遇。在向太平洋航空博物馆捐赠"二战"文物的过程中，他结识了众多美国海军朋友。

路易斯安纳州的陈纳德航空及军事博物馆以及加州棕榈泉航空博物馆都收到过陈灿培的捐赠。

2007年11月，陈灿培率"华裔'飞虎队'老兵访问团"访华。11名华裔"飞虎队"老兵和37名家属先后访问了广州、江门、新会、台山等地。11月18日，台山市政府举行"美国'飞虎队'华裔老兵捐赠文物仪式"。访问团向市博物馆捐赠167件"飞虎队"历史文物资料,包括相片、奖章、徽章、军服、杂志、报纸等实物。

陈灿培的大多数藏品捐给了中国各省市的博物馆和纪念馆。接受陈灿培捐赠的单位有:

中国国家博物馆,中国人民抗战纪念馆,国家图书馆,中国航空博物馆,南京大屠杀纪念馆,中国华侨历史博物馆,湖南芷江"飞虎队"纪念馆,重庆史迪威博物馆,昆明"飞虎队"纪念馆,南京航空抗战纪念馆,重庆市抗战遗址博物馆,广东省华侨博物馆,江门市华侨博物馆,台山市博物馆等。其中他捐赠给国家图书馆两千余件文物,是历次捐赠中最大的一笔。

陈灿培与陈军在"九三"大阅兵

媒体对陈灿培的事迹非常感兴趣。代表团所到之处,大批记者争相采访,对这位面貌慈祥和蔼的老华侨多年来搜集并捐赠大批文物的慷慨义举非常敬佩,赞扬他是以实际行动促进中美两国人民友谊的典范。当被问到他做这些奉献的目的和动机时,这位老者答道:"时光过去了70年。'飞虎队'在中国抗日战争最艰苦的岁月里,为了打击日寇,不远万里来到中国,英勇战斗,流血牺牲,极大地支援了中国的抗战。他们的功绩永垂史册,我们应该让人民,尤其是年轻一代,永远记住中美两国在'二战'时曾有这样一段合作的历史。中美两国是朋友,是盟邦。希望大家都能珍惜中美友谊,继续创造辉煌的未来。"

至今仍健在的"飞虎队"几十位老队员和他们的后代对陈灿培心存深深的感激之情。他们说:从陈灿培先生身上,我们看到

"飞虎队"精神的再现和发扬光大,我们感谢陈博士为"飞虎队"所做的一切贡献。

  为了表彰陈灿培的慷慨义举,有关地方政府授予他云南"昆明市荣誉市民",湖南"芷江侗族自治县荣誉市民"及"重庆市南岸区荣誉市民"等荣誉称号。2015年9月3日,中国国务院侨务办公室和中国驻洛杉矶总领馆邀请陈灿培到北京参加"纪念世界反法西斯战争暨中国人民抗日战争胜利七十周年"盛大阅兵式。在雄伟的天安门广场上,他现场聆听了习近平主席的重要讲话,亲眼见证了中国人民解放军的浩荡军威。彼时彼刻,陈灿培心中必定充满了身为中华民族子孙的万丈豪情。

一位美籍华人的"飞虎"奇缘①

在纪念世界反法西斯战争暨中国抗日战争胜利70周年之际，一部在中国30多家电视台，其中包括中央电视台播出的大型纪录片《飞虎奇缘：一个中国记者和他的美国朋友们》引起各方高度关注。该片是美籍华人陈德福策划主编、主导的，以"人物命运，人民友谊"两条主线贯穿全片，讲述了中国记者张彦与"飞虎队"成员之间的友谊的传奇故事。

纪录片长达2个多小时，陈德福用了10多年时间拍摄完成。决定拍摄这部片子时，陈德福已60多岁，他本可以安享舒适的晚年，是什么原因让他费尽心血、耗尽毕生积蓄，四处"化缘"，以超人的勇气和信心拍成此片？他说："这源于我对纪录片的热爱，对祖国的向往。"下面的故事是陈德福自己讲述的《飞虎奇缘》背后的故事……

我在印尼出生，在中文学校念书，新中国成立时我刚小学毕业，来自祖国的报纸杂志、对外广播，特别是北京中央新闻纪录电影制片厂的纪录片极大地吸引着我，从中央新闻纪录电影制片

---

① 本文为陈军根据陈德福口述记录整理。陈德福，美籍华人。毕业于南开大学英文系，纽约大学新闻学专业。美中文化交流促进会会长。新闻纪录片《飞虎奇缘》的独立制片人。

厂第一部纪录片《新中国的诞生》开始，我就追着看。少年时代为能到影院看一部《今日中国》，我曾不顾暴雨走出家门，到达电影院已全身湿透。为了连续观看令我激动的纪录片《一定要把淮河修好》，放映完上场，我留在影院角落里等下场。

纪录片改变了我的人生道路。1957年高中毕业，我常回想着纪录片中那一幕幕新中国成长的镜头，于是，我决定归国升学。母亲和所有家人都去送我。我乘船经过香港，在船上，我归心似箭，下船后乘坐渡轮，踏上九龙，走到深圳罗湖桥，这就是祖国内地与香港的分界线，当我进入祖国内地，眼看五星红旗，耳听《歌唱祖国》，我万分激动！梦寐已久的祖国，我终于回来了！我激动地亲吻了这里的土地！

1958年，我考上南开大学英文系，5年后大学毕业，分配在中央新闻纪录电影制片厂，负责对外发行的纪录片的编辑与翻译工作。我从小就深受新影摄制的纪录片的熏陶，想不到大学毕业后被分配到此工作，真是一种缘分。我全身心地投入工作，刚刚工作两个月（1963年底），领导就派我随中国电影代表团到印尼雅加达参与第一届亚非电影节的筹备工作，因此机会，我6年后回

陈德福在北京中央新闻制片厂

到印尼，我事先没有通知家人我将回来，路过家门口三次没有下车。

后来由中国驻印尼大使馆安排我抽空回家探亲，当我突然出现在父母兄妹眼前时，全家人异常惊喜！两年后他们也都回国定居，我们全家终于在北京团聚了。

在中央新闻纪录电影制片厂期间，我还随《第七届亚洲运动会》摄制组赴伊朗德黑兰参与制作亚运会纪录片及相关外宣工作，并参与多国在华摄制组及中国摄制组在国外的拍摄工作，涵

括多部获奖影片,如《今日中国》《中国工艺美术》《红旗渠》《西藏纪行》《长江大桥》《坦赞铁路》等。

为钻研纪录片并谋求创新发展,我于1980年赴美国深造,从1982年至1986年在纽约大学主修电影研究、新闻学(电视新闻与报道)及传播媒介生态学等。毕业后,定居美国,以翻译为主业,常常来往美中两国,从事文化交流工作,尤其在摄制纪录片方面。

说起我为何会拍《飞虎奇缘》,就不得不提到美中人民友好协会。到美国后,我加入了该协会。1985年,在休斯敦出席美中人民友好协会全国代表大会时,我与中国记者赵景伦相识。聊天中,他讲述了他的同事张彦非凡的经历及他与"飞虎队"成员交往的传奇故事。

左:张彦　中:陈德福

1944年,张彦在西南联大学习期间,结识了"飞虎队"成员迪克与莫里斯,接着他又认识了海曼、贝尔与艾特曼。他们经常相聚在昆明大观楼公园,在战火中结下了深厚友谊。分手后,张彦成为一名记者,迪克也在美国从事新闻工作。新中国成立后,中美两国经历了长达22年的敌对状态,张彦和他的美国朋友失去了联系。作为知名记者,张彦的人生丰富多彩而又曲折:1949年他在天安门城楼报道过开国大典;1955年他跟随周恩来总理参加万隆会议时,原定乘坐的飞机"克什米尔公主"号受到破坏爆炸,他因工作需要改乘其他航班幸免于难;十年动乱时,张彦被打成"外国间谍",遭到不公正对待。

1972年美国总统尼克松访华后,迪克、海曼、贝尔有机会先后来到中国,他们到处寻找张彦和其他中国朋友。此时的张彦和他的家人正在农村劳动改造。1979年，张彦平反后，担任《人民日报》驻美记者。经过35年漫长的等待和寻找，张彦和他的美国朋友终又重逢，他们在战火中结成的友谊翻开了新的一页。张彦是中美友谊发展历史的见证者，也是亲历者。

张彦和"飞虎队"队员在昆明大观楼

我觉得这个故事太感人了，于是，萌发了用纪录片的形式展示这一友谊篇章，当时我也没想到，这一跟就是10多年。

这10多年，我往返于美国和中国之间30多次，通过跟踪采访张彦，搜集到大量珍贵史料，最终将一段曲折动人的故事浓缩在这部纪录片中。为将60年的故事精准演绎，纪录片的拍摄持续到其中主要人物"飞虎队"队员迪克辞世。

影片表现了"人物命运，人民友谊"两条主线，也将镜头延伸至新中国建立后的社会变迁、抗日战争中美国"飞虎队"的英雄事迹、改革开放后中美友谊

毛泽东主席和"飞虎队"队员在一起

的发展过程，全景式展现了中美关系发展变化的宏大背景。弥足珍贵的是，片中介绍了毛泽东主席会见海曼、贝尔、艾德曼等"飞虎队"队员并与他们合影的情况，这张意义非凡的照片记载了一段令人难忘的历史。

我有自知之明：凭我的一点点微薄积蓄，用来拍摄纪录片，根本就是杯水车薪。这10多年，为了这部片子，我硬着头皮要赞助，也被人骗过，但更多遇到的是好人，我得到了许多人的帮

助。现在，我最想说的是："本片凝聚了大家的心血，我很感恩！"

2003年，经我安排，美中人民友好协会邀请本片主人公张彦出席在芝加哥举行的会员代表大会，请他讲述其传奇人生：新中国半个多世纪以来的风风雨雨、酸甜苦辣及他与美国"飞虎队"队员60多年来的深厚友谊。我为此付出了很多，只剩一个多星期大会就要举行，而我已经是囊中羞涩、山穷水尽了。可是，张彦夫妇的来回机票，在美国拍摄纪录片的费用都还没有着落，我暗自着急！

我想到了还欠着我一笔经费的中国商人李某，他曾答应还钱。我跟他联系后，他要我在深圳罗湖海关附近的香格里拉饭店等他，可那天我等了整整一个下午，直至将近半夜他仍未出现。万分焦急的我在海关关门的刹那飞快过关，只差一点当晚就进不了香港。后来我才知道那家伙躲在南宁回避见我。

想到第三天就得飞赴美国，筹不到钱怎么办？我心如刀割，谁能救我？在那一刻，我想到了我的校友陈炳煌。他当时是美国一家公司主管中国业务的负责人。多年未联系，他会帮我吗？虽然我心情十分忐忑，但已经顾不上那么多了。于是，我十万火急地找到了他。当时我那个火烧火燎的模样，上气不接下气的述说，一定让他非常吃惊。

他让我先喝茶，冷静下来，随后，他平静地问我，需要多少经费？听我说了数字后，他向我要了我在美国银行的账号并立即汇款。我心里的一块石头终于落地了！炳煌兄雪中送炭，解救了我！于是，张彦在大会上的演讲成功了！我们摄制组在美国芝加哥、匹兹堡、纽约、北卡跟踪采访拍摄成功了！尽管此事已过去十多年了，但那一幕幕场景恍如昨日，我一生都忘不了炳煌兄的恩情！

当我们跟着张彦到洛杉矶拍摄时，经费又出现问题了，我没钱雇摄影师了。真是天无绝人之路，我又碰上好人了。那时，新影厂原厂长靳敬一在洛杉矶开了个影视公司，专门拍摄美国华人华侨纪录片供国内电视台播放。他得知我的窘境后，说："你来我家住，我抽两天时间陪你拍，不收你任何费用。"

还要说的是，陈炳煌在病重期间仍在关心纪录片的摄制，再次重金支援我最终完成此片，但他却在纪录片成功播出前夕不幸去世了，让我遗憾万分！

2012 年，纪录片制作到后期了，70 多岁的我实在支撑不了纪录片的修改、制作、翻译、发行、寻找赞助商等繁重的工作，11 月 7 日，在北京突发急性心肌梗死住院。医生说我的生命已经很危险了，需要立即做心脏造影并按其结果决定是否安装支架。

北京阜外医院治疗心梗的医疗条件和技术应该算是全国最好的，但是，我医疗保险都在美国，美方不可能垫付在中国的抢救费用，而我倾其所有投入到纪录片的拍摄中，已经没有一点经济承受能力来支付高昂的抢救费用，身边又无一个亲人！在这种情况下，医生决定改用保守治疗。从我发病到出院的 10 多天时间里，我感受到了团队和朋友的关爱。郭越女士在我发病时把我护送到阜外医院，守护着我 30 多个小时没合眼，刘建和及李满江等还帮着垫付了抢救费用及我急需的生活费；我的老朋友、北京教育学院的苏小岑老师不声不响地支付并办好了连续几天的护工服务手续，还去买了护工休息需要的折叠床；我的老学友香港华侨华人研究中心主任许丕新和香港侨界社团联会常务副秘书长李振德得知我病重后，很快就承诺一定尽最大的力量帮助凑款助我渡过难关，而他们的经济并不宽裕。

此时此刻，我最能体会到什么是幸福，什么最可贵，什么最值得留恋，什么该放弃，什么才最放得下。死神对我束手无策，还有什么能难得倒我？感谢在我成功的时候给我鼓掌的那双手，更要感谢并要永远记住在我摔倒的时候把我扶起来的那双手。

《飞虎奇缘》公映后，好评如潮。美中友协主席罗伯特认为，这是他看过的关于美中人民友谊的最好的纪录片之一。纽约中国和平统一促进会副秘书长焦圣安表示:"能看到《飞虎奇缘》非常荣幸,无论何时何地,在任何政治环境下,中美两国人民的共同心愿应该是多方面合作、真诚交流。"

北京大学国际关系学院亚非研究所梁英明教授对影片给予"感谢,感动,感召"六个字的评价,他说:"感谢张彦老先生用60年给我们讲述了这样一个传奇而又真实的故事,也感谢你用10多年的心血将其铸造成一个艺术精品。"在影片的拍摄过程中,我得到了中国有关部门、各界人士和爱国华侨的鼎力支持。

对于美国民众来说,介绍中国的纪录片是一张特殊的中国名片。在美国,亲身访问过中国的人往往能正确认识中国,而一般民众得到的关于中国的信息大多较为零碎,甚至有些片面。我以前做的,今后继续要做的,就是使大多数没有去过中国的普通美国民众,通过纪录片这种形式,尽可能客观地认识一个正在崛起的和平发展的新中国。

路漫漫其修远兮,吾将上下而求索。

BOMBING TOKYO
THE STORY OF DOOLITTLE

第三部分 | 挑灯看剑录

瘟神与天使

李艳①

她是感动中国的女人②

金华新闻网 4 月 20 日消息（《金华日报》记者 李艳 文/摄）一眨眼，侵华日军细菌战中国受害者诉讼已 20 周年。

前不久，细菌战诉讼原告团团长王选召集举行以"回顾与展望"为主题的细菌战诉讼 20 周年纪念大会。原告日本律师团事务局局长一濑敬一郎，原告出庭专家证人、中国法律顾问楼献等中日专家，以及来自湖南常德，浙江金华市区、义乌、东阳、衢州、江山、丽水、云和等地的细菌战受害者代表，悉数到会，共同回顾细菌战诉讼的历史及现实意义，展望细菌战历史的记忆与教育。

本报作为全国最早，并坚持至今报道细菌战的媒体，王选早在会前即再三叮嘱本报记者"不要缺席"。20 年过去了，提起诉讼的 180 位原告，2/3 已不在人世，健在的也已步履蹒跚，健康状况一年不如一年。20 年前，素面朝天、风尘仆仆的王选五官精致，容颜姣好，如今头发花白，走路再也不似当年虎虎生风。出现在纪念大会的王选因劳累过度患重感冒，坐在主席台上的她在

---

① 李艳，《金华日报》记者。
② 报道详见《金华日报》4 月 21 日第 8 版。

发言结束后，紧闭双眼，不停地用双手揉搓太阳穴。离中场休息还有一个议程，她不得不提前叫停休息。望着台下同样上了年纪的面孔，楼献发言时有感而发："说句大不敬的话，如果有一天王选不在了，谁再来召集我们开会？"

会场鸦雀无声，每个人心里都不是滋味。

20 年，每一步是如此艰辛而不易；20 年，再艰难的每一步，每个人都咬紧牙关坚守至今，并仍将努力前行。

第一次知道细菌战很惊讶

王选透露，这么多对日本政府提起的民间诉讼，唯有细菌战诉讼是中国受害者自己提出来的。早在 1992 年，义乌崇山村村民王达就开始对侵华日军细菌战展开调查，并明确提出要与日本政府打官司；1994 年 10 月 8 日，义乌崇山村村民王焕斌、吴利琴、王国强向日本政府提出"联合诉状"，明确提出诉求：侵华战争期间，日军在崇山村进行灭绝人性的细菌人体实验残害致死，焚毁民房、财产，要求被告日本政府赔偿 155.1 万美元。

"联合诉状"中，崇山村的受害事实陈述清楚：崇山村远离县城 8 公里，不设防。1942 年农历四月初七被日军侵占；同年农历九月廿二，驻义乌县城日军在'731 部队'和容字 1644 部队井四郎策划指使下，出动飞机在崇山村撒播鼠疫苗菌……日军根据细菌人体实验需要，打着免费治疗的幌子，把鼠疫感染者诱骗到离村一公里的"佛门圣地"林山寺关押禁闭，并进行活体解剖……18 岁的吴小奶在众多患者面前被日军捆在椅子上，用被子蒙上脸，用刀割破肚子，活活挖出心肺，惨叫声震动林山寺；后来人们对吴翠兰收尸时发现少了一条大腿，其小弟的妻子被割去一只手臂；王焕桂的妻子被割去子宫；还有的甚至

王选主持细菌战受害者会议

不见尸体……

"当时,他们就明确提出,国家放弃赔偿和民间受害赔偿是两回事,这是很不容易的。第一次知道细菌战,不说别人,我都很惊讶:怎么哈尔滨侵华日军'731部队'的事情与义乌崇山村有关系?"

王选是义乌崇山村人,从小就听村民说,日本人在村里放鼠疫,但是她怎么也想不到居然会有细菌战这回事。"我就很想知道,侵华日军'731部队'和义乌崇山村的证据链、事实链究竟是什么,所以我就参与了。"

王选就这样被"卷"入了历史的洪流。

1998年2月16日,王选在细菌战诉讼东京地方法院一审首次开庭时曾深情回忆这段"不解之缘"。

"崇山村是我父亲的故乡,1942年,日军细菌战引起村子里鼠疫流行,396个村民死于这场鼠疫。我祖父的家庭中死去8个人,我叔叔也死了,当时13岁。

1996年,我作为知识青年,从上海下放到崇山村,和村民们在一起生活了近四年。末日般的鼠疫灾难,强奸、抢劫、撒毒、放火、活体解剖,无恶不作的日军的凶恶,埋在村民们记忆中的恐怖、悲伤和愤怒,是我,一个农民的子孙,在青少年时代,从他们那儿受到的历史教育。

1987年,我到日本留学,先后在日本的三重大学和筑波大学学习。这10年里,我切身地感受:在中国差不多人人都知道战争中日军的种种暴行,在日本差不多人人都不知道。

为"烂脚病"受害者提供医疗救助

1995年8月,战争结束50周年的时候,我和一些到崇山村调查细菌战受害的当年日军后代们，命运般地相会。从那时起，我不分四季，与他们并肩一起，到崇山村以及其他细菌战受害地，进行受害情况调查，研究学习细菌战的历史事实至今……"

最早前来崇山村调查的是日本友好人士松井英介、森正孝，他们正是在王焕斌等三村民提交"联合诉状"后，才知道崇山村的受害史实，并找上门来。村民及时将消息告诉王选，希望王选"能去找他们"。

王选设法找到松井英介、森正孝后，和当年日军后代们"命运般地相会"。经过反复沟通，同年11月，王选和松井英介、森正孝等日本友好人士达成三点共识：

第一，把崇山村日军细菌战历史事实搞清楚；

第二，在此基础上，要求日本政府承认这一历史；

第三，对此战争犯罪行为承担责任。

正是在这三点共识基础上，1998年2月16日正式提起的细菌战诉讼有了以下诉求：以日本政府为本诉讼的被告，要求日本政府作为日本国家的责任代表，正式承认细菌战的历史事实，向中国人民谢罪，并对这一战争犯罪造成的损害承担责任。

"细菌战诉讼是真正草根、民间的诉讼，最早1994年就有村民提出来了。细菌战诉讼最伟大的意义，在于理直气壮地向世界揭露被掩盖的侵华日军细菌战历史事实。"王选说，细菌战诉讼原告团非常了不起，这场历史的审判开庭，是许许多多与中国、世界人民一起坚持反对日本侵略战争的日本人民长期以来努力的结果，是许许多多坚持揭露细菌战历史事实的日本知识分子、民众，以及原日军有关人员长期以来努力的结果，是细菌战诉讼辩护团努力

细菌战受害者在日本示威游行

的结果。

《金华日报》功劳很大

"1998年1月20日,我们在义乌召开的细菌战诉讼第一次原告代表会议,就是《金华日报》来报道的。当时,除了《金华日报》,没有一家媒体关注我们,《金华日报》功劳很大。"王选在纪念大会上,特地鸣谢《金华日报》20年来,持续跟踪报道至今。

细菌战诉讼第一次原告代表会议由王选主持,在义乌市人民政府第一招待所召开,这是记者第一次与王选相遇。虽已过去20年,但记者至今仍清晰地记得当时的情景:招待所极为简陋,会议室的玻璃窗破了好几处。窗外漫天的飞雪和刺骨的冷风,穿过玻璃窗吹进来,冻得人瑟瑟发抖;王选站在主席台上慷慨陈词,说得在场的每个人似乎都忘记了寒冷,热血沸腾……

也正是在该会议上,细菌战诉讼的目的、立场、方针等得到全国各地原告代表一致同意。王选回忆,《金华日报》每次都及时报道细菌战诉讼的进展,她将刊有细菌战诉讼报道的《金华日报》带到中国湖南常德、山东、北京,甚至美国,"一到会场,我就发《金华日报》"……

丽水市细菌战受害者史料研究会会长庄启俭的奶奶死于侵华日军散布的鼠疫。细菌战诉讼期间,他曾多次前往日本参加证言集会。庄启俭告诉记者,他印象最深的一次,《金华日报》不够发,他帮王选到复印店复印《金华日报》,一直复印至次日凌晨1时……

20年风风雨雨,不少之前秘而不宣的事情也在纪念大会上揭开。楼献透露,2003年5月,"非典"暴发,正在北京开会的王选,打电话给楼献,说会议结束后将由北京赶到杭州,商谈细菌战调查纲要事宜。楼献拐弯抹角劝王选不要专程前来,王选雷厉风行,当天即风尘仆仆出现在楼献面前。当时,凡与北京来的人接触一律要向上汇报,但楼献知道一汇报王选就得隔离。他煞费苦心将王选安排在环境幽雅、空气清新的西泠印社茶馆,并热情地将王选引到指定位置坐下:"你坐这里。"

王选哪里会想到,楼献费心安排的这个位置,仅仅因为处于下风口。"王选,现在可以说了,只有你坐下风口,我坐上风口,心里才踏实。"

受害者代表愤怒控诉

第一次出庭;一审判决,原告团80名成员赴日,抗议不公平判决;全国各地受害者集会……翻看着PPT展示的细菌战诉讼各个时期的照片,王选颇为感慨:"这些都将成为非常珍贵的历史记忆,在座各位都是历史记忆的一部分。"

王选透露,细菌战诉讼在2007年终审败诉后,经过原告团、日本律师辩护团的努力,在2009年9月日本民主党当选后,一度出现转机。细菌战诉讼虽然败诉,日本政府驳回了原告的诉讼请求,但在事实和法律方面仍具有积极意义:承认侵华日军在中国各地将细菌武器用于实战,并使民众感染鼠疫、霍乱,造成多人死亡。各原告本人或其亲属因细菌战而感染疾病或死亡的供述是可以理解的,并具有说服力。这种将细菌武器用于实战的行为违反了日内瓦毒气议定书,违反了国际惯例,根据《海牙陆战条约》3条的规定,日本政府负有国家责任。民主党当选后,有意解决战争责任问题,当时日本众参两院议长不但首次会见以王选为首的细菌战受害代表和学者,还成立了跨党派议员联盟战争责任问题思考会、NPO"731部队"细菌战资料中心,"731部队"细菌战真相揭露会与日本防卫省甚至还就公开"731部队"细菌战资料进行交涉……

"种种迹象表明,事情正在往好的方向发展。可惜,2011年3月日本福岛地震,一切都改变了。"王选透露,地震前不久,2010年12月,她带着日本学者西里扶甬子和一名福岛的女研究者到金华、衢州调查"烂脚病"患者,开启中日医学专家共同研究细菌战受害新篇章,两名女研究者准备回国后展开"烂脚病"

医学研究，并向日本文部科学省申请细菌战受害研究经费，可惜好景不长，他们回国没多久，就遇上了福岛大地震……

2011年，湖南省常德市成立全国首个细菌战受害者协会；2015年，丽水市、云和县细菌战受害者史料研究会先后成立；2015年，义乌和平公园奠基……细菌战调查并不因细菌战诉讼的终止而结束，王选带领原告团的每一个人，仍砥砺前行，继续推动和从事对于细菌战受害者的关爱。

两年前，王选在腾讯公益上发起"细菌战烂脚病人救助"爱心募捐，募得120多万元，其中1万元，是王选集捐的。公募共资助了80名烂脚老人的治疗，耗费110万元左右。目前正在启动第二期公募。

如果世上有两个王选

1931年9月18日，中国东北，日军蓄意制造并发动了一场侵华战争。87年过去，对于很多战争受害者来说，战争的梦魇并未因时间的流逝而淡去和消逝。比如那些在日军细菌战中存活下来的人，病痛和伤口永久地留在他们身上，折磨着他们。

在这些细菌受害者的背后，始终站着一位坚强而瘦弱的中国女人——王选。她把自己毕生的精力献给与那场细菌战有关的斗争——细菌战跨国诉讼，田野调查和研究，以及对细菌战受害者的关爱上。她今年已经65岁了，不再年轻，却依然没有停下奔波的脚步。

这一次她走入公众的视线，是因为近日她在网上开通了一个"问吧"活动——解答网友关于日军在华细菌武器使用真相及受害现状的问题，网友们纷纷提问，再一次将细菌战推到人们面前。

为何会执着于与细菌战的抗争始终不放弃？

王选将自己与细菌战的纠葛归结为两个字：宿命。

她的生日是 8 月 6 日，1945 年的这一天，美国向日本投了两颗原子弹；她生于上海，后插队落户到义乌崇山村——父亲在那里长大，村子里鼠疫最厉害，叔叔未能躲过，去世时只有 16 岁；她本是学英语的，想去美国留学，最后偏偏又去了日本……正是在日本留学期间，她找到了自己一生的价值。

那是 1995 年 8 月一个明媚的早晨，王选坐在日本姬路市的家中读《日本时报》。不经意间，她看到一条简短的新闻，说的是首届"731 部队"国际研讨会在中国哈尔滨召开，几位年老的中国农民准备起诉日本政府，控告其在二战期间使用细菌武器。报道还提到，几位农民来自浙江省义乌市崇山村。

看到这条新闻，王选一下子跳了起来，在心中喊道"崇山村，我的家乡"！那些与之相关的历史记忆也被激活：1942 年的一天，一架日军飞机低低飞过这座浙中小村的上空。十几天后，村子里爆发可怕的瘟疫，400 多名村民痛苦地死去，但当时无人知道灾难的原因，后得知是鼠疫。据义乌市档案馆资料，1941—1944 年，义乌共有 1300 余人死于鼠疫，其中一些村庄的鼠疫就是从崇山村传出的。

当时，为了毁灭罪证、防止鼠疫蔓延危及日军自身的安全，残暴的日军在 1942 年 11 月 18 日拂晓前，派 100 多名日军包围崇山，焚毁村庄，420 间古建筑和民房化为废墟。后来，一支自称"防疫部队"的日军还来到崇山村，把这里变成活体解剖的实验场。

王选家有 8 位亲人遇难。

国仇家恨之下，王选义无反顾地加入到日本细菌战调查团。她频繁往返于中日两国之间，悉心收集证据。1997 年，中国第一批原告起诉时，王选收集到了 180 名中国受害者的资料，大家将她推举到原告代表团团长的位置。当时原告团还指出，侵华日军在 1942 至 1945 年间，曾经在中国设立了 60 个细菌部队和支队，据非官方统计约 30 万中国人死于那场细菌战。

2003年，历经28次开庭，中国180位日军细菌战受害者诉日本政府一案迎来败诉的结局。东京地方法院的大法官认定，日本声名狼藉的"731部队"确实在日本军部的命令下使用过生化武器。但是大法官拒绝了原告的赔偿要求，理由是根据国际法的规定，原告没有权利向日本政府索讨赔偿。

从1995年到2003年，王选在细菌战的道路上整整走过8年。8年间，她几乎花光了自己所有积蓄。她一次次地带着年迈的受害者，来到日本的法庭。上诉时有好几次她孤身站在法庭上，哭着打官司。

但她从不动摇，"我已经看到了伤害，就不可能再背过身去，装作不知道！"

凭着那份执着和斗志，王选的名字和照片频繁出现在媒体上，她还被CCTV评为2002年度"感动中国"人物。

败诉之后，王选并未停止索赔的诉讼。就在2005年3月，王选带着原告等10人进入日本内阁总理府，向当时的内阁总理大臣小泉纯一郎和外务大臣町村信孝请愿。出面接待的是内阁的两位官员。

王选当时用日语告诉对方："我站在你们面前，既不代表中国人，也不代表日本人，我是代表一个人站在你们面前。细菌战是人类历史上最罪恶的一次犯罪，日本政府应有勇气承认自己的过错，并积极调查事实真相。我和所有的原告将非常乐意全力协助。如果日本政府仍然拒不承认，拒不谢罪，最后的结果将不利于中日友好。再过若干年后，这些细菌战的受害者都将离开人世，人类的历史上将留下一个莫大的遗憾。"

两位官员一开始一再推却，最后在王选的极力要求下只能表示，将在一个星期内将王选请愿的内容向小泉纯一郎汇报。

就这样，这个瘦弱的中国女人渐渐成为很多人心中的"民族英雄"，也让不少外国人对她既敬又畏。

美国历史学家谢尔顿·H. 哈里斯，写过揭露日军细菌战的作品《死亡工厂》，他曾说，"只要有两个王选这样的中国女人，就可以让日本沉没"。

王选知晓后，回应说："谢尔顿怎么说，我是不在乎的。可能是他觉得我太'厉害'了。其实，即使有两个王选，日本也不会沉没。我觉得，我们不应该讨论日本会不会'沉没'的问题，而是自己要争气，把我们自己的事情做好，把国家建设强大。"

近些年，除了继续为细菌战赔偿上诉外，王选正在做一件更难的事——修补历史的黑洞。她和她的大学生志愿者团队，深入中国细菌战受害地，查档案，访问幸存者，记录口述。十几年间，她的脚步遍布浙赣的山山水水，收集到 900 多位细菌战"烂脚病人"的调查、口述、影像。

年岁渐长，身体也不断出现问题，王选却依然是一个斗士。为细菌战受害者们寻找合适的治疗方案，为受害者的治疗筹钱，做细菌战的专题研究，寻找抗日时期阵亡在外地的浙江籍将士，继续起诉日本政府违宪……在她的努力倡导下，两年前开展了细菌战"烂脚病人"救助活动，迄今已救治来自浙江省金华市、丽水市、衢州市各区县共 118 位老人。

当年起诉的 180 位原告代表，现仅剩约 1/3 在世。在王选的心底有一个愿望：希望更多的人关注侵华日军细菌战这段历史，不要做一个无知者；与此同时伸出手拉一把战争遗留"烂脚病"老人，帮助他们治愈裸露至今的战争创伤，在最后的人生岁月中，能有干干净净的腿，能穿上袜子，出门去走亲戚。

为细菌战奋战 22 载，细菌战的败诉始终是王选心中的痛。就在这次"问吧"活动中，其中有人问道：败诉后还在跟进吗？

王选的回答是："跟进了。力量有限，我们也在成为历史。"

王选对于细菌战的认知也在不断变化和成长。对于日本人——那些认识到错误并在中国人面前下跪的老兵,王选早已不再仇恨,而是充满悲悯。她希望细菌战能够尽快成为过去,让他们在死亡之前能够卸下包袱安心地死去。

"战争无赢家,所有的人在战争中都不可能得到什么,只有失去。"

日本人的良知

徐静波[①]

2014年1月,东京都港区。在日本律师一濑敬一郎的事务所里,一濑先生和我见面后,还没有喝茶,先讲了一个故事。

他的老家是在日本列岛西南端的熊本县,父亲在大学毕业后,先到长崎船厂当技工,后来被征入伍,扛枪去了中国。从上海一直打到桂林,最后在河北投降。

"我小时候跟父亲一起洗澡,发现他身上有好几处伤疤,总是很好奇地问是怎么留下的?父亲说,是被中国军队子弹打的。'那你有没有打过中国军人?'父亲总是躲避着不肯回答,我想他一定干了不少的坏事。"

"我读高中时,常常为了那几处伤疤与父亲争吵,逼他承认自己杀过人。但是父亲总是木讷地离开房间。后来我考上了庆应义塾大学经济学部,单身来到东京,并因此参加了反战集会和反安保行动。"

"父亲退休后来到东京,和我

日本律师一濑纯一郎

[①] 徐静波,祖籍浙江舟山。毕业于浙江海洋大学,1992年赴日本东海大学留学。

一起居住。我不再追问他那些往事，我想他一生有过太多的折磨。作为他的儿子，我已经开始帮助中国人战争受害者在日本打官司，我想我也是在帮他偿还那些旧债。"

一濑先生说完这一个故事，一直低着头。我是第一次听他说起这一个家事。

我和一濑先生并不是第一次见面。1998年，由"731部队"细菌战诉讼律师团团长土屋公献先生牵头，一濑先生和他的同伴律师，以及原告团团长王选女士组成了一个宣讲团，前往美国和加拿大宣讲日军暴行。我是作为唯一的随团记者与他们同行。

一濑先生是诉讼律师团的事务局长，这一次的美加之行的大小事情便由他操办。由于英语欠佳，每次关键时候，总是需要王选伸手相救。他总是很敦厚地傻笑一阵，说一句："回东京后一定支付翻译费"。

除了美国国会，在纽约、华盛顿，在旧金山、多伦多，交流最多的还是当地的华侨以及华人反战同盟，于是，一濑先生学会了一句中文，叫作"打倒倭寇"。

纯如因为撰写《南京大屠杀》，最后患忧郁症自杀

在日本人的历史知识范畴中，"倭"只是一个古代国名，并没有贬义的意思。因此在旧金山，当一濑遇到撰写《南京暴行：被遗忘的大屠杀》一书的女作家张纯如时，开玩笑地来了一句中文："我是倭寇"，吓得张纯如大吃一惊，回头问我："这位日本人有没有毛病？"等我给张纯如做了解释后，张纯如很郑重其事地对一濑先生说："你是拯救倭寇灵魂的英雄"。

过去15年，张纯如已故，一濑还在帮中国人打官司。

笔者：好多年没有见面，我还是想问一个问题：是什么契机，使得您承担起为中国"731部队"细菌战受害者打官司的工作？

一濑先生：是啊，时间过得真快。与中国人受害者结缘，是在1995年8月，我和几位同事去哈尔滨参加"731部队"细菌战问题的一个中日研讨会，会上遇到了来自浙江省义乌市崇山村的几位村民，他们是日军细菌战的受害者。他们告诉我，自己受害了这么多年，要求日本政府谢罪和赔偿，但是，要求信寄给日本驻中国大使馆后，一直没有得到日本大使馆的任何联系，问我怎么办？我突然感觉到，自己有一种责任，帮助这些不懂日语，求告无门的中国受害者在日本申诉正义。于是我接受了他们递交的申诉资料。

回到日本后，仔细研究了这一起战后索赔诉讼的可能性，觉得应该作为一种清算战争遗留问题的契机来帮助中国受害者，于是在这一年的12月，我联络了几位律师朋友，还有研究战后问题的市民团体代表，一起来到浙江省义乌市，走进崇山村，实地调查日军在这一个村实施细菌战的犯罪证据。

一濑先生在义乌市崇山村调查的旧照

值得一提的是，1995年，刚好是日本战败50周年，整个日本和国际社会都有一种清算历史问题的气氛。当年6月，在二战时被强制绑架到日本的中国劳工代表，在东京地方法院向日本政府和所属企业提起了诉讼，这就是著名的"花岗事件诉讼案"。这是中国战争受害者第一次来到日本起诉日本政府，意义十分重大。而在这之前，只有东南亚国家和韩国的受害者在日本提起诉讼。8月份，南京大屠杀事件的受害者也向东京地方法院提起了诉讼。中国受害者的战后赔偿问题成了日本社会关心的一个话题，日本法律界也出现了"中国诉讼热"。因此，我们开始参与"731部队"细菌战的诉讼调查，也成为一种当然。

笔者：当你第一次走近中国受害者时，你心灵感受到了什么？

一濑先生：第一次的义乌之行，印象很深，因为遭受了极大的心灵冲击。在崇山村，先是感觉到村民们对于我们有一种敌视，甚至一种仇恨的眼光，也许因为我们是日本人，我们的出现触及了他们心灵深处的伤痛。后来，经过说明和沟通，村民们对我们友好起来。但是没有想到，他们的控诉，那不是一个人，而是好多人争先恐后，抢着说话，那种情景和情绪，甚至让我们感受到一种恐惧。日军当年在这个村撒了细菌，后来又到这个村掠夺烧杀，整个村有404人遇难、23家绝户。许多人说着说着哭了起来。我是第一次亲耳听到中国人控诉日军残暴的罪状，心中有一种颤抖。

一濑纯一郎在中国搜集证据

在离开崇山村时，我和同事们就想到，过去的这一场侵略战争，中国人受害最大，遭受的苦难最多，要清算战后遗留问题，必须从中国着手。于是，我们就决定要帮细菌战受害者打一场官司。

笔者：在中国的调查中，有没有遇到困难？

一濑先生：困难还真不少，首先是当时中国还不怎么开放，对于民间向日本政府的起诉索赔，没有一个明确的政府方针，所以，有时候会遇到一些调查的困难。但是，义乌市还是很支持，一些大学的学者们也很支持，所以，我们得以在浙江、湖南、吉林等政府的档案馆里调阅了大量原始的资料。同时，将这些资料，与受害者的口述资料进行对比，相互印证。因为我们从事的是诉讼的取证工作，要以事实证据为准，不能出差错。

在调查中，其实遇到的另一个棘手的问题，就是语言的障碍。无论是倾听受害者的倾诉，还是查阅历史档案，我们都听不懂、看不懂，必须要有专业的翻译人员。同时，许多的历史事件的背景，作为律师，我们也没有接触过，所以还要向历史学家们求教，后来干脆就直接的聘请日中两国的历史学者，参与我们律师团的工作。

笔者：听说这么多年来的整个诉讼，所有的费用都是你们自己承担，没有向中国原告团要过一分钱？

一濑先生：情况确实如此。在20世纪世纪90年代开始诉讼时，中国受害者原告的一年收入还不够买一张来东京的单程机票，我们怎么可以向他们要钱呢？所以，"731部队"细菌战诉讼，和后来的重庆大轰炸诉讼，无论是到中国现地调查，还是在东京上诉，举行各种会议，所有的费用，都是我们自己掏的腰包。我去中国调查和会见原告等，大概已经超过100次，每次费用如果以20万日元计算的话，那也超过了2000万日元（注：约120万元人民币）。钱其实是小事，讨回正义和尊严，才是大事。

笔者：花费这么多的钱，您的太太和家人对此没有意见吗？

一濑先生：我很欣慰的是，我的太太很支持我。她的名字叫"三和"，命中注定要和平。她是广岛人，了解广岛遭受美国原子弹轰炸后的悲惨，所以对于战争的苦难很有同情心。她不仅支持我，而且还成了我的助手。无论是去中国调查访问，还是接待中国原告来日，她理所当然就成了事务员和接待员。

其实，打这两场官司，已经持续了十几年，我们花费最多的不是去中国调查访问的差旅费，而是大量的中国原始档案资料和调查资料的中日文翻译费，以及雇用翻译人员的费用。所以，许多时候，我也是一方面要顾及自己律师事务所的生意，不能让职员们没有饭吃，另一方面要筹集资金帮中国人打官司。

后来，"731部队"细菌战的原告团团长王选女士在看到我们这么掏钱，觉得很过意不去，在中国发动企业家捐款，解决原告们来日本诉讼出庭的基本费用。我们在日本也成立了"NPO法人'731部队'细菌战资料中心"和"重庆大轰炸被害者联谊会"，向社会各界募集资金，资金情况有所好转。

笔者："731部队"细菌战的索赔诉讼，不知后来结果如何？

一濑先生："731部队"细菌战的调查是从1995年12月开始的，到1997年正式提出起诉时，先后在中国的吉林、浙江和湖南等地进行了 10 多次调查，收集了大量的原始档案资料和证人资料。1997 年 8 月，我们组织中国原告团向东京地方法院提起了诉讼，要求日本政府公开谢罪，并赔偿受害者原告经济损失。

对于中国原告的索赔要求，日本政府认为，在 1972 年，中日签署恢复邦交正常化的《联合声明》中，中国政府已经宣布放弃赔偿，也就是说，有关战争赔偿的问题，在那个时候已经解决。因此，在一审和二审的判决中，东京地方法院和东京高级法院均承认日本实施细菌战伤害中国人民的事实，但是不认定日本政府赔偿的法律责任。

而我们认为，日中《联合声明》中言及的"放弃战争赔款"的内容，只是中国政府放弃了赔款要求，而中国人作为个人并没有放弃索赔的权利。

在一审、二审败诉后，我们继续向日本最高法院上诉。但是日本最高法院称，在 1951 年签署的《旧金山条约》中，战胜国也都已经放弃了个人的索赔权。日中两国在 1972 年签署的《联合声明》也继承了《旧金山条约》的精神，因此在 2007 年 5 月，做出了"中国原告败诉"的不当判决。其实，中国政府当时并没有参加《旧金山条约》的签署，周恩来总理还为美英等国排挤中国参加签约的行为发表了声明予以谴责。因此，日本最高法院的这一终审判决，是错误的。

虽然"731 部队"细菌战原告团经过长达 10 年的诉讼后，最终被判"败诉"，但是，日本法院并没有否定日本军的犯罪事实，反而让这些犯罪事实更为明了，犯罪证据收集整理的更全。日本最高法院一下子不会改变自己的判决，但是，我们今后一定会要求最高法院做出纠正，我们正在为此努力。

笔者：您和您的同事在承担"731 部队"细菌战的诉讼时，为什么又承担了重庆大轰炸受害者原告们的索赔诉讼？

一濑先生：说起来也是很偶然，在 2001 年，我们在进行细菌战问题调查时，得到多位当年参加过 731 部队投放细菌弹的前日本

一濑纯一郎（右一）、王选（右二）、《金华日报》记者（右三）

航空兵的证词，他们承认在重庆也曾投放过细菌弹。依据这一些证词，我们专程赶往重庆展开调查，在那里遇到了日军重庆大轰炸的受害者，也第一次知道了日军当年在重庆用炸弹杀害众多百姓的事实。2004年，一些被轰炸的受害者要求来日本诉讼，希望我们能够帮忙，我们感觉到自己有责任帮助重庆的受害者，于是接受了他们的委托，从2004年12月，开始了证据收集和调查，并于2006年3月，向东京地方法院提出了起诉。刚开始时，原告是40人，后来有3次增加，最终达到了188人。其实，重庆大轰炸被害者的诉讼，因为起诉时间的不同，最终是分成了4个诉讼，因此辩护的工作量很大。

这一个诉讼目前进展还比较顺利。2013年11月，东京地方法院决定了证人出庭。2014年4至6月，法院将举行5次庭审，将会有6名原告代表出庭，另外有6名中国研究者和3名日本研究者作为证人出庭作证。

笔者：日本国民目前对于历史问题，究竟是一种怎样的认识？

一濑先生：日本经历过战争的这一代人，都已经90岁了，活着的越来越少。这些人在中国、在东南亚做了不少的坏事，他们心中没有美化侵略战争的想法。另外在冲绳的日本人，他们经受过战争的苦难，现在事实上还被美军占领着，因此他们不想再有战争。虽然日本的年轻人，大多数也不期望日本再走上战争的道路，但是他们厌战和反战的强度显然比不过他们的父母辈爷爷辈。加上缺乏很好的历史教育，因此年轻人对于历史的认识比较浅薄，而且容易被政府诱导。

安倍首相不久前参拜了靖国神社，这件事不管他以什么样的理由进行辩解，很明显地说明了一点：安倍已经回到了战前的意识。也就是说，日本战前的价值观、天皇中心思想、日本传统的对他国的统治意识，都浮现了出来。而安倍要修改《和平宪法》，要让自卫队行使集团自卫权，就是这一"战前意识"复苏的具体表现。如果日本的年轻人遭受这种意识的熏陶，并因此支持安倍的强军路线，那么，我们不得不要替这个国家的未来担心。

笔者：您觉得，日本应该如何处理战后的历史遗留问题？

一濑先生：日本人常常说一句话："自己做的事自己处理"，对于历史问题也一样，对中国的侵略，对朝鲜半岛的殖民统治，对东南亚的奴役，都是日本干的，因此日本政府必须进行真诚的反省和谢罪。这是进行战后历史问题处理的根本，可惜日本政府一直没有去做。

日本战败已经过去了近70年，但是我们注意到，除了美国为主的远东军事法庭对日本的战后进行了一定程度的处理之外，日本政府本身，并没有对战后问题，包括战犯们进行过处理，也没有那一届政府来认定战争的责任，因此留下了许多的后患。

日本政府在过去这些年里，也做过一些口头的道歉，包括《村山谈话》，但都是轻描淡写，没有真正做到彻底的、真诚的反省。同时在教科书问题上，实施了掩盖历史的策略，因此日本在过去犯下的罪行无法在教科书里很好地反映出来，因此年轻一代也学不到真正的历史知识，相反在教唆他们遗忘历史。

帮助中国人受害者在日本开展索赔诉讼，是我们作为律师参与战后处理的一项重要内容。通过诉讼，通过媒体的宣传报道，让日本人了解这一些罪恶事实，对他们进行历史教育，帮助国家和国民反省。其实，我们帮助中国人，也是在帮助日本人。

历史问题处理不好，中日两国关系就改善不了。我们会继续努力下去，最后让最高法院收回他们的错误判决，让日本政府承认历史事实，赔偿中国受害者，构建中日两国和两国国民的和解与互信的基础。

一濑先生在接受完采访后，从书架上拿出一本书送给我，书名叫《律师之魂》。他说，这是我们的律师辩护团团长土屋公献先生写的书。无论是"731部队"细菌战的诉讼，还是重庆大轰炸受害者的诉讼，都是他担任律师团团长的。他帮中国人打了十几年的官司，直到癌症晚期，还坚持挪步走进法庭为中国人辩护。

"这本书本来不应该由我签名，但是，土屋先生已经在2009年走了。"一濑先生签完名，特地在边上补了一行小字："为了中日友好和友情"。

杜立特故事后记

傅中[1]

一 修建杜立特秘密跑道的傅克军将军

杜立特轰炸东京是一个很成功的秘密行动。成功的主要原因之一是在中国顺利修建了五条秘密的临时跑道。

1942年2月，（陆军总部）军政部长何应钦将军麾下的傅克军将军率中国独立工兵集团承担了此项任务。

傅克军，四川长寿县[2]人，早年留学日本东京工业大学土木工程科，后又进入日本士官军校工兵科，第19期毕业。和其他留日中国将领一样，当初，日本政府打的如意算盘是训练大批中国军事人才，有朝一日，日本一旦占领了中国，就可有大批汉奸可用。结果，万万没想到，这批中国将领都成了抗战中对付日军之决策者，成了日军的克星。

抗战爆发后，傅克军回国，因学历较高，他进入黄埔军校后直接跳升为第六期少校工兵教官，又再担任南城中国工兵学校教育长。几年下来，他训练了直属军政部的独立工兵部队约10万人。除了机场外，独立工兵部队还修建了全国要塞工事，包括江阴要塞，长江沿岸一直到宜昌之日本式交叉炮台，使日军到1945

---

[1] 傅中，台湾外省人，国军远征军工兵司令傅克军将军长子，企业家，"二战"历史问题专家，著有《杜立特B-25轰炸东京的故事》等著作。
[2] 现重庆市长寿区。

年投降为止,都未能攻破宜昌上游。

1942年12月,何应钦将傅克军配属驻印军史迪威将军指挥,用12个月时间修建了中印公路,史称"史迪威公路"。1944年,傅克军又调入滇西远征军,隶属卫立煌将军,任独立工兵部队指挥官。滇西军团创抗战史上怒江、松山、腾冲、龙陵等六大战役连战连胜。

松山高地战役:日军3200人死守在一个不到1米高的小山上,此高地离即将通车之印滇缅公路不到半英里。换言之,日军仅用最小口径的"六〇"迫击炮即可封住高地。第8军军长何绍周,副军长李弥,连续攻击了近60天,部队死伤近2000人,日军纹丝不动。通车在即,重庆下命令,限30天内攻下,否则,司令官卫立煌连带军长、副军长全部军法处置!

卫立煌召开紧急会议,工兵指挥官傅克军也出席。傅克军到现场勘查结果,发现高地是一个三层蚂蚁窝式的地下坑道,随即从地下挖第四层坑道,布上几十吨TNT炸药,一声令下,爆破声震天,整个山头几乎翻了过来,3000余名日军全部活埋,只幸存了一名伙夫及三名慰安妇。

1942年2月初,美国通知蒋介石,要中国在60天内建成五条大型军机用临时跑道。何应钦找到了第三战区长官顾祝同及军政部工兵指挥官傅克军,商量在何处建跑道。1942年史迪威正好来到中国,傅克军随即找到史迪威咨询。史迪威其实也不知杜立特轰炸东京的计划,随即回答:大型飞机必是轰炸机,来自缅甸之可能性较大。故此,傅克军决定在云南建两条,广西一条,第三战区浙江两条,那就是"衢州"及"丽水"。

所谓"跑道",不过是泥土加碎石,而且是在现有战机跑道上加建,30米加宽到45米,长度则由457米加长到609米,工兵不足,每个跑道都动用了上万百姓才完工。

当年的中国,动用了几万名人工建飞机跑道,日本人也见怪不怪,而在中国,此高度机密只有上述几人知道。在台北"国史馆"里保存的南京国民政府档案几乎完全无相关资料。因此，在后来杜立特轰炸东京的故事，只有通过借助旧金山斯坦福大学保存的《蒋介石日记》，以及傅克军个人回忆录和杜立特孙女珍娜·杜立特的口述历史，才能写出来一批第一手资料。

二 游击队长张为邦营救杜立特组员

1942年4月18日傍晚，杜立特机组的飞行员们迫降或跳伞后，部分被浙江游击队张为邦等部所救。张为邦游击队有上千人，属上海别动队陶一珊指挥。由于杜立特机组提早了一天起飞，张为邦当时尚未接到营救命令。当各地农民送来迫降之美军时，张队长还以为是陈纳德"飞虎队"的洋人飞行员。

张为邦，浦东合庆人，上海青帮出身，是杜月笙的拜把兄弟。日军占领上海时，他带领2000余人，配合国民政府在浙江打游击，专门攻击进入浙江一带的日军小股部队，日军对其恨之入骨。

1942年2月，陈纳德的100名洋人"飞虎队"，已开始飞到浙江执行攻击日军的任务，经常被日军地面炮火击落，游击队的任务就是救护这些飞行员，再将他们送回昆明。杜立特机组的80名队员中，有64名被这些游击队员们救起并送到重庆。1945年9月，美国政府特别颁发一枚国会荣誉勋章给张为邦。

三 70年后在旧金山"大黄蜂"号上的庆祝大会

2012年5月5日，美国旧金山阿拉美达海军码头，杜立特轰炸机队协会在当年将16架B-25轰炸机吊上航母的地点——"大黄蜂"号航空母舰博物馆内举行了一个庆祝大会。杜立特的孙女珍娜·杜立特，1000多名当年18艘轰炸东京的特遣舰队官兵的后人及百余位记者媒体参加了这场活动，特别来宾包括了傅克军将军的后人——长子傅中，已加入美国海军陆战队的嫡孙傅其伦上尉，陶一珊，张为邦的后人及宋美龄、宋庆龄的侄儿宋仲虎和其夫人，等等。

共约1400名宾客出席大会。傅中讲述了1942年中国政府修建秘密跑道的经过及浙江游击队如何营救64位杜立特组员的细节。70年来，美国大众首次了解了杜立特轰炸东京后在中国发生的事情！

四　杜立特轰炸东京对第二次世界大战的影响

1942年，杜立特中校（后来升为上将）轰炸东京成功后，他本人一直不认为这次轰炸在历史上有什么重要。他认为，那不过是炸毁了四五十个建筑，炸死2000多人而已。但是，后来的历史学家们认为，这是"改变了太平洋战争历史的一次轰炸"。

其一，它破解了日本政府告诉其百姓的神话："在历史上日本本土从来不会有外国人攻击！"

其二，在1942年4月东京被轰炸后，日军自中国战场抽调了近10万人的部队回防本土，后来在1943年又自南洋及缅甸和滇西抽调了近3万人的部队回防本土，无形中减轻了日军在宜昌给中国部队的压力！

傅中

2017年于洛杉矶

梦想更可待几时

陈光[①]

"人一生，都走在回家的路……"

又是那句熟悉而颇有韵味的广告语。打开手机，北京时间深夜12点差10分。经过十七八个小时的辗转起降，飞机终于降落在郑州机场，飞到了我出生的地方。这次回家，距离上次不过短短3个月。

冬夜的北方，一出机场大门，寒风从裤角直窜进来。雾霾，比期待中的更为厚重，虹霓辉映着蒙蒙光晕。当然，与一万公里之外阳光通透、温煦如春的洛杉矶比起来，这完全是另一个世界。

但是，与每次都一样地，似初咽下一口清冽的清酒，却有一丝绵软的暖意从胸口一点点漾起来——似顺子那曲《回家》的旋律：略涩而回甘。只不过，这次回来，更有一分急切……

时间回溯到七八个月前。洛杉矶，蒙特利尔公园。我去拜访86岁高龄的旅美作家廖老。外号"老骆驼"的廖老，讲起话来声如洪钟，可惜听力不佳，拿起电话就如聋子打哑谜，我并不知道这几年老先生在忙着写什么东西。出于尊敬，我答应帮忙把他花了3年功夫刚刚完成的一部长篇历史纪实梳理一下文字。我用整整一周时间在他洋洋洒洒40万字的文稿中飞檐走壁。没有想到，

[①] 陈光，女，中国公民，旅美作家。先后毕业于北京师范大学、中国人民大学，分别获哲学学士和经济学硕士学位，后赴美国攻读公共管理博士。现居洛杉矶，任国际友好城市协会会长、海外华人作家艺术家联盟总干事。

一向对历史题材没什么兴致的我，一下子为这部"二战"时期的历史题材的长篇所吸引——

20世纪40年代初，日本法西斯铁蹄踏遍大半个中国，战争的魔爪伸向整个太平洋。1941年12月7日，日本偷袭珍珠港，美太平洋舰队几乎全军覆没。次日，轮椅上的美国总统罗斯福惊人地站立起来，在国会上向日本宣战。

1942年4月18日，16架美国B-25轰炸机，共80名美军勇士从太平洋的"大黄蜂"号航空母舰上秘密起航，超低空穿越日军重重封锁，轰炸东京等地

担任第八航空军司令的杜立特将军

的重要军事设施。这次历史上被称为"杜立特突袭"的行动扭转了太平洋战局，不可一世的日军遭到了沉重打击，开始在太平洋战场节节败退。

轰炸东京之后，由于各种条件所限，机组成员在狂风骤雨的黑夜里迫降在中国浙江、江西等地区。美国飞行员坠落在偏僻的深山老林、海岛渔村，山民惊恐于突然降临的从未见过的大鼻子怪人……

一场秘密大营救在最危险的关头展开。中国军民置生死于度外，从日军的疯狂搜捕中救助了这些美国抗日英雄；64人得以逃出魔掌，转移到大后方，英雄们历经坎坷最后终于回到了祖国，回到了家乡。

作为对中国军民救助美国飞行员的疯狂报复，日军发动"浙赣战役"，用惨绝人寰的毒气战、细菌战、"三光"政策等灭绝人性的手段，制造无人区，致使中国军民25万人先后付出生命的代

价；家园焚毁，山河破碎。

看到这里，我深深震撼，不仅仅为这生灵涂炭的血淋淋的数字，也为自己竟然不知这样一段可歌可泣的惊人历史情节。我打电话问了几位我身边的文化名人，居然也没有谁能说得清这段历史。南京大屠杀，中国近代史上最为黑暗的时刻，中国老百姓死去三十几万，这一事件永远刻在中国人的记忆中。然而"救援杜立特英雄"这样一段惊天地泣鬼神的真实历史，却湮没在浩瀚的太平洋里。

美国摄制的有关影视作品（如《珍珠港》）对杜立特轰炸东京的行动以及个别中国老百姓对美国士兵的友情有所展示，对中国军民大规模地舍生救助美军以及日军对中国人民的疯狂报复、中国军民死亡者众等史实着墨不多，而"细菌战"中受害的老百姓忍受了几十年的巨大痛苦更是不为人知。中美建交以后，美国飞行员和他们的家人跨越太平洋、跨越世纪找寻曾经的中国恩人，随后邀请这些救助过他们的普通老百姓的代表访问美国，受到美国国会的最高礼遇。

这样感人至深的故事，为什么不以电视纪录片的形式来用真实的影像还原这段历史呢？我向廖老提出这一问题，他点头不语。他知道，我不过也是一个像他一样在大洋彼岸、异国他乡执着地用自己魂牵梦绕的方块字坚持写作的人，做电视片，不过是个梦想。我并不甘心，就向两位独立制作影视节目的朋友提出这一想法，他们立即赞同；如果我担纲制片人，他们愿意从技术上支持。这回，廖老的兴趣似乎也被点燃。他翻出以前合作过的中国两个省级电视台的编导的名片让我拿去试试看。电话打了，他们也认为题材不错，说去请示一下。

一个多月过去，期待中的结果也不算出乎意料：他们因种种原因，一时也做不了这样的纪录片。这两个大的电视台没指望了，我就顺便问了在电视台工作的姐姐，有没有可能我们自己来做这部纪录片？结果我立刻被猛灌了冷水："制作电视纪录片的两条路，由电视台制作需要报选题、立项，周期长，不确定，并非个人能掌控；如果是独立制片，大把烧钱不说，出口（发行）之类，都是难题，更不是你一个影视圈外的人所能担当……你还是做你的自由撰稿人吧，想写什么，拿笔就写；想玩什么，拔腿就走——寄情祖国大好河山，还能有比这更潇洒的生活吗？"

拍摄电视纪录片这件事，被我扔在脑后……直到有一天，一位媒体圈的朋友来访，茶叙间我又提起这个故事，他越听越来精神，说这样的故事太好了。说话间就给了我他影视公司朋友的联络方式。一联系，对方还真有兴趣，认认真真谈起了合作，并约我去北京详谈。显然，他们对我的策划书极有兴趣。在反法西斯胜利七十周年之际，有了这样难得的好题材，我背后又有几位闯荡好莱坞颇有成就的朋友愿意加盟合作，他们只需负责中国部分的拍摄和制作就可以了。我们几乎是一拍即合，接下来的一两个星期里，我们反复讨论磋商具体的合作细节；几个回合后，合同敲定，就等对方大老板最后审阅签字了。

我回到郑州后，与省电视台多次获奖的纪录片导演丁导见面，商讨在中国部分的拍摄合作。这位被推荐人称为"拼命三郎"的丁导，方脸黧面，一看就是工作起来不要命的类型。听我说完故事及整个计划，几个朋友都大为激动，这样的好题材，太值得做一部感人的电视纪录片了。另外一边，我也紧密联系正在苏州探亲的廖老，商议趁他在国内，亲自带领我们去浙江一带拍摄的事宜。

在机场候机待飞上海时，我却忽然接到北京朋友的电话。朋友一再致歉，说老板本来已经同意签字的，最后审阅时还是觉得这一题材的纪录片虽有极大的社会意义，市场价值却很不确定，最后决定暂时搁置。

北京的投资泡汤了。放下电话，我立即把可能对此题材有兴趣的朋友的名单过滤了一遍。上海的一位做基金的朋友，进入我的思域。于是我在黄浦江畔的江景大厦里，见到了阔别经年、意气风发的老朋友。聊起来,他居然与此历史事件有着个人情感的千丝万缕的联系。

这位朋友是家中最受疼爱的孩子,母亲四十好几才生下他,视如珍宝。九十几岁的老母亲当时仍住在江西老家。老人家十多岁时,16架美国飞机中的一架刚好掉到家乡那里的山上。后来日本兵为此大举搜查,烧杀抢掠奸淫。他母亲躲于山洞,才得以保命。对于少女时期这样一段恐怖经历,他母亲显然是受到创伤,三缄其口,并不曾向孩子们提起。如果我们在七几年后拍出一部这个题材的电视纪录片,也算为母亲做的一件事。这样的家史故事,成为他投资这部纪录片的内在动力。

到苏州后,我起草一份新的合同,筹备开拍。上海的朋友说,投资的钱他随时打过来。计划在8月25日,摄制组到达浙江衢州与我们会合,开始第一期拍摄。摄制组一共6个人,人马正从北京等地赶回郑州。与此同时,合同也经过几次反复讨论,万事俱备,只待朋友签字、转账。24日下午,朋友忽然发微信过来,说准备打钱时,老婆就是不同意,这可怎么办?

我哑然无语。他夫人也是我的朋友,人很温和,但属于说一不二型。这样的状况,我当然不便再强求。问题是,工作人员全部到位,如箭在弦,廖老爷子也整装待发了。甚至苏州某知名蜂产品的老板也为支持我们拍摄,决定跟踪回访"细菌战"受害者,并从香港飞了过来。钱不到位,这浩浩荡荡十几口人如何处置?

我可以向大家解释这个实际情况,一场筹备如果就此流产,倒也不会有太多的损失。但是我很少发作的拗脾气不知为何就冒了上来,这样的题材,总是要有人拍啊。也许可以等,等待时机成熟,等着找到合适的投资人,钱到位、人到位、发行到位、拍摄计划到位、剧本到位……这是常规拍摄电视片的做法。可是,距今73年前的故事,那些事件的见证人——救助过美国飞行员的老乡、细菌战的受害者等,如果还活着,起码都八九十岁了;更珍贵的是，唯一健在的杜立特机组的飞行员、1号机副驾驶科尔已经99岁了——我们还能等吗？生命，可以等待吗？

我用了1分钟时间犹豫。就像当年4月18日清晨，准备好要去执行"轰炸东京"秘密任务的指挥官杜立特接到航空母舰"大黄蜂"号舰长的紧急情报，在海面上发现了日本的巡逻艇，美军虽然立即炸沉了这艘巡逻艇，但信号已经向东京发出。这时杜立特有两个选择：要么因为行踪暴露，取消这次秘密行动；要么立即起航，比原计划提前十几个小时行动，在日军来不及反应时到达东京——不过这样面临的是难以估量的巨大风险。进，还是退？杜立特用了一分钟时间做出了历史性的决定：提前起飞！

摄制组在衢州

我不动声色地继续安排河南那边的摄制组和苏州这边的一行人的行程。同时，搜索到住处最近的银行，在他们关门之前，把自己账户上仅有的几万元人民币按照约定打入摄制组的账户，他们当天晚上启程，驱车千里开赴衢州。

次日晚，我们两队人马在衢州一个小酒店会合。这一日，旅途劳顿的大家都进入梦乡，我却整夜无法入睡。一个只写过剧本、跟着剧组玩过几次的弱小女子，就这样充当制片人，靠账上的几万人民币把两大队人马千里调集起来，且不说日后片子怎么拍摄、怎么制作、怎么发行这样的远话，这一周内的人吃马喂，作为制片人的我该怎么收场呢？

第一天拍摄，是从衢州郊外的深山老林开始的。一路风景如画，我们全来不及欣赏，翻山越岭到了一位80多岁的老乡家。他是细菌战的受害者，当年日本兵退出衢州之前，在周围地区遍洒鼠疫、炭疽等细菌，大批乡民染上病菌，当地几乎没有人家不死人的。病情略轻的，手脚溃烂，当地叫"烂腿病"，70多年过去，虽能不死，手脚却一直不断溃烂下去，无药可医。

当老乡打开缠裹得严严实实的纱布时，景象实在是恐怖：糜烂的肉，带着白屑，几乎掉下来。我立即转过头去，不忍直视。第二个采访的是位老太太，更惨不忍睹，她的一只手和一只脚烂得骨头都没有了。我们一路马不停蹄，镜头之外的摄制组，人人难掩义愤。衢州城里到处都是抗战的感人故事。晚上收工，聚餐时大家终于爆发，为昔日战争狂魔的泯灭人性，为我们人民所付出的惨痛代价不平。当地人讲过，为守衢州城，誓死不投降的最后千余名中国士兵最后全部投入衢江，有一种力量在无声地聚集，大家要拍出来这一段历史，让更多人铭记。

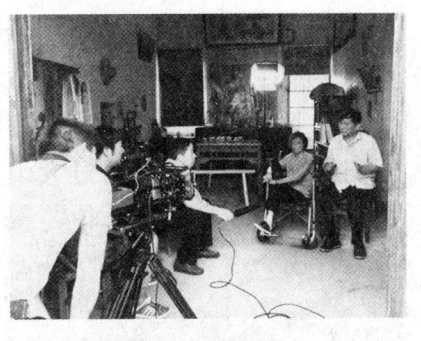

采访细菌战受害者

拍摄途中

接下来的几日，其艰险更是难以用笔墨来形容。走南闯北的我们，从来没有走过这样崎岖的山路。第三天下来，满负摄影器材辎重的那辆车，居然车轮被石子山路磨得直冒青烟。难以想象，当年那个瘦小单薄的浙江农民，如何光着脚板一步一步把一位身高2.03米、腿部受重伤的美国大兵从直耸入云的绝壁上背下来，然后冒着日本兵的追杀，把他一步一步辗转送到另一个小村庄，最后安全送到浙西行署医治腿伤。

上山入海，我们一路走遍浙西浙东。太多的人、太多的故事要采访。当年宁波沿海一个小渔村，19岁的新媳妇赵小宝把几个美国兵藏在船舱里，跟着船老大丈夫麻良水一起把他们从日本兵眼皮底下送出日战。这就是我们普通到不能再普通的中国百姓。他们或许一辈子没有出过大山，他们或许生活在社会的最底层，然而他们正直、善良、无畏。正是他们，撑起了中国五千年的历史。

一周的拍摄，一边是摄制组的分秒必争，力争拍到所有可以拍摄的镜头，一边是我不动声色地到处筹钱。一个摄制组，前前后后十几个人、三部车，每一天都在烧钱。我在中国的账户，已经见底；而美国那边的账户，一时间还来不及转为人民币。火烧眉毛的时候，本来一直强烈反对我拍片的母亲，二话不说打过来几万元人民币给我应急。就这样七拼八凑，完成了第一期拍摄。

采访珍娜·杜立特

我知道自己在做一件不可能完成的事，就像当年杜立特轰炸东京，完成的是一项不可能完成的任务，就像当年的浙江老百姓，从日本兵的大搜捕中救出64名美国兵，完成的也是不可能完成的任务。

回到美国，我立即组建工作团队，响应的人士呼啦有了十几位。我把自己退休金账户的美元也取出来，准备美国部分的拍摄。朋友们也在帮我制作片花、寻找投资人。就算最后我这么多钱都打水漂了，毕竟，我们可以制作一部有意义的片子。退休，将来可以晚几年；但梦想，又有几时可以等待呢？

不久前，一直强烈反对我拍片子的姐姐突然打电话，说她从丁导那里了解到第一期拍摄的过程后，决定全力支持我的纪录片，让我尽快回去进行第二期拍摄的筹备。我拿出跟我走遍千山万水的行李箱，准备踏上回家的路。路上虽难免风霜雾霭，但总会有云开雾散的时候，不是吗？12月中旬的郑州，正赶上上合峰会的召开。忽然发现，那熟悉到毫无新意的故乡的土地，竟然是这样一片大好河山。车过黄河，一片"上合蓝"。冬天的阳光里，有着一种安静的温暖渐入心底。

晴川历历，芳草萋萋。

陈光
2015年12月

荐读：不扔原子弹日本也会投降吗？

[美] 查尔斯·斯文尼[①]

原子弹下无冤魂

在日本扔下核弹的美国退役空军少将查尔斯·斯文尼1995年5月11日在美国国会发表的演讲全文。今天读来，仍发人深省。以下为演讲全文：

  我是美国退役空军少将查尔斯·斯文尼。我是唯一一位参加了两次对日本原子轰炸的飞行员。在对广岛的轰炸中，担任驾驶员蒂贝茨上校的右座领航员；在对长崎的轰炸中，任编队指挥员。作为唯一一个参与两次对日本原子轰炸的飞行员，我将陈述本人亲身经历的往事。我要强调指出，我所陈述的都是无可争辩的事实，而有些人就是无视这些明显的事实，因为这些事实与他们头脑中的偏见不符。此刻，作为经历了那段历史的人们，我要陈述我的思考、观察和结论。我相信杜鲁门总统做出的对日本使用原子弹的决定不仅符合当时的情况，而且具有压倒其他可能选择的道义上的必要性。像我们这一代绝大多数人一样，我最不希望发生的一件

---

  ① [美] 查尔斯·斯文尼：《不扔原子弹日本也会投降吗？》，吕广祥译，人民网2017年8月11日。作者系美国退役空军少将。

事就是战争。我们作为一个民族不是骑士，我们不渴望那种辉煌。当我国正在大萧条中挣扎时，日本开始了对邻国的征服——搞什么"大东亚共荣圈"。法西斯总是打着漂亮的旗帜去掩饰最卑鄙的阴谋。

这种"共荣"是通过对中国进行残酷的总体战进行的。日本作为一个国家，认为自己命中注定要统治亚洲，并由此据有亚洲的自然资源和广袤土地。未有丝毫的怜悯和犹豫，日本屠杀无辜的男人、女人和孩子。在惨绝人寰的南京大屠杀中，30万手无寸铁的平民被屠杀。这是犯罪。这是事实。

日本认为美国是阻止其实现在亚洲的"神授"命运的唯一障碍。于是日本对驻扎于珍珠港的美国海军太平洋舰队进行了精心策划的偷袭。偷袭时间定于一个星期天的早晨，因为此时行动可以最大限度地摧毁舰队实力、消灭人员，予以美国海军以致命的打击。

数千名美国水兵的生命湮灭于仍然沉睡在珍珠港湾底的美海军"亚利桑那"号军舰里，其中的许多士兵甚至不清楚为什么受到突然袭击。战争就这样强加在美国的头上。科雷希多的陷落及随后对盟军战俘的屠杀，驱散了对日军兽性的最后一丝怀疑。即使是在战时，日军的残暴也是令人发指的。巴甘省的死亡进军充满恐怖。

日本人认为投降是对自身、对家庭、对祖国、对天皇的污辱。他们对自身和对敌人都不手软。7000名美军和菲律宾战俘惨遭殴打、枪杀、被刺刀捅死，或惨死于疾病和饥饿。

这都是事实。随着美国在广阔的太平洋向日本缓慢、艰苦、一步一流血地进军，日本显示出自己是冷酷无情、桀骜不驯的杀人机器。无论战事是多么令人绝望，无论机会是多么渺茫，无论结果是多么确定，日本人都战至最后一人。为了取得尽可能大的光荣，日军全力以赴去杀死尽可能多的美国人。

美军开进得距日本本土越近，日本人的行为就变得越疯狂。

塞班岛：美军阵亡 3000 人，其中在最后几小时就死了 1500 人；硫黄岛：美军阵亡 6000 人，伤 21000 人；冲绳岛：美军阵亡 12000 人，伤 38000 人。

这是沉重的事实，凯米卡兹——即"神风敢死队"，驾驶装载炸弹的飞机撞击美国军舰。

日军飞行员认为这是天上人间至高的光荣，是向神之境界的升华。在冲绳海域，"神风敢死队"的自杀性攻击要了 5000 名美国海军军人的命。

日本用言语和行动表明，只要第一个美国人踏上日本本土，他们就处决所有的盟军战俘。日本为大屠杀作准备，强迫盟军战俘为自己挖掘坟墓。即使在投降后，他们仍然处决了一些战俘。这是事实。

《波茨坦公告》要求日本无条件投降。日本人认为这是荒唐可笑而不屑考虑的。我们从截获的密码得知，日本打算拖延时间，争取以可接受的条件经谈判投降。

在 8 月 6 日之前的几个月里，美国飞机开始轰炸日本本土。一个个日本城市化为火海，成千上万的日本人死去，但日军发誓决不投降。他们准备牺牲自己的人民，以换取他们所理解的光荣和荣誉——不管死多少人。他们拒绝救助平民，尽管我们的飞行员事先已就可能来临的空袭投撒了传单。在一次为期 10 天的轰炸行动中，东京、名古屋、神户、大阪的许多地方化为灰烬。

这是事实。

即使在用原子弹轰炸了广岛之后，日本军部仍然认为美国只有一枚炸弹，日本可以继续坚持。在 8 月 6 日之后，他们有 3 天的时间用于投降，但他们不。只有在长崎受到原子弹轰炸后，日本天皇才最后宣布投降。即使在这种情况下，军方仍声称他们可以而且应该继续战斗。一个陆军军官团体发起叛乱，试图截获并销毁天皇向日本人宣布投降的诏书。

这是事实。

这些事实有助于说明我们所面临的敌人的本质，有助于认清杜鲁门总统在进行各种选择时所要考虑的背景，有助于理解为什么对日本进行原子弹轰炸是必要的，像每一个男女军人一样，杜鲁门总统理解这些事实。伤亡不是某种抽象的统计数字，而是惨痛的事实。

原子弹是否结束了战争？

是的。

它们是必须的吗？

对此存在争议。

50年过去了，在某些人看来，日本成为受害者，美军成为凶残成性的征服者和报复者；原子弹的使用是核时代的不正义、不道德的起点。自然，为了支撑这种歪曲，他们必然要故意无视事实或者编造新的材料以证明这种论调。其中最令人吃惊的行径之一，就是否认日军曾进行过大屠杀。

事物怎么会弄成这个样子呢？

答案也许会从最近发生的一些事情中找到。

当前关于杜鲁门总统为什么要下达对日本进行原子轰炸的命令的争论，在某些情况下已演变成数字游戏。史密斯策划的"原子轰炸后果"展览，显示了卑劣的论调，这种论调在史学界引起轩然大波。

"原子轰炸后果"展览传递出这样的信息——日本是受害者，美国是罪恶的侵略者。想象一下如果你的孩子去看展览，他们会留下什么样的印象？他们还会知道事实的真相吗？

在一个全国性的电视辩论中，我听到这样一位所谓的杰出历史学家声称，原子弹是没有必要的，杜鲁门总统是想用原子弹吓唬俄国人，日本本来已经打算投降了。

有些人提出，艾森豪威尔将军曾说过，日本已准备投降，没有必要使用原子弹。然而，基于同样的判断，艾森豪威尔曾严重低估了德国继续战斗的意志，在 1944 年就下结论说德国已无力进行攻势作战。这是一个灾难性的错误判断，其结果即是阿登战役的激战。是役，数万盟军毫无必要地牺牲了，并冒着允许德国拖延战争和有条件投降的风险。

一个相当公正的结论是，根据太平洋战争的情况，可以合理地预期日本将是比德国更疯狂的敌人。

最后，有一种理论认为，如果盟军进攻日本本土，我们的伤亡不是 100 万，而是只要死 46000 人就够了。只不过是 46000 人！你能够想象这种论调的冷酷吗？

仅 46000 人，好像这些是无关紧要的美国人的生命。

在此时此刻，我要承认，我不清楚在对日本本土的部队进攻中美军将会伤亡多少人——也没有任何人知道。

根据对日本战时行为的判断，我的确认为，一个公正合理的假设是对日本本土的进攻将是漫长而代价高昂的。根据我们所知道的情况，不是根据某些人的臆想，日本不打算无条件投降。

在对硫磺岛——太平洋中一个 12.8 平方公里的岛礁——的进攻中，6000 名海军陆战队官兵牺牲，伤亡总数达 27000 人。

但对那些认为我们的损失仅是 46000 人的人，我要问：是哪 46000 人？谁的父亲？谁的兄弟？谁的丈夫？

是的，我只注意到了美国人的生命。但是，日本的命运掌握在日本人的手中，而不是美国。数以万计的美军部队焦急地在大洋中等待着进攻——他们的命运取决于日本下一步怎么走。日本可以选择在任何时刻投降，但他们选择了等待。

而就是日本"无所作为"的时候，随着战事的进行，美军每天伤亡 900 多人。

我曾听到另一种说法，称我们应该与日本谈判，达到一个日本可以接受的有条件投降。

我从来没听任何人提出过与法西斯德国谈判投降。这是一个疯狂的念头，任何有理性的人都不会说出这样的话。与这样一个邪恶的法西斯魔鬼谈判，就是承认其合法性，即使是已经在事实上打败了它。这并不是那个时代空洞的哲学上的原则，而是人类的正义要求，必须彻底、干净地铲除法西斯恶魔的势力，必须粉碎这些邪恶的力量。法西斯的领导者已经无情地打碎了外交的信誉。

为什么太平洋战争的历史这么容易就被遗忘了呢？

也许原因就存在于目前正在进行着的对历史的歪曲，对我们集体记忆的歪曲。

在战败 50 年后，日本领导人轻率地声称他们是受害者，广岛、长崎与南京大屠杀在实质上是一回事！

整整几代日本人不知道他们的国家在第二次世界大战中都干了些什么。这可以理解为什么他们不理解日本为什么要道歉。

与德国认罪的姿态不同，日本坚持认为它没干任何错事，它的行为是受当时局势的拖累。这种态度粉碎了任何真正弥合创伤的希望。

只有记忆才能带来真正的原谅，而遗忘就可能冒重复历史的危险。

通过精心策划的政治和公关活动，日本现在建议使用"太平洋胜利日"来取代"对日本胜利日"这一术语。他们说，这一术语将会使太平洋战争的结束不那么特别与日本有关。

有些人可能会提出，这些文字能说明什么呢？对日本胜利——太平洋的胜利——让我们庆祝一个事件，而不是一个胜利。

我要说，话语就是一切。

庆祝一个事件！类似于庆祝一个商场开业典礼，而不是欢庆战争的胜利。这将分裂整个地球。数以千万计的死者、数以千万计受到身心伤害的人和更多的人将会不知所措。

这种对语言的攻击是颠倒历史、混淆是非的工具。文字或话语可以像任何一种武器一样具有毁灭性：上是下；奴役是自由；

侵略是和平。

在某种程度上,通过抹除精确的描述文字而对我们语言所展开的攻击,要比10年前日本对我们进行的真正的侵略更具有危害性,至少在真正的侵略中,敌人是清楚的,威胁是清楚的。

今天日本巧妙地打起种族主义这张牌,以此来宣示其行为的正义性。日本不是进行罪恶的侵略,而是崇高的,他们用屠杀"解放"了2000万无辜的亚洲人。我坚信,这2000万无辜的人,他们的家人,他们的后代,永远也不会欣赏日本"崇高"的行为。

经常有人问我,用原子弹轰炸日本是否出于报复,是否蓄意毁灭一个古老而令人尊敬的文明。

对此,有如下事实:其一,在最初的轰炸目标清单上包括京都。虽然京都也是一个合法的目标,在先前的空袭中未曾予以轰炸,国务卿史迪文森把它从目标清单中去掉了,因为京都是日本的古都,也是日本的文化宗教中心。其二,在战时我们受到命令的严格约束,在任何情况下,不得轰炸东京的皇宫——尽管我们很容易识别皇宫并炸死天皇。毕竟我们不是为了报复。我经常想如果日本有机会轰炸白宫,是否也会像美国这样克制。我认为日本不会。

在此让我澄清一个事实,纠正一个长期以来的偏见,那就是我们故意选择人口密集的城市轰炸。我们要轰炸的每一个目标城市都有重要的军事价值。广岛是日军南方司令部所在地,并集结了实力可观的防御部队。长崎是工业中心,有两个重要的兵工厂。在这两个城市,日本都把兵工厂和部队配置于市区中心。

像在任何一场战争中一样,我们的目标——理所当然的目标——是胜利。这是一个不可动摇的目标。

我不想否认双方死了许多人,不仅两国,而且是世界。我不为战争的残酷性而骄傲而欢乐,我不希望我国或敌国的人民受难。每一个生命都是宝贵的。但我的确认为这样一个问题应该去问日本战犯，是他们以日本人民为代价追求自身的辉煌。他们发动了战争，并拒绝停止战争。难道他们不应为所有的苦难、为日本的灾难负最终的责任吗？

也许如果日本人真切地了解过去，认清他们国家在战争中的责任，他们将会看到是日本战犯要负起战争的罪责。日本人民应该给远东人民一个答复，是谁把灾难强加给远东各国，最后强加给日本自己。当然如果我们与日本人一道抹杀历史的真相，那么这一点是永远也做不到的。

如果日本不追寻并接受真相，日本怎能安心地与自己相处，与亚洲邻国、与美国相处？

我和我的部属在执行原子轰炸任务时坚信，我们将结束战争。我们并没有感到高兴，而是一种责任感和使命感，而且我们想回到自己的家人身边。

今天，我站在这里作证，并不是庆祝原子弹的使用，而是相反，我希望我的使命是最后一次。我们作为一个民族应该对原子弹的存在感到恐惧。我就感到恐惧。

但这并不意味着回到1945年8月，在战时情况下，在敌人顽固凶残的条件下，杜鲁门总统有义务使用所有可能的武器结束战争。我同意杜鲁门总统的决定，当时以及现在。

战后几年，有人问杜鲁门总统是否还有其他选择，他响亮地说：没有。接着他提醒提问者："记住，珍珠港的死难者也没有其他选择。"

战争总是代价高昂的，正如罗伯特·李将军所说："战争如此残酷是件好事，否则就会有人喜欢它。"

感谢上帝使我们拥有原子武器，而不是日本和德国。科学有其自身的逻辑，迟早会有人设计出原子弹。科学不能被否定。关于制造原子弹是否明智的问题，终将被原子弹已被制造出来这一事实所压倒。

东京大轰炸

　　由于德国和日本法西斯被击败,世界变得更好了。日本和美国的年轻人不再相互杀戮,而是生长、成家立业,在和平中生活。作为 10 个孩子的父亲和 21 个孩子的祖父,我可以表明,我很高兴战争这样结束。

看 NHK 电视台如何自揭战争罪责

徐静波①

1945 年 8 月 15 日，昭和天皇发表了一份"玉音"广播，亲口向国民宣布日本无条件结束战争。日本将这一天，称为"终战纪念日"，而中国等亚洲国家，称其为"投降日"。

每年的这一天前后，日本的一些电视台都会制作一些与那一场战争有关的专题片或者电视剧。以往还有一些涉及侵华的"大东亚战争"的内容，但是最近 10 年来，几乎所有的电视台，都把主题转到了太平洋战争，努力强调日本人在这一场战争中如何蒙受苦难，军人们如何为保护日本而血战，把自己打扮成了一个典型的"受害者"。

昨天（8 月 12 日）晚上，我偶尔瞄了一眼 NHK 电视台，发现电视台正在播送一个专题片《本土空袭全记录》，介绍美军当年对日本全国的无差别大轰炸，炸死了日本 40 多万平民，其中东京就炸死了 14 万人。

节目不仅用大量的纪录片和资料，回顾了日本投降前遭受美军大规模轰炸的悲惨，同时也引用当年美国指挥官之口，讲出了美军为什么要无差别轰炸日本的基本理由，其基本理由有两点：第一，日本从 1938 年开始，对中国各地尤其是重庆进行了大规模的轰炸，重庆遭受过的日军轰炸就达 200 余次，至少造成 1 万多无辜平民死亡。日本是人类历史上第一个实施无差别大屠杀的国

---

① 徐静波：《看 NHK 电视台如何自揭战争罪责》，新浪网 2017 年 8 月 14 日。

家,因此,理应遭到同样的报应。第二,日军偷袭了珍珠港,造成美军 2000 余人死亡,这一笔血债必须报。

这是我第一次听到,日本的电视台如此清晰地告诉国民:原来是我们先做了坏事,然后遭到了报复。

而今夜(13 日),NHK 又播出了一个专题节目,叫《731 部队的真实》。日本政府一直以没有历史资料为理由,拒绝公开承认"731 部队"当年在中国哈尔滨郊外制造毒气弹,并拿中国人和俄国人做活人人体解剖实验的罪行。

但是,NHK 电视台这一次却从俄罗斯拿到了长达 20 小时的原"731 部队"成员的认罪录音,因为"731 部队"的大部分成员都在 1945 年被苏联红军俘获,并被关押到西伯利亚,在哈巴罗夫斯克法庭上接受了审判。这 20 多小时的录音,既有关东军军医部长的认罪,也有亲手参与杀害中国人和俄国人的军医和士兵的认罪,十分完整地展示了当年"731 部队"如何制造毒气弹,如何进行人体实验,如何对女性实施残暴蹂躏的犯罪事实。节目还通过采访当年的"731 部队"老兵,展示数百件历史资料和部分当年的纪录片,第一次向世界公开了"731 部队"制造的一起近代史上灭绝人性的凶残暴行。

关东军军医部长在法庭上承认,"731 部队"从事了细菌战攻击研究。他说,同时也从事了人体实验,这两点是事实。

这一部专题片长达 50 分钟,相信所有看了这一部专题片的日本人和在日的中国人、其他国家的人们,一定会为"731 部队"的凶残感到愤怒!无疑的,这一部专题片也提醒了日本民众,70 多年前,旧日本军在中国屠杀了众多无辜的平民。

这名"731 部队"队员证实,自己看到过手脚和脸遭受细菌毒气腐蚀而霉烂的人被关进拘留所。他说,使用腐蚀性毒气进行了人体实验。

NHK 是日本各大电视台中,唯一一家接受政府每年 6000 亿日元(约 380 亿元人民币)财政补助的电视台,因此,它也属于一家半官方的电视台。但在日本"终战纪念日"来临之际，NHK能够以如此公正与正义的立场，还原日本曾经发动的侵华战争和太平洋战争的真实，揭露旧日本军的暴行，这种勇气，值得敬佩和尊敬！

NHK之所以能够做到这一点，应该与NHK的最高决策机构——经营委员会会长的更替有关。被认为是安倍首相亲信的籾井胜人会长，在过去几年中，一直阻挠与遏制揭露日本过去历史的专题片的制作与播放。2016年12月，经营委员会9名委员，以7人赞同2人反对的结果，决定邀请三菱商事副社长上田良一取代籾井胜人，出任NHK经营委员会的委员长，成为这一家日本最大规模的电视台的"总裁"。曾在法国和美国长期驻在的国际派商社干部上田良一，显然支持了电视台内一大批富有正义感的记者、编辑们的立场，使得这几部专题片相继播出。

难忘的岁月
——一个美军老兵的回忆

[美] 梅尔·麦克姆林①

梅尔·麦克姆林

我叫梅尔·麦克姆林。今年92岁。1925年6月5日，出生于加州洛杉矶。家里有兄弟三人，哥哥比我大一岁，弟弟比我小3岁。1942年，43岁的父亲报名参军，作为一名高级焊工，陆军航空队非常欢迎他。

1943年，哥哥吉姆参军后，在陆军航空队接受飞行员训练。学哥哥的榜样，我也想当一名飞行员。4月，我到洛杉矶陆航征兵处报名。通过考试后，开始学习航空学士学位课程。宣誓之后，我成为陆航的一员。然而，由于我只有17岁，入伍期推迟到6个月以后，等我完成高中学业，并达到18岁的成人年龄。

6个月后，我收到一份电报，命令我去部队报到。不是像我预期的那样进入大学，而是来到科罗拉多州的巴克利基地接受基础培训。当我到达后，我发现他们不大需要飞行员，而更需要机

---

① 梅尔·麦克姆林，原美国第十四航空军（飞虎队）第308轰炸机联队第425中队中尉飞行员。1945年退役后，从事产权保险业。曾担任全美中缅印退伍军人协会主席，杰出飞行员协会内陆帝国分会现任主席。

械师兼机枪手。虽然很失望，但至少我能成为空勤机组的一分子。

我们完成射击学校的培训后，在加州乐莫尔基地组建了机组，然后开始飞行训练。1944年11月，我们被派到佛罗里达，等待被派往海外。命令下达了，没有给我们飞机，是用一架C-47运输机载运我们飞越了大洋。

父子合影

飞离迈阿密大约一小时后，机长打开了一份密封的命令，这时才知道：我们被派到中国战场，在陈纳德将军领导的"飞虎队"中作战。驻防基地是昆明，部队番号是第308重型轰炸机联队辖属的第425中队。我被分配为助理机械师兼机枪手。给我们配备了一架崭新的B-24J轰炸机，我们为它命名为"龙女"（Dragon Lady）。308联队的轰炸目标包括香港九龙的维多利亚海军军港，华东地区各城市的铁路枢纽，军工厂和军事目标。从西南飞往华东地区的航程往往超过6—8个小时。

我们都是在没有战斗机护航的情况下执行轰炸任务。在那个阶段，日军战斗机大多已经撤回日本本土，抵御美军的B-29轰炸机的空袭。

几个月后，我们中队从昆明转场到北方643公里以外的成都。原驻防的B-29轰炸机联队移防到更接近日本本土的马里亚纳群岛。我们接收了B-29轰炸机联队留下的装备。从那时起，我们轰炸华北各城市的航程大大缩短。在某次轰炸一座桥梁时，我们中队长的飞机被地面高射炮击中坠毁，中队长不幸牺牲。在大多数任务中，我们的主要对手不是日本零式战斗机，而是密密麻麻护卫地面目标的防空火力，以及同样致命的恶劣天气和危险的山区。还有，在长途飞行以后，要保证有足够的燃料返回基地。

中国和印度之间的"驼峰航线"被称为"铝道"。沿途坠毁了如此多的飞机，因此，飞行员可以根据残骸铝皮反射的日光或月光进行导航！

战斗任务结束后，我们被派往印度阿萨姆邦的提斯普尔，任务是：通过"驼峰航线"向中国运送大量的汽油，储存起来，用作对日本本土的最后攻击。幸运的是，投掷了两颗原子弹以后，我的"驼峰"飞行取消了，我终于可以回家了。我最后的军衔是中尉。

我们的副驾驶非常不幸。在投掷原子弹的前3天，他与一个新机组执行运输汽油的任务后，再没有回来。17年后，阿萨姆山谷的土著从距离基地80公里外的深山中发现了残骸。飞行员的标志签和少量遗体残块被放在银棺里，安葬于阿灵顿国家公墓。

70多年以后，很难回想起当年某次战斗中轰炸了哪些具体目标。我想把这一个个单独的画面切割清楚，但事与愿违，它们反而融合成一个漫长的历险过程，有时很无聊，有时令人兴奋，也有时使人惊慌。当然，有时会突然回忆起一些惊险的片段：一列满载弹药的列车企图逃避轰炸，但没有跑赢轰炸机；一发高射炮炮弹在机头打了一个孔，却没有打死我（我身上还有弹片）；一次长途飞行后，飞机燃料已经基本耗尽，我们得到的命令是：做好准备等待救援。等我们终于与机场电台取得联络后，两台发动机已经在着陆之前停车。

每当顺利完成轰炸任务后，机组人员都是兴高采烈的。我们知道，炸掉一列运输弹药的火车不但会毁掉日本人的重要物资，而且会毁坏铁路，使敌人在一段时间内无法运输任何物资。这个任务算是成功的，我被授予飞行奖章和杰出飞行十字勋章（DFC）。这不是对我完成某次任务的褒奖，而是因为我是成功执行几百小时战斗飞行任务的幸存者。

中国人民对美军飞行员的友情，仰慕和尊重令我终生难忘。

最近，我们参加了中国举办的纪念世界反法西斯胜利70周年的活动。期间，我看到了至今仍被中国人民怀念的飞行员罗伯特·莫尼中尉的事迹。他是陈纳德将军指挥的第一批"飞虎队"成员之一。在昆明附近的空战中，莫尼中尉击落两架日本零式战斗机后，他驾驶的P-40战斗机严重受损。为了挽救自己，他必须马上弃机逃生。但是，他意识到：如果他立即跳伞，飞机将撞击到祥云县一个村庄的中心。于是，莫尼中尉拉起飞机从村庄上空飞过。很不幸，由于高度太低，跳伞来不及了，飞机坠毁，莫尼中尉不幸牺牲。很多人目睹了英雄牺牲自己、保护村民的壮举。当地人竖立了一个纪念碑，缅怀烈士为中美友谊献身的英雄主义精神。莫尼中尉永垂不朽。

向梅尔·麦克姆林夫妇赠送礼物

梅尔·麦克姆林夫妇

中国老百姓对我们非常友好。他们不顾自己和家人的生命安危，拯救了数以百计的美国飞行员。他们把跳伞或迫降的飞行员们藏匿起来，把他们转移到安全的地方。日本人对那些帮助美国人的村民们进行了残酷的报复。这些飞行员和他们的家属至今不能忘怀那些勇敢的村民们。

我在中缅印战场的军旅生涯是我一生的荣耀。我曾经担任全美中缅印退伍军人协会主席，和杰出飞行员协会内陆帝国分会的现任主席。

1946年回国后，我邂逅了詹妮弗，一位美丽的年轻女士。结婚后，我们共同生活了70年。我们养育了3个儿子，都事业有成。大儿子蒂姆是高中老师，最近退休了，他也是个有天赋的音乐家。二儿子塔克白天为一家电器供应商工作，晚上是专业的音乐家。小儿子凯文是国际医疗器械制造商的物流和仓库经理。我们有4个孙子和一只狗。

退伍后，我在产权保险业工作了43年后退休，至今已经25年了。珍妮弗曾在加州州立大学圣贝纳迪诺分校负责行政管理工作，也退休了25年。我们周游世界，积极参与社区活动。生活真的非常美好！

满江红

陈军[1]

一

1931年9月18日夜，日本关东军炸毁柳条湖附近的南满铁路，炮轰北大营，"九一八事变"爆发。十几万东北军奉命不抵抗，面对两万关东军的进攻，不战而退。9月19日上午8时，日军占领沈阳，1932年2月，东北全境沦陷。

吴佩孚将军质问张学良："为什么不打？"张学良答复："打不过。"吴佩孚痛斥："军人守土有责，不就是个死吗？"张学良羞愧无地。

1936年12月12日，张学良、杨虎城发动西安事变，号召停止内战，一致抗日，结成抗日民族统一战线。四万万五千万中华儿女团结起来，与残暴的日寇做生死之战，保卫家乡，保卫黄河，保卫华北，保卫全中国！

二

国民党的"不抵抗政策"激怒了何香凝女士。她送给蒋介石、张治中女衫一件，裙子一条，并附诗：

---

[1] 陈军，本书作者。

柱自称男儿，甘受倭奴气；
不战送山河，万世同羞耻。
吾侪妇女们，愿赴沙场死；
以我巾帼裳，换尔征衣去。

收到诗和"礼物"，张治中深受刺激，请缨抗日。"一·二八"淞沪抗战爆发，张率第5军赴上海，增援第19路军作战。庙行一役大获全胜，迫使日寇仓皇撤退。

三

1937年12月13日，南京沦陷。侵华日军进行长达6周的大屠杀、奸淫、放火、抢劫，大量平民及战俘被杀害，遇难人数超过30万。

1945年，南京军事法庭裁定：松井石根、谷寿夫等战犯犯有集体屠杀罪28案，死难人数19万；屠杀罪858案，死亡人数15万。当时的《纽约时报》《中央日报》《新华日报》等中外媒体进行了详尽的报道，向全世界揭发日寇的暴行！

陈布雷，时任侍从室二处主任，为蒋介石读报时，声音哽咽，双手颤抖。蒋瞪他一眼，斥责："布雷，你怕了？""布雷不是怕，是恨！"陈布雷说，"恨我自己手无缚鸡之力，不能拿起武器与鬼子拼命！"

陈布雷的武器是他手中的笔。

"如果战端一开，那就是地无分南北，人无分老幼，无论何人，皆有守土抗战之责"，"我们只有牺牲到底，抗战到底，唯有'牺牲到底'的决心，才能博得最后的胜利。"慷慨激昂，掷地有声，蒋介石的庐山讲话，是出自陈布雷的手笔。

四

在连天的炮火声中，田汉奋笔写下《义勇军进行曲》："起来！不愿做奴隶的人们！把我们的血肉，铸成我们新的长城！中华民族到了最危险的时候，每个人被迫着发出最后的吼声。起来！起来！起来！我们万众一心，冒着敌人的炮火，前进！冒着敌人的炮火前进！前进！前进！进！"

1949年9月25日，第一届中国人民政治协商会议通过决议，将《义勇军进行曲》作为代国歌。郭沫若等认为"最危险的时候"不符合新中国国情，郭做了三段新词提交大会讨论。

毛泽东主席沉吟半响，答道：居安思危，还是原词好。

"最危险的时候"来得很快！

八个月后，朝鲜战争爆发。1950年10月底，美国陆军上将麦克阿瑟指挥数十万联合国军，300多艘舰艇，1200多架飞机，大举越过"三八线"，气势汹汹地压向中朝边境鸭绿江！

在五角大楼遥控指挥联合国空军的是美国空军中将——吉米·杜立特，多名"杜立特突袭队"的队员参加了朝鲜战争。

五

1951年11月25日上午10时，3架B-26劫掠者式飞机轰炸了大榆洞志愿军司令部，燃烧弹命中作战室，正在值班的毛岸英和参谋高瑞欣牺牲。尸体被烧焦，无法辨认。毛岸英的遗体埋葬在桧仓里志愿军烈士公墓。

毛岸英牺牲的当天，11月25日黄昏，第二次战役打响，彭德怀指挥38万志愿军，向22万联合国军发动反攻。战至12月24日，取得辉煌胜利。歼灭韩军第7、第8师及土耳其旅，严重打击美军第2、第7师和陆战第1师，重创美军第25师、骑兵第1

师，共毙伤俘敌3.6万人，其中美军2.4万人；缴获与击毁各种炮1000余门、汽车3000余辆、坦克与装甲车200余辆，缴获飞机6架。收复"三八线"以北除襄阳外的全部地区。敌军放弃大部重型装备，经安州，肃川逃到"三八线"以南。

美第八集团军司令沃克中将在撤退路上因车祸丧命。

此一战，打出了新中国的国威、军威，打出了中国人的民族自豪感和自信心，也为新中国打出了大国的国际地位。

1950年12月，世界保卫和平大会在华沙召开，当收复平壤的捷报传来时，全场3000多名代表起立欢呼，鼓掌长达15分钟！

六

联合国军大败的消息传到华盛顿，顿时一片哗然。马歇尔和杜立特等将领读着战报，简直不敢相信自己的眼睛：这是美国人熟悉的中国军队吗？

在三所里、龙源里、书堂站和松骨峰，拼命夺路逃命的美军遭到志愿军顽强阻击。没有空军掩护，缺少大型火炮，主要依靠步兵轻武器的中国军队像钉子一样坚守阵地，牢牢关死敌军撤退的闸门！

战况惨烈。作家魏巍写道：志愿军38军113师335团3连奉命扼守松骨峰，阻击企图逃出重围的美第2师。近万名敌军在18辆坦克、32架飞机和数十门大炮的火力支援下，向3连阵地连续发动了5次集团冲锋，炸弹、燃烧弹将山头炸成一片火海。勇士们以一当百，浴血奋战。使敌人在阵地前死伤惨重，血流成河，阵地岿然不动。弹药打完了，就端起刺刀扑向敌群，刺刀折断了，就与敌人肉搏，身上着了火，就带着熊熊的火焰向敌人冲去，抱住惊恐的敌兵，一起活活烧死！最后，全连只剩下7个人，其余的全部战死！

战后，前沿阵地上，堆满了几百具敌我双方的尸体。打烂的枪支零部件扔得满山都是。牺牲的烈士们,有的紧紧抓住敌人的机枪,有的手榴弹上沾满了敌人的脑浆,有的用牙齿和指甲死死地咬住和掐住敌人,有的全身被火焰喷射器烧焦,但仍然保持着刺刀向前冲锋的姿势⋯⋯这一场惊天地、泣鬼神的血火大战,深深地感动了彭德怀。在嘉奖令上,他奋笔写下:"中国人民志愿军万岁!38军万岁!"从此,"万岁军"的美名天下传扬!

美军将领对志愿军的评价很高。

李奇微在《回忆录》中写道:"中国人是坚强而凶狠的斗士,他们常常不顾伤亡地发起攻击。""他们是更加文明的敌人。""有一次,中国人甚至将重伤员用担架放在公路上,尔后撤走。在我方医护人员乘卡车到那里接运伤员时,他们没有向我们开枪。""有很多次,他们同俘虏分享仅有的一点食物,对俘虏采取友善的态度。"

朝鲜战争的战火,从"三八线"点燃,又在"三八线"熄灭。中国的评价是:战术打平,战略打赢。美国人认为:无论是战略还是战术,美国都打输了。原因很简单:中国的钢产量每年50万吨,美国的钢产量9800万吨,是中国的196倍。三年间,使用了除原子弹外的一切武器,最终在一无所获的情况下,丢脸地签了停战协议。

关于伤亡数字,美国人在朝鲜战争纪念碑上公示的数字是:1.阵亡:美军54246人,联合国军628833人;2.失踪:美军8177人,联合国军470267人;3.被俘:美军7140人;联合国军92970人;4.受伤:美军102384人,联合国军1064453人。这些数字,高于中方的统计。

七

为了中国和美国的最高利益,为了世界持久和平,1971年,毛泽东主席和尼克松总统在北京中南海亲切握手。中美关系从此揭开了崭新的篇章。

1979年1月1日，中美建交。11月29日，邓小平访美。卡特总统举行国宴，隆重招待中国代表团，并邀请来宾观赏在肯尼迪文化中心举办的文艺晚会。最后一个节目是几十名美国小朋友合唱"我爱北京天安门"。演出结束后，邓小平和卓琳走上舞台，慈爱地抱起美国小朋友亲吻。全场观众感动得热泪盈眶。

美中两个伟大的国家，实在是友不是敌。

八

1945年9月9日，中国战区日军投降仪式在南京中央军校大礼堂举行。上午9时52分，蒋介石的代表——中国陆军总司令何应钦等将领步入会场。5分钟后，日本投降代表——中国派遣军总司令冈村宁次等人入场。

冈村宁次解下佩刀，由部下交给何应钦。

投降的在华日军有：1个总司令部，3个方面军，10个集团军，33个师团，1个坦克师团，2个飞行师团，41个独立旅团，以及警备、守备、海军等，总计128万人。缴出：各种枪械776000支，火炮12446门，坦克383辆，装甲车151辆，卡车15785辆，飞机1068架，船舰1400艘，战马15749匹。

冈村宁次很不服气。8月11日，他向日军大本营发电，认为向中国投降是不可接受的事情："派遣军整八年间连战连捷……而今百万精锐健在，竟向重庆的残兵败将投降，这是在任何情况下都不能听命的……"冈村叫嚣："全体国民武装起来，团结一致，进行殊死战斗，必能死里求生。"

日本人的狂妄不是没道理。中日战争爆发以来，正面战场的数十次会战中，日军都是以一当十，即日军的一个联队要打国军的一个师，一旦发动攻势，就长驱直入，攻城略地，恣意妄为。每次战役结束，战场上遍布着中国士兵的尸体，而被俘的官兵都会被虐杀。日军并不认为中国军队是他们真正的战争对手。

1950年7月，982名侵华日军战犯被关押在抚顺战犯管理所。其中有司令官2名，师团长5名，旅团长14名，联队长8名，个个是十恶不赦的杀人恶魔。他们不服管教，大言不惭地叫嚷：中国人是他们的手下败将，没有资格关押他们。朝鲜战争爆发以后，他们的气焰更是嚣张。他们知道美国人的厉害。他们断言中国人会一败涂地。

没想到，志愿军在朝鲜捷报频传，一战打过清川江；二战打到"三八线"；三战收复汉城①。于是，战犯们低下了傲慢的头颅，开始老老实实地接受改造。

---

① 今首尔。

附 录

附录一

海外华人华侨纪念世界反法西斯战争暨中国人民抗日战争胜利70周年组织委员会[①]

(2014年11月30日成立)
(以报名顺序为序)

2014年11月30日,中华海外联谊会海外知名人士云南考察团一行怀着崇敬的心情,隆重瞻仰滇西抗战纪念馆,吊唁国殇墓园。全体团员一致决定,向广大海外华人华侨发出倡议:将11月30日定为海外华人华侨纪念世界反法西斯战争暨中国人民抗日战争胜利七十周年活动发起日。同时,成立"海外华人华侨纪念世界反法西斯胜利七十周年委员会"。推举陈军为秘书长。

一 美国

美西南地区:

陈军,黄惠珍,林旭,陈科志,孙耀宁,邓桂凤,王俭美,蔡成华,孙卫赤,孙文轶,曹琳,曾文剑,何一冰,李社潮,顾衍时,刘健民,杨文田,林连连,白春生,王力军,林光,林选栋,王一夫,施白榆,陈隆魁,张铁流,陈靖,苏彦韬,于忠

[①] 该委员会于2014年11月30日成立,名单顺序以报名顺序为准。

霞，鲁安，邵闻，周德昭，吕诗澄，廖中强，贺军平，何会均，蒋丽莎，刘杨林，乔泉，李红，李纲，金问是，应持荣，胡巧敏，张作波，欧家霖，李兰平，曹凯瑞，林方，张涛，熊亚伟，温志平，胡卓球，曹新，童志敏，韩羽山，魏林峰，丰志华，田纹瑛，龙岗，王彦博，禹慧，王铁夫，秦礼余，薛平华，丛培欣，司徒巧玲，陆来冰，宋丽华，申春平，夏祝胜，许绍理。

美国其他地区：

梁冠军，王钦滨，吴惠秋，刘卓华，陈财平，郑丽影，王俭美，顾宜凡，何孔华，方伟侠，曹国财，施乾平，林光，李竞芬，林金淡，倪涛，张铁流，王立智，黄金森，林家骥，刘红，苏焕光，雷振泽，郑棋，董玉红，曲显琴，乔泉，劳长实，张子霖，王国金，戴锜，陈荣华，李秀岚，王珏，郑廷勇，朱一民，焦志侠，张奇志，黄荣达，王蔚，王晓辉，陈宪中，白先慎，贺英明，姚会元，邹长坪，吴军，张碚，黄哲操，谢忠，张莉莉，李大西、吴大为，熊继红，林世东，宋光磊，罗兴平，陈耀华，熊霖，朱介眉，伍柱钧。

二　加拿大

许建伦，王家明，杨静，王一夫，林和平，滕达，王培忠，董敏，董建明，董晓艺，王海澄，张俭，卢红民，朱德修，贾建军，吉宾，王体，张玮。

三　欧洲

［西班牙］徐松华，［匈牙利］朱桂林，［英］李文兴，［挪威］贺军瑛，［波兰］招益华，［比利时］傅旭海，［法］王加清，［德］叶增雅，［西班牙］严军，［瑞典］刘律明，［法］陈世明，

[冰岛] 贾长文，[俄] 吴昊，[奥地利] 张维庆，[意] 刘金权，[西班牙] 周志文，[挪威] 佘臻林，[法] 钱美蓉，[捷克] 陈金妹，[比利时] 何少芳，[荷兰] 张蝶，[比利时] 朱海安，[英] 李辉，[荷兰] 黄麒麟，[西班牙] 蔡永廉，[比利时] 杨锦来，[挪威] 龚秀玲，[法] 邱爱华，[法] 詹腾凯，[瑞典] 柳少惠，[意] 吴锋雷，[法] 楼大明，[希腊] 李昂，[荷兰] 张巧忠，[意] 杨海杰，[英] 李俊辰，[意] 金慧，[罗马尼亚] 金晓忠，[意] 季志海，[意] 徐家驹，[法] 罗佳君，[挪威] 马列，[西班牙] 戴华东，[西班牙] 刘光新，[西班牙] 李月萍，[西班牙] 郑云星，[英] 李雪琳，[法] 徐乐平，[法] 林光武，[法] 卓旭光，[俄罗斯] 虞安林，[意] 刘光华，[意] 王家厚，[俄罗斯] 刘军，[捷克] 林国光，[荷兰] 付旭敏，[罗马尼亚] 李国胜，[乌克兰] 林建清，[克罗地亚] 陈映烈，[葡萄牙] 王小伟，[斯洛伐克] 叶竹民，[土耳其] 江小斌，[荷兰] 黄小石，[卢森堡] 朱培华，[英] 杜柏瑞，[西班牙] 金浩，[荷兰] 丁振芳，[意] 陈正溪，[希腊] 周佩娟，[奥地利] 陆志德，[爱尔兰] 陈敏琪，[挪威] 高丹，[法] 蔡建虹，[斯洛伐克] 汪甲华，[俄罗斯] 蒋洁，[俄] 白嗣宏，[俄罗斯] 任蓉，[瑞典] 谈继东，[意] 周张锟，[挪威] 许鸣放，[瑞典] 胡立夫，[丹麦] 朱利华，[德] 吴涛，[德] 崔乃生，[葡萄牙] 汪崇华，[法] 王斌，[法] 咪咪，[挪威] 戴成方。

四 南美洲

[巴拿马] 李光辉，[巴西] 董洪宣，[巴西] 林周恩，[委内瑞拉] 冯永贤，[巴拿马] 黄伟文，[墨西哥] 刘可伟，[墨西哥] 梁权暖，[巴西] 尹霄敏，[巴西] 杨建忠，[墨西哥] 郑持好，[厄瓜多尔] 蔡志诚，[墨西哥] 周露，[圭亚那] 郭胜华，[秘鲁] 曹国荣，[墨西哥] 黄卫国，[巴西] 尹楚平，[古巴] 陈文玉。

五　亚洲

（中国香港）田长桉，〔泰国〕马剑波，〔韩国〕李忠宪，〔科威特〕董泰康，〔柬埔寨〕胡金林，（中国香港）邓予立，〔韩国〕杨德磐，〔日〕赵雲茜，〔泰国〕吴炳林，〔韩国〕崔庆峰，〔阿联酋〕常琪，〔塔吉克斯坦〕韩东起，〔马来西亚〕林尊文，〔泰国〕邝锦荣，〔马来西亚〕郑荣兴，〔阿联酋〕张钦伟，〔阿联酋〕陈志远，〔阿联酋〕鸿罗汗，〔马来西亚〕王京辉，〔柬埔寨〕陈宝林，（中国澳门）胥家宏，〔新加坡〕宋薇，〔泰国〕赵春森，（中国澳门）黄家伦，（中国香港）蔡玲玲。

六　大洋洲

〔澳大利亚〕沈铁，〔澳大利亚〕芦鸣，〔澳大利亚〕潘邦炤，〔新西兰〕黄世辉，〔斐济〕冯捷尤，〔澳大利亚〕卞军，〔马绍尔群岛〕倪有明，〔澳大利亚〕李涛，〔澳大利亚〕陈静，〔澳大利亚〕张莉。

七　非洲

〔南非〕王建旭，〔南非〕陈玉玲，〔博茨瓦纳〕南庚戌，〔尼日利亚〕倪孟晓，〔南非〕陈云生，〔南非〕姒海，〔南非〕黄晶晶，〔南非〕朱书宏，〔马达加斯加〕商良，〔马达加斯加〕杜建威，〔纳米比亚〕林金淡，〔莱索托〕陈克辉，〔加纳〕萧波，〔南非〕殷春祥，〔尼日利亚〕王建平，〔南非〕韩芳，〔南非〕吴少康。

截至2015年7月22日，共59个国家和地区308位侨领。

附录二

《为了和平》大型音乐舞蹈史诗晚会系列活动将在美国洛杉矶举办[①]

2015年5月18日在钓鱼台国宾馆八方苑举办新闻发布会

"《为了和平》——海外华人华侨纪念世界反法西斯战争暨中国人民抗日战争胜利70周年"大型音乐舞蹈史诗晚会系列活动将于2015年9月13日在美国洛杉矶隆重举办",追忆历史,缅怀先烈,展望未来,铸造和平。

2015年是世界反法西斯战争胜利70周年。70多年前发生的

[①] 《〈为了和平〉大型音乐舞蹈史诗晚会系列活动将在美国洛杉矶举办》,《中国日报网》2015年3月19日。

这场战争，是人类史上最为惨烈和悲壮的一场战争。抚今追昔，时过境迁，战争隐患依在，军国主义阴魂不散，冷战思维仍在作祟。前事不忘，后事之师，隆重追忆和纪念这段历史是坚决维护"二战"后公平正义历史审判的体现；是维护联合国宪章基本原则的体现；是中华民族铸造和平坚定信念的体现。

2015年也是中国人民抗日战争胜利70周年。中国的抗日战争是世界反法西斯战争的东方主战场和重要的组成部分。1931年爆发的"九·一八"事变是日本发动第二次世界大战最早的一场侵略战争，是日本侵华战争的开始。东北抗日联军进行的为期14年可歌可泣的抗战历史与全国人民1937年之后的8年抗战历史不可分割。中国人民最早投入世界反法西斯战争是历史的事实，将永载世界的史册。中国军民以付出两千多万人牺牲的惨重代价，拖住了日军的后腿，使侵略者深陷泥沼，无力在太平洋和其他战场逞凶，这是对美国太平洋战场的巨大增援和支持。中国人民付出巨大民族牺牲的艰苦抗战大大坚定了同盟国与法西斯作战的信心。

"二战"中后期，中美两国是并肩战斗的盟邦。美国曾慷慨援助中国大批武器装备。"飞虎队"健儿为保卫中国领空英勇作战，美国空军为打破日军的封锁飞越危险的"驼峰航线"。战斗中，数千美国军人英勇捐躯。他们长眠在中国的土地上，他们英勇无畏的战斗精神永远铭记在中国人民的心中。

前不久，中国王毅外长在两会期间答记者问时讲道，"将同国际社会一道，办好世界反法西斯战争胜利70周年纪念活动，以史为鉴，开辟未来，使中国成为维护和平的强大力量。"全球海外华人华侨热烈响应这一号召，纷纷行动起来，在世界各地各国筹办多种形式的纪念活动。

2014年11月30日，"海外华人华侨纪念世界反法西斯战争暨中国人民抗日战争胜利70周年委员会"成立。委员会决定：2015年9月13日在美国洛杉矶隆重举办"《为了和平》——海外华人华侨纪念世界反法西斯战争暨中国人民抗日战争胜利 70 周年"大型音乐舞蹈史诗晚会系列活动，追忆历史，缅怀先烈，展望未来，铸造和平。

大会将邀请"飞虎队"老战士和美国退伍军人协会的成员以及美国政要与会。同时，也将邀请来自中国的抗战老兵或他们的后代访问美国，重叙两国人民用鲜血凝成的友谊。

此次活动得到了美国主流社会的大力支持。洛杉矶郡政府将作为联合主办单位，洛杉矶郡郡长麦克·安东诺维奇先生将出任大会荣誉主席。

70 年过去了，世界发生了巨大的变化，但人类追求和平的信念一如既往。珍惜和平，防止战争，是我们的目标，也是全球各国人民的共同目标。举办此次活动就是为了彰显全球海外华人华侨不忘历史，反对战争，与祖国人民一道维护世界和平的坚定信心和强大力量。

《为了和平》大型晚会主创人员

《为了和平》纪念世界反法西斯战争暨中国人民抗日战争胜利七十周年大型文艺晚会组织委员会

荣誉主席：
  麦克·安东诺维奇　　美国洛杉矶郡郡长
  丁绍光　　　　　　　国际艺术大师

荣誉顾问：
  陈灿培　　　　　　　美国"二战"史专家，"飞虎队"史专家

Ruth Wong　　　　　　美国洛杉矶郡首席军事长官
　　黄惠珍　　　　　　　美国华人妇女联合会荣誉会长
　　Wayne Yee　　　　　　美国退伍军人协会加州分会主席

主席：
　　刘宁　　　　　　　　美国国际文化交流基金会主席

常务副主席：
　　陈军　　　　　　　　中华海外智库主席

副主席：
　　杨文田　　　　　　　美国福州海外联谊会会长
　　鹿强　　　　　　　　美国华人社团联合会主席

执行主席：
　　邓桂凤　　林旭　　孙耀宁　　鲁安　　孙卫赤

工作团队

秘书长：陈军
副秘书长：李红　郑丽影
总制作：刘宁
总导演：孙耀宁
总策划：卞留念　车行　林旭　孙耀宁
财务总监：顾衍时
财务长：邓桂凤
总协调：鲁安
总发言人：孙卫赤
团组接待：林旭

法律顾问：庞飞　申春平
执行导演：戴寰宇
主持人：张梦　张军
合唱总监：Sally Wang
指挥：苏文星
舞美：胡凤林

附录三

为了和平，为了世界[①]

"为了和平"演出宣传画

新华网洛杉矶9月13日电（记者薛颖）12岁的美国华裔小姑娘珍妮特不大会说中文，但是13日晚，当她和家人一起在洛杉矶市中心的雪莱大剧院观看《为了和平》大型纪念晚会时，她不假思索地用英语告诉记者："中国和美国在第二次世界大战中的合作很重要，因为它改变了世界。""中国和美国今后应该像'二战'时一样继续合作，这样可以继续使世界向好的方向改变，"这名美国7年级的中学生说。

这场大型数码音乐舞蹈史诗晚会由"海外华侨华人纪念世界反法西斯暨中国抗日战争胜利70周年大型文艺晚会组织委员会"和"美国国际文化交流基金会"联合主办，参加晚会的6300多位观众中，既有像珍妮特这样的少年儿童，也有年逾百岁的"二战"老兵。

93岁的美国华裔"飞虎队"成员黄振滋在活动现场看到展出的"二战"文物图片，心情十分激动。"这恐怕是我最后一次参

[①] 薛颖：《为了和平，为了世界》，新华网2015年9月14日。

加这样的活动了，它勾起了我的很多回忆，"老人眼中闪着泪光告诉记者。

黄振滋 19 岁参军加入了那场反法西斯战争，主要在中国昆明为"飞虎队"做物资供应工作，多次经历日军轰炸。为了表达对老兵们的敬意，晚会开始前的傍晚时分，5 架"二战"时期的飞机在会场上空进行了飞行表演。90 岁的老兵梅尔·麦克姆林一听声音就知道是那个时候的飞机。"这个发动机的声音太熟悉了，"他告诉记者，"不是现在的喷气式飞机的声音。"

露丝王将军为梅尔·麦克姆林佩戴和平纪念章

"为了和平"纪念章

麦克姆林 18 岁参战。"当时，我的国家受到日本人的轰炸，所以我必须参战。"

9 月 3 日，他和夫人受邀到中国北京参加阅兵式。"以纪念的方式回顾历史，这会使现在的人们更加懂得珍惜和平，"他对记者强调说，"不要战争!"晚会活动组委会制作了印有"为了和平，1945—2015"字样的纪念勋章，为应邀到场的 50 位老兵一一戴在胸前。

组委会负责人之一陈军向记者介绍，上千位海外华侨华人自筹资金为此次活动进行了一年多的准备。活动还邀请了中国歌唱家殷秀梅、北京宝塔山合唱团等，与洛杉矶当地华人艺术团体一起表演了精彩节目。

陈军说："为了世界和平、推动中美合作是我们组织这场活动的目的。中美两国人民珍视历史、共赢未来是我们热切的期盼。"

附录四

《为了和平》纪念世界反法西斯战争暨中国人民抗日战争胜利70周年晚会圆满落幕①

【环球通讯社记者刘骁宗洛杉矶报道】2015年9月13日，原奥斯卡金像奖颁奖场地，洛杉矶著名的雪蓝大剧院（Shrine Auditorium）人头攒动，热闹异常。由"海外华人华侨纪念世界反法西斯暨中国抗日战争胜利70周年大型文艺晚会组织委员会"与"美国国际文化交流基金会"联合主办，《为了和平》纪念世界反法西斯暨中国人民抗日战争胜利70周年大型数码音乐舞蹈史诗晚会，于当天晚上7点半，正式拉开帷幕。

能够容纳6000观众的大剧院座无虚席。来自南加州与全美各地各界代表观看了当天的精彩演出，博得好评如潮。

中国驻洛杉矶总领馆总领事刘健大使，美国国际文化交流基金会刘宁主席，洛杉矶郡郡长安东诺维奇等出席大会。大会主席陈军，美中文化协会会长林旭，美国江西同乡会会长邓桂凤女士，《魅力中国》副总裁鲁安，华联网总监孙卫赤等代表全球众多发起人，并与著名书画大师丁绍光，美国华人社团联合会主席鹿强，促统会主席刘建民，1982年奥斯卡金像奖特别成就奖得主、著名音效大师理查德·安德森（Richard L. Anderson），北京

---

① 刘骁宗：《为了和平》纪念世界反法西斯暨中国人民抗日战争胜利70周年晚会圆满落幕，2015年9月15日。

宝塔山合唱团负责人陈伟力女士等共同登台向观众致意。

美国国际文化交流基金会主席刘宁，中国驻洛杉矶总领馆总领事刘健大使，洛杉矶郡郡长安东诺维奇先后致辞。中国驻洛杉矶总领馆总领事刘健大使致辞表示，非常荣幸与激动地与大家一同来欣赏今晚的演出。我们以歌曲与舞蹈，来回忆当年的战争岁月，来讴歌无畏的先烈们，并且表达我们珍惜和平的心愿。以这样的方式来纪念中国人民抗日战争与世界反法西斯战争胜利70周年，既别开生面，又意义非凡。要感谢来自国内和美国当地的艺术工作者们，以及本次演出的组织者们，所付出的辛劳。让我们一同高唱，歌颂我们伟大的祖国，从今走向繁荣富强。

刘健大使讲话

美国国际文化交流基金会刘宁主席致辞，他表示，今天在这里举行这样的纪念活动，是表达与当年海外华人华侨自愿组织支持抗日一样的民族情怀，是热爱和平，热爱祖国的深情表现。中国人在第二次世界大战东方主战场上，为抵抗日本法西斯做出了最大牺牲。但在战后，这样的牺牲和胜利，却没有得到应得的尊重。这场"纪念世界反法西斯暨中国人民抗日战争胜利70周年"的系列活动，就是提醒人们不要忘记历史，提醒人们没有中国人民抗日战争的胜利，就没有世

洛杉矶郡郡长麦克·安东诺维奇

界反法西斯战争的胜利。同时也提醒大家要认真认识正在崛起的中国，因为它不只是改写中国人的历史和面貌，也将改变世界的历史和面貌。

晚会总导演孙耀宁接受采访时表示，本次晚会，以"铭记历史、缅怀先烈、珍爱和平、开创未来"为主题。分为四个篇章：第一篇《欢庆》；第二篇《战争》；第三篇《抗战》；第四篇《和平》。通过四个篇章，倒叙的方法，综合合唱、领唱、表演唱、交响乐、民乐、情景表演、舞蹈、多媒体等多种艺术手段，再现抗战历史中的重大事件，表现中华儿女在抗日战争中的精神风貌；尽力诠释了全世界范围的人们在"二战"时期受尽苦难，付出惨痛代价后，中国和盟军才获得了战争的胜利，同时也以此缅怀和纪念英雄们的事迹。晚会激昂向上、恢宏大气、气势磅礴、震撼人心，具有史诗般的艺术效果。

晚会以第一篇《欢庆》，《红旗颂》开场，让飘飘红旗、金色阳光洒满舞台，彝族舞蹈《阿伊姐妞》与《龙虎祈福》更平添节日热闹、欢庆、欢乐的气氛。

第二篇《战争》，则以一曲《松花江上》，重现"九·一八"事件，拉开抗日战争的序幕。又以《辛德勒的名单》揭露法西斯的残暴与无情。一曲《九儿》，又将人们拉回高粱地里视死如归，坚决抗日的全民抗战年代。

"为了和平"剧照

第三篇《抗战》，全体合唱团以《神圣的战争》力表全世界人民抗击法西斯侵略者的决心与气魄。《黄河颂》则烘托出中华儿女气吞山河的惊人能量。而《男子汉去飞行》响起，"飞虎队"机队与飞行员矫健的身影，则是中美两国联合抗敌的英雄写照。《到敌人后方去》群舞，则再现了中国抗战历史上特别艰苦卓绝的敌后根据地建立与壮大。《保卫黄河》则再次让人们牢记中国人民让侵略者有来无回的决心与战斗。

第四篇《和平》,以《十方和合》《和煦阳光》,表现战争结束后的祥和、与对和平的向往。《奇异恩典》则让人们缅怀卫国捐躯的将士及千千万万的无名英雄。主题曲《为了和平》《共筑中国梦》《自豪》则烘托晚会的主题,并向世人宣告中国人民渴望和平的理想,与捍卫和平、振兴中华的决心。最后的《欢乐颂》则为晚会画上完美句号。

晚会总导演孙耀宁在谢幕后表示,今晚,《为了和平》纪念世界反法西斯暨中国人民抗日战争胜利70周年大型数码音乐舞蹈史诗晚会终于圆满落下帷幕。心情非常激动与高兴。是6300位来宾观众给了我喜悦,因为从来宾们脸上看到喜庆的笑容。同时也让我看到了希望。感谢所有为晚会付出心血与劳动的每一位。

"二战"期间的飞机表演

当晚早些时候,美国空军老兵驾驶"二战"时期战斗机,以5机编队,飞过雪蓝大剧院,向此次活动致意,并向参加过第二次世界大战的老兵们致敬。

附录五

《为了和平》海外华人华侨纪念世界反法西斯战争暨中国人民抗日战争胜利七十周年大型文艺晚会成功举办[①]

由"海外华人华侨纪念世界反法西斯暨中国抗日战争胜利七十周年大型文艺晚会组织委员会"和"美国国际文化交流基金会"联合主办的《为了和平》纪念世界反法西斯战争暨中国人民抗日战争胜利七十周年大型数码音乐舞蹈史诗晚会,于9月13日在洛杉矶雪莱大剧院隆重举行,中国驻洛杉矶总领事刘健、洛杉矶郡郡长安东诺维奇、史迪威将军之孙夫妇等部分"二战"老兵及侨界代表近七千人与会;中国国务院侨办为晚会发来贺信。

当日下午6时,5架由美国退役空军驾驶的"二战"期间战机从雪莱剧场所在的南加大校园上空飞过,并做飞行表演,表达对"二战"老兵的缅怀和敬意,也表达主流社会对华裔举办这场晚会的谢意和祝福。

在演出节目开始之前,刘健大使、安东诺维奇郡长、美国国际文化交流基金会会长刘宁、北京宝塔山合唱团负责人陈伟力女士和国际艺术大师丁绍光等分别致辞。

中国驻洛杉矶总领事刘健大使表示,今天的活动场面恢宏,

[①] 《为了和平》海外华人华侨纪念世界反法西斯战争暨中国人民抗日战争胜利七十周年大型文艺晚会成功举办,环球东方2015年9月14日。

来自中国国内和美国当地的艺术家用艺术的形式，呼吁和平、珍惜和平、维护和平，这是纪念世界反法西斯和中国人民抗日胜利七十周年最好的方式。希望本次活动成功顺利！美国洛杉矶郡郡长安东诺维奇表示：在庆祝中美联合抗日胜利的今天，我们不忘过去，更要感谢为抗战奉献的英雄们。

晚会的总制作刘宁在致辞中表示，如同当时海外华人华侨自愿组织支持中国抗日战争一样，今天我们在这里举行这样的纪念活动，也是表达出一样的民族情怀，是热爱和平，热爱祖国的深情体现。这场"纪念世界反法西斯暨中国人民抗日战争胜利七十周年"的系列活动，就是提醒人们不要忘记历史，提醒人们没有中国人民抗日战争的胜利，就没有世界反法西斯战争的胜利。

晚会总策划之一、中华海外智库主席陈军表示，前事不忘后事之师，我们炎黄子孙永远不能遗忘70年以前那场战争给中国人民带来的深重苦难。作为生活在美国的华人华侨，我们认识到美国当年为中国的抗日战争提供了慷慨的帮助，一些美国老兵因此献出了生命。我们也是想借这场纪念活动表达对他们的感激。这次活动共有100余位美国老兵及家属出席，另外我们还邀请了住在美国的国民党老兵共同参与庆祝活动。希望中美两国人民永远友好下去。

美中文化协会会长林旭表示这场活动联合了当地主流社会，又在当年奥斯卡颁奖的雪莱大剧院举行，受到了广大观众的热情支持。

美国华人社团联合会主席鹿强表示当地这场庆祝反法西斯胜利七十周年的压轴活动向世界人民、美国人民展示了中国人民是追求和平的，宣扬了不要忘记过去，中美要永远友好相处，为中国梦、美国梦，一起努力！

晚会筹委会执行主席、美国江苏经贸文化联合会秘书长鲁安表示这场活动把北京的震撼力量带到了洛杉矶，并且通过来自北京、天津、广西、云南等地的艺术团体，与本地艺术家一起合作，一定圆满成功!

晚会总导演、美中文化协会副会长孙耀宁介绍晚会分《欢庆》《战争》《抗战》及《和平》四个篇章，配合具有震撼效果的数码系统，再现了中国人民的抗战历程，展现了中华民族的抗战意志，表达了中国人民维护世界和平的坚强信心。作为总导演他也感谢了所有演职人员、热情观众，也感谢了鹰龙传媒的支持。

由中共元老陈云之女陈伟力，中共理论家胡乔木之女胡木英率领的北京宝塔山合唱团，首次在美国登台亮相。

作为海外华人华侨纪念抗战胜利70周年的压轴活动，组委会对此进行了精心准备。全体演职员在总导演孙耀宁，合唱总监Sally Wang等带领下克服各种困难，不惜辛劳，夜以继日地进行排练，保障了演出的艺术水平，晚会由著名律师张军和美国国际文化交流基金会的张梦联袂主持。"飞虎队"文物收集专家陈灿培博士与主流社区积极沟通，宣讲这场晚会的意义，让晚会得到主流社区的认同。

附录六

杜立特轰炸东京 16 架飞机机组人员

1 号机机组人员

机长	吉米·杜立特	中校
副驾驶	理查德·科尔	中尉
领航员	亨利·波特	中尉
投弹手	弗雷德·布鲁默	下士
机械师	保罗·伦纳德	下士

2 号机机组人员

机长	特拉维斯·胡佛	中尉
副驾驶	威廉·菲兹夫	中尉
领航员	卡尔·韦德纳	中尉
投弹手	理查德·米勒	中士
机械师	道格拉斯·费德尼	下士

3 号机机组人员

机长	罗伯特·格雷	中尉
副驾驶	雅各布·曼奇	中尉
领航员	查尔斯·奥祖克	中尉
投弹手	阿登·琼斯	中尉
机械师	利兰·法克特	下士

4号机机组人员

机长	艾佛利特·霍尔斯特罗姆	中尉
副驾驶	卢西恩·扬布拉德	中尉
领航员	亨利·麦考尔	中尉
投弹手	罗伯特·斯蒂芬	中士
机械师	波特·乔丹	下士

5号机机组人员

机长	戴维·琼斯	上尉
副驾驶	罗斯·维尔德	中尉
领航员	尤金·麦克格尔	中尉
投弹手	丹弗·特鲁洛夫	中尉
机械师	约瑟夫·曼斯克	中士

6号机机组人员

机长	迪安·霍尔马克	上尉
副驾驶	罗伯特·米德尔	中尉
领航员	蔡斯·尼尔森	中尉
投弹手	威廉·迪特	中士
机械师	唐纳德·菲茨莫理斯	下士

7号机机组人员

机长	泰德·劳森	中尉
副驾驶	迪安·达文波特	中尉
领航员	查尔斯·麦克鲁尔	中尉
投弹手	罗伯特·克莱佛	中尉
机械师	大卫·撒切尔	中士

8号机机组人员

机长	爱德华·约克	上尉

副驾驶　　　　　　罗伯特·埃蒙斯　中尉
领航员　　　　　　诺兰·亨顿　中尉
投弹手　　　　　　西奥多·拉本　上士
机械师　　　　　　大卫·波尔　中士

9号机机组人员

机长　　　　　　　哈罗德·华生　中尉
副驾驶　　　　　　詹姆斯·帕克　中尉
领航员　　　　　　托马斯·格里芬　中尉
投弹手　　　　　　韦恩·毕塞尔　中士
机械师　　　　　　艾尔德雷·斯科特　上士

10号机机组人员

机长　　　　　　　理查德·乔伊斯　中尉
副驾驶　　　　　　路易登·斯托克　中尉
领航员　　　　　　霍姆斯·克劳奇　中尉
投弹手　　　　　　小乔治·拉金　中士
机械师　　　　　　小艾德文·霍顿　上士

11号机机组人员

机长　　　　　　　罗斯·格林宁　上尉
副驾驶　　　　　　肯尼迪·霍迪　中尉
领航员　　　　　　佛兰克·卡普勒　中尉
投弹手　　　　　　威廉·比尔奇　中士
机械师　　　　　　梅尔文·加德纳　中士

12号机机组人员

机长　　　　　　　威廉·鲍尔　中尉
副驾驶　　　　　　萨德·布兰顿　中尉
领航员　　　　　　威廉·庞德　中尉

投弹手　　　　　沃尔多·毕塞尔　中士
机械师　　　　　奥默·达凯特　中士

13号机机组人员

机长　　　　　　埃德加·迈克尔罗伊　中尉
副驾驶　　　　　理查德·诺布洛克　中尉
领航员　　　　　克莱顿·坎普贝尔　中尉
投弹手　　　　　罗伯特·布凯尔斯　中士
机械师　　　　　亚当·威廉姆斯　中士

14号机机组人员

机长　　　　　　约翰·希尔格　少校
副驾驶　　　　　杰克·西姆斯　中尉
领航员　　　　　詹姆斯·马西亚　中尉
投弹手　　　　　雅各布·艾尔曼　中士
机械师　　　　　艾德文·贝恩　中士

15号机机组人员

机长　　　　　　唐纳德·史密斯　中尉
副驾驶　　　　　格里芬·威廉姆斯　中尉
领航员　　　　　霍华德·赛斯勒　中尉
投弹手　　　　　托马斯·怀特　中尉
机械师　　　　　爱德华·赛勒　中士

16号机机组人员

机长　　　　　　威廉·法罗　中尉
副驾驶　　　　　罗伯特·海特　中尉
领航员　　　　　乔治·巴尔　中尉
投弹手　　　　　雅各布·萨泽　下士
机械师　　　　　哈罗德·斯帕茨　中士

附录七

第 16 特混舰队战斗序列

航空母舰"大黄蜂"号　USS Hornet CV – 8.
航空母舰"企业"号　USS Enterprise CV – 6

重巡洋舰"盐湖城"号　USS Salt Lake City CA – 25
重巡洋舰"北安普顿"号　USS Northampton CA – 26
重巡洋舰"文森斯"号　USS Vincennes CA – 44
轻巡洋舰"纳什维尔"号　USS Nashville CL – 43

驱逐舰 USS Balch DD – 363
驱驱逐 USS Fanning DD – 385
驱逐舰 USS Benham DD – 397
驱逐舰 USS Ellet DD – 398
驱逐舰 USS Gwin DD – 433
驱逐舰 USS Meredith DD – 434
驱逐舰 USS Grayson DD – 435
驱逐舰 USS Monssen DD – 436

油轮 USS Sabine AO – 25
油轮 USS Cimarron AO – 22

潜艇 USS Thresher SS – 200
潜艇 USS Trout SS – 202

附录八

《日本高等法院关于 731 细菌战诉讼判决书》（节选）

首先，关于此点只有原告们的举证，而被告没有进行任何的举证，所以在实事的认证存在局限性和问题。另外，本案事实的认定，由于涉及多方面复杂的历史事实，为使本案的审判经得起历史的验证，我们不得不等待在历史学，医学，流行病学，文化人类学等有关各科学领域进一步研究的结果。但是，尽管存在种种的限制与问题，本裁判所在对本案的各项证据进行认定的基础上，还是能够认定本案存在以下事实。

事实 A

"731 部队"的前身是于昭和 11 年（1936 年）成立的关东军防疫部。于昭和 15 年（1940 年）改编为关东军防疫给水部，不久就被称为"731 部队"。该部队在昭和 13 年（1938 年）在中国东北哈尔滨郊外的平房通过庞大的工程建立了本部。在全盛时期还曾经有分部。该部队的主要目的是进行细菌武器的研究、开发及制造。这些任务都在位于平房的本部进行了实施。另外，还将中国各地进行抗日运动的人员押往"731 部队"，将这些人用于在细菌武器研究、开发过程中进行的各种人体实验。

在中国各地也设立了同样性质的其他部队，其中最为著名的是设在南京的"中支那防疫给水部"（"荣 1644 部队"又称为"1644 部队"）

事实 B

1940年（昭和15年）至1942年（昭和17年），"731部队"和"1644部队"如以下 a、f、g、h 部分所述的那样在中国各地将细菌武器应用于实战。

a. 衢县①（衢州）

（a）1940年（昭和15年）10月4日上午，日军战机飞到衢县的上空，在空中洒下了混有感染了鼠疫的跳蚤的小麦、大豆、谷子、棉被、布匹、棉花等物品。当天下午，在县长的命令下，居民进行了动员，并将散处于各处的被投下的物资进行了集中、烧毁。

（b）10月10日以后，在有上述被投下的物资的地方开始出现了病死者（但是是鼠疫还是其他疾病没有得到确认）。同时，连续发现了老鼠的尸体。11月12日，出现了首例被确诊为患有鼠疫的患者，此后在有投下物资的地方又出现了很多鼠疫患者。

在11月12日以后于衢县发生的鼠疫，是由于日军战机投下了感染了鼠疫的跳蚤，并由跳蚤传染给老鼠引起了鼠疫的流行，并最终又将鼠疫传染给了人。上述的认定是合理的。

（c）截止到1940年（昭和15年）年末，向当局报告因鼠疫死亡的人数是24人。但是，由于有患者家属藏匿不报，或有怕被隔离而逃亡的事情，所以病死的人数应高于实际上报的人数。另外，证人邱明轩正式衢州细菌战的被害者超过1501人。

此外，发生于衢州的鼠疫，如以下 b 至 c 所陈述的那样，也传染到周围的衢，造成了巨大的损失。

b. 义乌

（a）1941年（昭和16年）10月，在衢县被流行的鼠疫所传染的铁路员工回到义乌后发病，由此，鼠疫在义乌开始流行。

（b）鼠疫由义乌更进一步传染到周围的农村，根据原告陈知

---

① 今衢江区。

法所在地的被害调查委员会的调查，义乌市市区因感染鼠疫而死亡的人数达到309人以上。

　　c. 东阳

　　（a）1941年（昭和16年）10月，在义乌流行的鼠疫传染到了东阳县①并在当地流行。

　　（b）根据原告郭飞龙的证词，在原告所居住的歌山镇因鼠疫而死亡的人数达到40人以上。

　　d. 崇山村

　　（a）位于江湾乡的崇山村分为上崇山村和下崇山村南、北两部分，人口稠密。但是，下崇山村两部分的人们基本上没有来往。该村的鼠疫是于1942年（昭和17年）10月，首先于上崇山村爆发的，随后不断地出现死亡人员。到12月上旬，上崇山村的鼠疫基本上结束。但是进入到12月后，在下崇山村又开始出现因鼠疫而死亡的人员。

　　可以认定，这次鼠疫的发生是由在义乌流行的鼠疫传染所致。

　　（b）到鼠疫终结的第2年即1943年（昭和18年）1月为止，崇山村因鼠疫而死亡的人数达到396人以上，约占当时崇山村人口的三分之一。

　　e. 塔下州

　　（a）在崇山村流行的鼠疫于1942年（昭和17年）10月传染到了塔下州村，并在该村流行。

　　（b）在2个月间，塔下洲村因鼠疫而死亡的人数达到103人，约占当时全村人数的五分之一。

　　f. 宁波

　　（a）1940年（昭和15年）10月下旬，日军飞机飞到宁波上空，在市中心的开明街一带投下了带有鼠疫的跳蚤的麦粒（后经

---

① 今东阳市。

鉴定是印度鼠跳蚤）。

（b）最先是 10 月 29 日，在投下跳蚤的地区出现了鼠疫患者，在进行治疗的同时，也积极进行了防疫工作，如封锁污染区，对房屋进行消毒等。由于进行了防疫与治疗，在 12 月初最后一名患者出现后，鼠疫结束了。

这次鼠疫的流行，可认定为是由于投下的感染了鼠疫的跳蚤直接叮咬了人，将鼠疫传染给人而引发的。

（c）根据时事公报的报道，国民政府中央防疫所所长的报告书、证人黄可泰他们依据参加治疗的医生等提供的信息进行的调查，因此次鼠疫的流行而死亡的、具有姓名的人数达到 109 名。

g. 常德

（a）1941 年（昭和 16 年）11 月 4 日，731 部队的日军战机飞到常德上空，将感染了鼠疫的跳蚤及棉花、谷物等投到了县城的中心部。

（b）11 月 11 日开始出现了患者，在出现第 1 个患者后的 2 个月间，是第 1 次鼠疫流行，县城共有 8 人死亡。（根据当时的《防治湘西鼠疫经过报告书》）。然而，在 70 天后，即从 1942 年（昭和 17 年）3 月又开始了第 2 次的鼠疫流行，到 6 月止，在县城共计死亡 34 人（根据同报告书）。

可以认定，第 1 次的鼠疫流行是由于感染鼠疫的跳蚤直接叮咬了人所导致的可能性很高，第 2 次的流行是由于鼠疫菌在被感染的老鼠体内过冬，在春季的活跃期通过跳蚤传染给人所引起的可能性很高。

（c）1942 年（昭和 17 年）3 月以后，常德市区的鼠疫传播到农村，造成了各地许多人员死亡。

另外，根据"常德市细菌战被害调查委员会"，调查的范围极其广泛，因常德流行的鼠疫而死亡的人数达到 7643 人以上。

h. 江山

（a）日军于 1942 年（昭和 17 年）6 月 10 日占领江山县城，

约 2 个月后撤退。在撤退时，使用霍乱菌实行了细菌战。具体的主要方法是：向井中直接投入细菌，将细菌涂于食物（饼状）或向水果中注射细菌等。

（b）在江山，有人因吃了上述食物而感染霍乱死亡。根据原告郑位科及周法源最近的调查，当时在七斗行政村因霍乱而死亡的人数达 37 人。

（c）这些细菌武器的实战使用，属于日军的战斗行动的一部分，是根据陆军中央的命令而实行的。

（以下是摘要）

（1）日内瓦协议明确禁止细菌武器的使用。而且日内瓦协议在 1928 年生效，其内容已经成为国际惯例。所以，前面认定的旧日军在中国各地实施的细菌战明显违反了日内瓦协议。

（2）如前所述，旧日军在中国各地使用细菌武器的行为违反了日内瓦协议及相应的国际惯例，所以根据海牙陆战条例第 3 条规定，认定产生了相应的国家责任是适当的。

（3）根据上面所阐述的国际法准则，被告关于本案细菌战的国家责任问题，我国与中国已经有了国家间的处理决定。众所周知，中华人民共和国于昭和 47 年（1972 年）9 月 29 日发表了日中共同声明（日本国政府与中华人民共和政府的共同声明），"为了中日两国人民的友好，宣布放弃对日本的战争赔偿要求"。另外于昭和 53 年（1978 年）8 月 12 日签订、于同年 10 月 23 日交换批准书的日中和平友好条约也规定："严格遵守（日中）共同声明中所陈述的各项原则"。

因此，不得不说在国际法上被告的国家责任已经得到解决。

总结：

综上所述，本案细菌战确实造成了悲惨的结果及极大的损害，不得不说旧日本军实施的该战争行为是不人道的，但是，如果仅仅在法律的框架内对本案进行探讨的话，说被告的国会违反了《国家赔偿法》1 条 1 项，有该条规定的立法不作为行为是不正确的。

那么,针对本案细菌战的被害,就我国的补偿措施进行探讨的话,根据我国的国内法乃至在国内能采取的措施,是否进行处理的话,又该怎样进行处理。这些问题,在国会,在以前述的种种情况为前提的情况下,应由更高的层次进行裁量。

参考文献

1. 马骏、黎明：《日沉太平洋》，华夏出版社 1993 年版。
2. 接培柱：《战争赌徒：山本五十六》，世界知识出版社 1994 年版。
3. 解力夫：《战争狂人：东条英机》，世界知识出版社 1995 年版。
4. ［美］陈香梅：《陈香梅自传》，山东人民出版社 2003 年版。
5. 沈永兴、朱贵生主编：《二战全景纪实》（上、下册），中国华侨出版社 2005 年版。
6. 王俊彦：《狼犬的终结》，中国文史出版社 2005 年版。
7. 乐为、熊程编著：《东京国际大审判》，中国文联出版社 2005 年版。
8. ［英］E. B. 波特：《尼米兹》，蒋恺等译，解放军出版社 2005 年版。
9. 郑闯琦编著：《蒋介石全纪录》，华文出版社 2009 年版。
10. 寿韶峰编著：《宋美龄全纪录》，华文出版社 2009 年版。
11. ［美］傅中：《杜立德 B-25 轰炸东京的故事》，上海人民出版社 2012 年版。
12. ［美］奥利弗·诺斯、［美］乔·马瑟：《制霸太平洋》，闻立欣译，团结出版社 2015 年版。
13. 大陆桥出版编辑部编著：《飞虎传奇》，广东人民出版社 2016 年版。
14. 王树增：《抗日战争》，人民文学出版社 2016 年版。

15. 郑伟勇：《降落中国》，科学普及出版社 2016 年版。
16. 郑伟勇：《非常营救：衢州与杜立特突袭行动》，商务印书馆 2016 年版。
17. ［美］詹姆斯·M. 斯科特：《轰炸东京》，银凡译，民主与建设出版社 2016 年版。
18. ［美］廖兆暄：《情洒太平洋》，江苏文艺出版社 2017 年版。
19. ［美］陈光：纪录片《太平洋上空的记忆》，2015 年。

后　记

　　经过两年多的酝酿策划，从2017年6月开始敲键盘，又经过5个多月辛辛苦苦的黑白颠倒，这部纪实文学《东京大轰炸——1942杜立特的故事》终于脱稿了。一块石头落了地，如释重负。

　　本人喜欢读书，喜欢读历史，尤其喜欢读近现代史。国内近10年内出版的关于第二次世界大战的书籍，差不多都读过。家中收藏的典籍，也有近百本。书虽然读得不少，但一旦动起笔来，却发现：看书是一回事，写书是另一回事。尤其是写现代史，更不是一件容易的事。既要忠于历史原貌，杜绝胡编乱造，又要注意文章的可读性，不能写成大事记性质的材料堆积，其中的学问真不少。

　　我觉得，如果把第二次世界大战比作一个威武雄壮的舞台，那杜立特就是舞台上最耀眼的明星之一。围绕着他的经历所发生的"大轰炸"和"大救援"的故事，曲折生动，跌宕起伏，既惊险，又精彩，当年就是轰动世界的头号新闻，至今，仍在"二战"史上占有显赫的地位。期间发生的成千上万个战例，没有一个可以与杜立特"轰炸东京"相比拟，这个故事本身就是一部好莱坞大片的绝佳题材。

　　令人遗憾的是，关于这一重大历史事件，无论是在中国还是美国，从事这一主题研究的人很少，出版的著作更是寥寥无几。笔者曾努力搜集这方面的资料，结果令人失望——专题著作区区数本而已，在浩如烟海的"二战"典籍中，简直是沧海一粟。网络上或文集中的片段、摘录固然不少，但都是千把字的小品，窥其一斑，难见全豹。谬误之处，也为数不少。

　　从1942年至2017年，时光过去仅仅75年，但中美两国的青少年，听说或知道杜立特其人其事的，少之又少。即使在成年人中，了解这一事件详情的，也是屈指可数。譬如，在中国，几乎人人知道"南京大屠杀"，知道日本人在南京杀害了30万中国人；日本人罪恶滔天，但毕竟在南京没有动用细菌战。可是在浙江衢州，日本人不但屠杀了25万中国军民，还惨无人道地使用了细菌武器，这些骇人听闻的罪行，又有多少人知道？难道就让它被历史湮没吗？

　　不能忘记历史！忘记了过去，就意味着背叛。

　　令人欣慰的是，在纪念世界反法西斯战争暨中国人民抗日战争胜利70周年之际，海内外的一些有识之士，开始以各种形式，或著书立说，或拍摄纪录片，努力还原这一段历史。附他（她）们的骥尾，笔者尝试以不同的角度和视野，以讲故事的形式，诠释70多年前发生的这一历史事件，其终极目的是向读者阐述两个基本观点：其一，美中是友不是敌，许多年前我们就是一个战壕里的战友，与共同的敌人做殊死战斗；其二，今天发展势头良好的美中友谊的起点，不是1972年（尼克松访华），也不是1979年（中美建交），而是1942年4月18日，杜立特和他的战友们在中国着陆的那一刻就开始了。如读者看完此书，也能得出同样的结论，那我这几个月的努力，就不是白辛苦了。

　　在写作和出版此书的过程中，很荣幸得到朋友们的大力支持和帮助，他（她）们是：傅中先生，廖兆暄先生，陈光女士，王玲老师，许钟灵老师，易智利女士，姜博女士（排名不分先后）。中国战略与管理研究会的李小峰先生、金国盛先生自始至终关注本书的写作，给予多方面的鼓励与支持。开国中将谭冠三将军的长子,父子两代守卫西藏的谭戎生先生,为本书作序。还有许多没有见过面、但引用了他们研究成果的作者们,在此一并致以诚挚的谢意!

陈　军

2017年11月9日